外国文学名著丛书

〔法〕都德 / 著

都德小说选

刘 方 陆秉慧 / 译

"外国文学名著丛书"编委会

人民文学出版社

Alphonse Daudet
CONTES D'ALPHONSE DAUDET
据 Librairie Marpon et Flammarion 版本译出。

图书在版编目（CIP）数据

都德小说选 /（法）都德著；刘方，陆秉慧译. —北京：人民文学出版社，2021（2022.2 重印）
（外国文学名著丛书）
ISBN 978-7-02-016616-9

Ⅰ.①都… Ⅱ.①都…②刘…③陆… Ⅲ.①短篇小说—小说集—法国—近代 Ⅳ.①I565.44

中国版本图书馆 CIP 数据核字（2020）第 170065 号

责任编辑　黄凌霞
装帧设计　刘　静
责任印制　王重艺

出版发行　人民文学出版社
社　　址　北京市朝内大街 166 号
邮政编码　100705

印　　刷　河北新华第一印刷有限责任公司
经　　销　全国新华书店等

字　　数　219 千字
开　　本　850 毫米×1168 毫米　1/32
印　　张　10.625　插页 3
印　　数　4001—7000
版　　次　2013 年 8 月北京第 1 版
印　　次　2022 年 2 月第 2 次印刷

书　　号　978-7-02-016616-9
定　　价　49.00 元

如有印装质量问题，请与本社图书销售中心调换。电话：010-65233595

都德

出版说明

人民文学出版社自一九五一年成立起,就承担起向中国读者介绍优秀外国文学作品的重任。一九五八年,中宣部指示中国科学院文学研究所筹组编委会,组织朱光潜、冯至、戈宝权、叶水夫等三十余位外国文学权威专家,编选三套丛书——"马克思主义文艺理论丛书""外国古典文艺理论丛书""外国古典文学名著丛书"。

人民文学出版社与中国科学院文学研究所,根据"一流的原著、一流的译本、一流的译者"的原则进行翻译和出版工作。一九六四年,中国社会科学院外国文学研究所成立,是中国外国文学的最高研究机构。一九七八年,"外国古典文学名著丛书"更名为"外国文学名著丛书",至二〇〇〇年完成。这是新中国第一套系统介绍外国文学作品的大型丛书,是外国文学名著翻译的奠基性工程,其作品之多、质量之精、跨度之大,至今仍是中国外国文学出版史上之最,体现了中国外国文学研究界、翻译界和出版界的最高水平。

历经半个多世纪,"外国文学名著丛书"在中国读者中依然以系统性、权威性与普及性著称,但由于时代久远,许多图书在市场上已难见踪影,甚至成为收藏对象,稀缺品种更是一书难求。在中国读者阅读力持续增强的二十一世纪,在世界文明交流互鉴空前频繁的新时代,为满足人民日益增长的美好生活的需要,人民文学出版社决定再度与中国社会科学院外国文学研究所合作,以"网罗经典,格高意远,本色传承"为出发点,优中选优,推陈出新,出版新版"外国文学名著丛书"。

值此新版"外国文学名著丛书"面世之际,人民文学出版社与中国社会科学院外国文学研究所谨向为本丛书做出卓越贡献的翻译家们和热爱外国文学名著的广大读者致以崇高敬意!

"外国文学名著丛书"编委会
二〇一九年三月

编委会名单

（以姓氏笔画为序）

1958—1966

卞之琳	戈宝权	叶水夫	包文棣	冯 至	田德望
朱光潜	孙家晋	孙绳武	陈占元	杨季康	杨周翰
杨宪益	李健吾	罗大冈	金克木	郑效洵	季羡林
闻家驷	钱学熙	钱锺书	楼适夷	蒯斯曛	蔡 仪

1978—2001

卞之琳	巴 金	戈宝权	叶水夫	包文棣	卢永福
冯 至	田德望	叶麟鎏	朱光潜	朱 虹	孙家晋
孙绳武	陈占元	张 羽	陈冰夷	杨季康	杨周翰
杨宪益	李健吾	陈 燊	罗大冈	金克木	郑效洵
季羡林	姚 见	骆兆添	闻家驷	赵家璧	秦顺新
钱锺书	绿 原	蒋 路	董衡巽	楼适夷	蒯斯曛
蔡 仪					

2019—

王焕生	刘文飞	任吉生	刘 建	许金龙	李永平
陈众议	肖丽媛	吴岳添	陆建德	赵白生	高 兴
秦顺新	聂震宁	臧永清			

目　次

译本序 …………………………………………… 1

入住磨坊 ………………………………………… 1
在博凯尔的公共马车上 ………………………… 5
科尔尼师傅的秘密 …………………………… 10
塞甘先生的山羊 ……………………………… 17
繁星 …………………………………………… 25
阿尔勒的姑娘 ………………………………… 32
教皇的骡子 …………………………………… 37
桑吉奈尔的灯塔 ……………………………… 50
活跃号的最后时刻 …………………………… 57
诗人米斯特拉尔 ……………………………… 65
最后一课 ……………………………………… 74
科尔马地方法官的幻觉 ……………………… 80
娃娃奸细 ……………………………………… 85
母亲 …………………………………………… 94
柏林之围 ……………………………………… 101
糟糕的佐阿夫兵 ……………………………… 110
保卫塔拉斯贡 ………………………………… 116

贝利赛尔的普鲁士人	*125*
巴黎的农夫	*131*
在前哨阵地	*135*
渡船	*144*
旗手	*149*
肖万之死	*156*
我的军帽	*162*
小馅儿饼	*166*
法国的仙女	*172*
阿尔蒂尔	*177*
最后的书	*183*
待售房屋	*188*
小红山鹑的担惊受怕	*194*
塔拉斯贡人氏塔塔兰之惊险奇遇记	*201*

译本序

"都德是最卓越、最有魅力、最不朽的文学家;他具有妙趣横生的极为独特的风格,他对生活有着天赋的敏感,他描绘的生活是如此有个性,如此惟妙惟肖,即使他信笔写上几页,也会使他心灵的震响与我们的语言共存。"

——摘自左拉在都德葬礼上的讲话

阿尔封斯·都德于一八四〇年出生在法国南部普罗旺斯省一个丝绸批发商的家庭。由于父亲破产,他不得不在十五岁时去一所中学担任辅导教师。后来,得到他哥哥,历史学家艾尔乃斯特·都德的帮助来到巴黎,在贫困中走上了文学创作的道路。起初,他曾尝试写过诗歌、戏剧和短篇小说,却并没有引起文学界的注意。一八六六年,他发表了《磨坊信札》,获得了相当大的成功。两年以后,他又发表了被誉为狄更斯的《大卫·科波菲尔》姊妹篇的长篇小说《小东西》,使他一举成名。普法战争时期,都德曾在军队里服役。战后,根据他对战争的认识和体验,他写下了充满爱国主义激情的短篇小说集《月曜日故事集》,其中的《最后一课》是中国读者熟悉的名篇。

普法战争以后,他走上了现实主义的创作道路,主要致力于长篇小说的创作。在《小东西》之后,他于一八七二年发表了《塔拉斯贡的塔塔兰》,之后又发表了另一名著《小弗乐蒙与大里斯勒》。此后,他在写作上乘风破浪,几乎一年一部长篇。如《雅克》(1876)、《富豪》(1877)、《国王蒙尘》(1879)、《努马·卢梅斯当》(1880)、《福音传教士》(1883)、《不朽者》(1888)等。此外,他还出版了一些戏剧集、散文集以及回忆录等等。作为左拉的挚友,都德参与了一些自然主义文学流派的活动。在这个流派形成的时候,他是此流派五人"聚餐会"的成员。尽管他在创作实践中并没有完全遵循自然主义的原则,他在当时的文学青年中却具有举足轻重的影响力。他在一八九七年病逝于自己的乡间住宅。

都德的短篇小说不算多(一百篇左右),数量上虽然逊于莫泊桑的创作,但他的短篇却具有极其鲜明的独特之处。在结构与情节布局的巧妙上,他的某些短篇完全可与莫泊桑的某些脍炙人口之作媲美,而在描写手法上却与自然主义客观冷峻的风格大相径庭。他的作品无论是充满爱国主义激情的篇章,还是抒发怀旧柔情的乡土文学佳作,都能让读者在陶然恻然的阅读与欣赏中,情不自禁地与作者一起不是流下感伤、欣喜、惆怅的眼泪,便是发出嘲讽、包融、会心的微笑。

这个集子里选自《磨坊信札》和《月曜日故事集》的短篇都是作者乡土文学和爱国主义篇什的精品。都德出生在南方,他对家乡的如画景色和乡民们性格中的独特魅力与弱点怀着深厚的感情。在他的笔下,普罗旺斯的山峦和草地是那样辽阔,柔美,充满醉人的芳香。那里的农人、牧羊人、磨坊主……是那样淳朴、憨厚、热烈、执着。他们热爱家乡的生活方式，热爱自由、珍惜自己的历史。磨坊主科尔尼"在面粉里滚了六十年"，美妙的风车转动声陪伴了他一辈子。当新的生产方式出现在他的面前时，愤怒促使他不惜手段维持着风车的转动声。在他的小把戏败露后，老乡们非但不责怪他，反而纷纷前来请他磨面以表示支持。多么倔强的老头！多么宽厚的乡亲！在那片迷人的土地上，不仅人，连山羊都热爱自由。一向被塞甘先生认为温顺规矩的小山羊，一旦期盼到山里去享受自由自在的生活，便不顾主人的警告，偷跑到山间尽情品尝了一整天甜蜜的自由，最后在狼的血盆大口威胁下英勇战斗到生命结束而毫不后悔，大有"若为自由故，两者皆可抛"的雄风。青年农民让爱上了邻村阿尔勒的一个娇小迷人的姑娘。在家里准备为他举办婚礼的前夕，一个男人前来出示信件，说明这个姑娘曾与他同居两年。事实证明了此前关于这个姑娘生活浪荡的传闻，增强了父母原来就反对这门婚事的决心。但眼见儿子在如此沉重的打击下一蹶不振，二老并没有坚持己见。最后，无论母亲如何防范，儿子仍然走上了不归路。好一个执着而又痴情的普罗旺斯汉子！其他如《繁星》等都是洋溢着诗情画意的绝美篇章，里面对人物情感细致入微的描写无不折射出作者温和、真挚、宽厚、热烈的人格魅力。

使都德蜚声海内外的作品倒也不是他的长篇或中篇，而是他那些充满爱国主义激情的短篇佳作。普法战争时期，都德曾在军队服役，对战争，尤其对后来的反侵略战争比较熟悉，这样的经历使他得以写出那些脍炙人口的经典篇章。无论法国还是中国，被列入中小学教材的《最后一课》使都德这个名字几乎家喻户晓。作者没有正面描写普鲁士入侵者如何残酷压迫战败国的老百姓，而是从一个爱逃学的小学生的自叙再现出拿破仑三世腐朽统治下阿尔萨斯人民沦为亡国奴的悲哀场景。通常，一堂国语课也许是调皮学生逃课的对象，但在被侵略者禁止学习自己的语言时，这一节课便成了一种神圣的告别仪式，成为忏悔、反省、自责的场所。不仅是阿迈尔老师讲课时神情悲愤，连顽童自己和坐满教室后排的老人如前村长霍赛以及邮差等等听课时也都悲愤不已，恨不得把过去对国语的怠慢一下子全都补偿过来。多么悲怆的最后一课！

爱国主义是人类历史上国家出现之后的一种普世价值观。普法战争爆发之后，一位老拿破仑时代的上校为了观看法军凯旋，去凯旋门附近租住了一套带阳台的房子。当他听到法军在威森堡失利的消息时，一下子中风倒下。这位八十高龄身材魁梧的重骑兵半身不遂，意识模糊，身边只有他美丽的孙女和医生守护着他。这时，传来了一则错误的消息，说麦克马洪元帅在雷茨霍芬大败普鲁士军队。出乎医生和孙女的意料，这则消息竟使老人起死回生，连眼睛也明亮起来，嘴里喊了两次："胜……利！"老人得救了，但真实的战报却使姑娘不敢面对现实。于是，为了拯救老人，医生和姑娘决定撒谎。他们编造了法军挺进柏林的路线图，每天向老人报喜，老人也掐着指头计算包围柏林的日子，身体逐渐好了起来。一天，外面的动静让老人浮想联翩，他相信是法军胜利回师即将行进在凯旋门下。不知是什么样神奇的力量使他戴着头盔，挎着军刀，穿着重骑兵的全副武装出现在阳台上！可是他看见的却是家家户户门窗紧闭，一队普鲁士士兵胆怯地走在大道上。于是，在广场死一般的寂静里，人们听见一声吼叫："拿起武器！……拿起武器！……普鲁士人来了。"只见一位魁梧的老人挥舞着两臂，摇摇晃晃倒在地上，他死了。作者用简练的笔触勾画出老军人爱国到最后一口气的令人震撼的场景。如此构思新颖、布局奇巧、文笔简约的短篇给后人的审美遐思留下了广阔的空间。

都德中篇小说的代表作当然首推《塔拉斯贡人氏塔塔兰之惊险奇遇记》。法国流传着这么一句话："南方人不骗人，他们总是搞错；他们常常不讲真话，但他们却相信自己讲了真话。"出生于南方普罗旺斯省的都德对自己家乡人的了解、爱、恨和理解，真可谓已深入骨髓。他热爱他们的淳朴、热情、宽厚、敢担当；又恨他们的浮夸、虚荣、不靠谱的英雄主义。如此复杂的心情促使他写下了塔拉斯贡的塔塔兰系列。他以幽默的笔触漫画式地描写了塔拉斯贡人性格的代表塔塔兰经历的各种奇闻异事，勾勒出一个虚荣浮夸、贪图享受、知识贫乏、鼠目寸光而又梦想当英雄的小人物滑稽可笑的典型形象。都德曾和他的表兄弟一道去北非小住，所以小说里对非洲风土人情的描绘也给读者留下了深刻的印象。

刘　方
二〇一三年一月

入住磨坊

我住进磨坊,首先大吃一惊的是那里的兔子们!……

长久以来,它们看到磨坊的门一直关着,墙壁、平台上长满了草,最终便以为开磨坊的一族已经灭绝了。兔子们觉得这地方不错,于是把这里作为它们的"指挥部",一个"战略策划中心":兔子的冉马普磨房①。我到来的那一夜,平台上足有——不是说假话——二十来只,坐成一圈,正在月光下暖和它们的爪子……我微微推开天窗,刹那间,哧溜!野营部队立刻四散逃跑。只见一个个白色小屁股,竖着短尾巴,飞快地颠儿,钻进密密的树丛。我真希望它们会回来。

还有一位见了我也很惊讶,那就是二楼的房客——一只阴阳怪气的老猫头鹰,神情像个大思想家,住在磨坊已经二十多年了。我是在楼上的房间里发现它的。它一动不动、身体笔直地栖息在大磨的传动轴上,在一大堆灰泥和掉落下来的瓦片中间。它用它那滚圆的眼睛打量了我一会儿,然后,因为认不出我是谁而十分恐慌,开始发出"呜!呜!"的叫声,并且艰难地扇动那积满尘土变成灰色的翅膀——这些可恶的思想

---

① 冉马普是比利时的一个小镇。1792 年 11 月 6 日,法国将军迪穆里埃(1739—1823)在此击败奥地利军队,当时他的司令部就设在一座磨坊里。

家！从来不晓得把身上的衣服刷一刷……不过,没关系！尽管它这副模样,眼睛眨巴,面色阴沉,但比之于别的房客,我还是宁愿要这只安安静静、不言不语的猫头鹰。于是我赶紧续签了它的租房契约。它一如既往住磨坊的整个楼上一层,由屋顶上的一个洞口出入;我则给自己留了楼下的一间,那一间比较小,墙壁用石灰粉刷过,但低矮,有拱顶,像修道院的食堂。

我就是在这间屋里给你们写信,我的房门朝灿烂的阳光敞开着。

在我面前,一片美丽的松林在太阳下熠熠闪光,顺着山坡往下伸展,一直到山坡脚下。天边,阿尔皮耶①山脊勾勒出秀气的剪影……万籁无声……偶尔,远远地传来一声短笛,麻鹬在薰衣草里的一声鸣啭,或是大路上骡子的铃铛声……普罗旺斯的所有这些美景都依赖阳光而存在。

现在,你们想,我怎么会怀恋你们的城市——吵闹而又灰暗的巴黎呢?我在我的磨坊里生活得如此惬意!它正是我一直寻找的那个角落,一个馨香温暖,远离报纸、马车、烟雾的小角落!……而且我的四周有多少可爱的事物啊!我住进磨坊才一个礼拜,可我的头脑里已装满了印象和回忆……喏,不必说远的,昨天傍晚,我就目睹了羊群返回山坡下的一座农庄的情景。我向你们发誓,我不会愿意拿这幕情景来换取你们这一礼拜在巴黎看到的所有首场演出。我最好写下来由你们自

---

① 阿尔皮耶是法国罗讷河与杜朗斯河之间的一片不大的多山高原。

己评断。

先要告诉你们,普罗旺斯地区有个习俗:天气开始热起来时,把牲畜赶到阿尔卑斯山里去放牧。牧人和牲口在山上度过五六个月,晚上就露天睡在齐腰的草里;待到感觉出秋天的第一阵寒意时,牧人又赶着畜群回到山下的农庄,那时,牲口可以在飘着迷迭香的芬芳的灰色小山丘上美美地吃草……

回到昨天傍晚羊群归来的那一幕。从早晨起,人们就敞开农庄的大门等待着;羊舍里铺上了新鲜的麦秸。随着时间一小时、一小时地过去,人们念叨着说:"现在该到埃吉耶尔了……现在该到帕拉都了……"然后,向晚时分,突然有人高喊一声"回来啦!"于是,我们看到,那边,远远地,羊群在一片金灿灿的尘土中逶迤走来。整条大路也仿佛跟着它们在移动……走在头里的是一批老公羊,它们朝前支棱着双角,神情狂野;接着是绵羊组成的大部队,羊妈妈们显得有些疲惫,腿间吊着正在吃奶的羊羔;头上扎着红绒球的骡子驮着一些竹篮,篮里睡着刚出生一天的羊宝宝,骡子走动时便把它们轻轻摇晃着;随后是一群牧羊犬,全都汗淋淋、气咻咻的,伸出的舌头几乎拖到地面;最后压阵的是两个神气活现的大个子羊倌,身上披着橙红色布斗篷,斗篷一直垂到脚踵,像主教的无袖长袍。

这一切从我们面前欢快地走过,进了农庄的大门。就听见无数蹄子踏在地上发出骤雨般的声音……这时农庄里那种激动的情景呵,真是不可不看;几只长着绢网似的羽冠和金绿两色羽毛的大孔雀鸽,从高高的栖架上认出了这批来者,一齐用惊人的喇叭声似的尖叫迎接它们。鸡棚里的鸡原本在睡觉,一时都惊醒了。鸽子、鸭子、火鸡、珠鸡全体骚动起来。所有的家禽都像发了疯似的,母鸡们甚至打算闹腾个通宵!……仿佛每只归牧的羊都在它的羊毛里带回了一息旷野的阿尔卑斯山的芳香,带回了一股山里的清新空气,这空气令人陶醉,令人手舞足蹈。

羊群就在这片喧闹中回到它们的住所。没有什么比这安家的场面更令人愉悦的了。老山羊们重新看到自己的秣槽时眼睛里充满了温情。小羊们,尤其是那些在旅途中降生的羊羔们,从来没见过农庄是什么样,都用惊异的目光环顾四周。

但是,最令人感动的还是那些狗,那些忠心耿耿的牧羊犬。它们在自己守护的牲口旁边忙前忙后,眼睛里只看见这些羊。虽然看家犬在窝里吠叫呼唤它们,虽然盛满清凉井水的铅桶在向它们招手示意,它们却听而不闻,视而不见。直到羊群全都归圈,小篱笆门的粗大门闩已推上,羊倌们已在矮厅里坐下吃饭,它们才肯回窝。然后,它们一面舔食着自己的那盆汤,一面给守在农庄的伙伴们讲它们在山上的经历,说山上是个诡秘的地方,那里有狼,还有高大的、花朵里积满了露水的紫红色毛地黄。

陆秉慧 译

在博凯尔①的公共马车上

事情发生在我到达这儿的那天。我是乘坐博凯尔的公共马车来的,一辆又老又破的马车,一天无须走多少路就可以回去歇息,但是它总是沿着大路慢悠悠地逛到天黑,好让人以为它从很远的地方回来。不算马车夫,顶层上有五个人。首先是卡马尔格②的一个看守人,身材矮小粗壮,脸和手毛茸茸的,浑身发出一股野兽的气味,两只滚圆的眼睛布满血丝,两只耳朵上吊着银环;然后是两个博凯尔人,一个是面包师傅,另一个是他的揉面工人,两人都满脸通红、直喘粗气,但是他们的侧面轮廓很英武,如同罗马钱币上的维特利乌斯③的浮雕像。最后是坐在前面马车夫旁边的人……不!不如说是一顶鸭舌帽,一顶巨大的兔皮鸭舌帽,因为他几乎不说话,一直神情忧郁地看着大路。

这些人互相认识,毫无顾忌地大声谈着他们各自的事。卡马尔格人说,他从尼姆④来,预审推事传讯他,为的是他用

~~~~~~~~~~~~~~~~~

① 博凯尔,法国东南部的一个小镇,在罗讷河边。
② 卡马尔格,法国普罗旺斯省罗讷河三角洲的一个地区,种植稻米和饲料作物,盛产牛、马等牲畜。
③ 维特利乌斯(15—69),罗马皇帝,在位时间仅半年左右。
④ 尼姆,法国东南部一个古老的小城,有不少古罗马时期的建筑物。本文作者都德出生在此。

长柄叉打了一个牧羊人。卡马尔格的人脾气暴躁,容易发火……博凯尔人也一样!马车上的这两个博凯尔人,讲到圣母玛利亚时,不是恨不得互相把对方掐死吗?看来,面包铺老板属于一个自古以来就奉献给圣母的堂区,普罗旺斯人称圣母为"仁慈的母亲",就是那个怀中抱着小耶稣的圣母;相反,他的揉面工在一个全新的教堂里唱诗、做弥撒,这个教堂是奉献给无原罪始胎①的,那个美丽的微笑着的玛利亚,人们把她描绘为两臂下垂、两手满握光芒。两人的争吵便由此而来。真应当听听这两个忠实的天主教徒是怎么互相对骂,又是怎么骂对方信奉的圣母玛利亚的。

"你的那个无原罪始胎,她挺漂亮呀!"

"你,还有你那个'仁慈的母亲',滚你们的!"

"你的那个玛利亚,她可吃了不少苦头,在巴勒斯坦!"

"你的那个呢,哼!那个丑女人!……谁知道她干过些什么……你最好还是去问圣约瑟②吧。"

只差看见他们亮出刀子了,否则人们会以为自己置身于那不勒斯③港呢。而且,说实话,若不是马车夫出来讲话,我想这场神学上的较量很可能真会以武斗结束。

"别拿你们的圣母来烦我们了,让我们安静一会儿吧,"马车夫笑着对那两个博凯尔人说,"这都是女人们的胡说八

---

① 无原罪始胎,无原罪始胎也译作无玷成胎。天主教认为圣母玛利亚在其母腹中成胎,以及耶稣在她腹中成胎时,是由圣灵感孕而未沾染原罪。此处即指圣母玛利亚。

② 圣约瑟,据《新约全书》记载,他是耶稣的世俗父亲,圣母玛利亚的丈夫。他发现未婚妻玛利亚背着他怀了孕,便决定休掉她。但天使告诉他,玛利亚是由圣灵感孕。他听从天使的指示,娶她为妻。

③ 那不勒斯,意大利西岸港口城市,传说那里的人好斗。

道,男人不应当瞎掺和。"

说完,他啪一声甩起鞭子,他那对宗教信条有点怀疑的态度让大家都服了他。

神学讨论到此为止了,但是,面包师傅意犹未尽,需要把余下的兴致发挥掉,于是,他把身体转向那顶一声不响、忧伤地坐在角落里的可怜的鸭舌帽,用嘲弄的口吻问他道:

"那么,你的女人呢,磨刀匠?……她站在哪个堂区一边?"

这句话里肯定有很逗笑的意味,因为顶层上的人全都笑起来……磨刀匠却不笑,他好像没听见的样子。见此情景,面包师傅又转向我说:

"您不认识他的老婆吧,先生?那可是个古怪的女人,没错!像她这样的女人,在博凯尔找不出第二个来。"

笑声更厉害了。磨刀匠坐着一动不动,只是头也不抬地低声说:

"别说了,面包师傅。"

可是那该死的面包师傅不想住口,反而说得更起劲了:

"他妈的!我们的伙计娶了这样一个老婆没什么可抱怨的……和她在一起,一刻也不会觉得烦闷……您想想看,怎么会烦闷呢!那个美人儿每半年就和别人私奔一次,回来还总有点故事讲给你听……这没什么,他们是有趣的小两口儿……您想想看,先生,他们结婚还不到一年的时候,老婆就脚底下抹油,跟一个巧克力商人跑去西班牙了。老公一个人待在家里流眼泪,喝闷酒……就像疯了似的。过了一段日子,美人儿回家乡来了,一身西班牙人打扮,还拿着一只小铃鼓。

我们大家劝她:'快躲起来;他会杀了你的。'哈!是啊,杀她……可人家不声不响地和好了,而且他老婆还教会他敲铃鼓呢。"

又爆发出一阵笑声。坐在一边的磨刀匠仍然低着头,又嗫嚅道:

"别说了,面包师傅。"

面包师傅不理睬他的央求,继续说:

"先生,您也许会以为,从西班牙回来后,美人儿就安安分分待在家里了……才不呢!……她老公那么心平气和地担待了她做的事!这就让她有了再犯的念头……西班牙人以后,接着是一个军官,然后是罗讷河上的一个船员,然后是一个玩乐器的,然后……我能说得清吗?……有趣的是,每次都是老戏重演:老婆跟人走了,老公就哭;老婆一回来,老公又安心了。而且人家一次又一次把他的美人儿抢走,他一次又一次地再收下她……您说,这个当老公的是不是很有耐心!当然,应当承认,磨刀匠的小媳妇儿确实很漂亮,漂亮得叫人流口水:活泼、娇小,一副好身材;而且皮肤洁白,浅褐色眼睛,看男人时总是笑眯眯的……我敢发誓!巴黎人,您要是哪天有机会再路过博凯尔……"

"噢!别说了,面包师傅,求你了……"可怜的磨刀匠再一次央求,那声音叫人心碎。

这时,公共马车停了下来。我们到了昂格罗尔农庄。两个博凯尔人在这儿下车。我向你们发誓,我决不会留他们……那个爱戏弄人的面包师傅,他已经进了农庄的院子,我们还能听到他的说笑声。

这些人一走,马车顶层顿时显得空空荡荡。此前,卡马尔格人早已经在阿尔勒下了车;马车夫也下来,在他的马旁边走着……顶层上就剩下我和磨刀匠,各人坐在自己的角落里,不言不语。天气炎热;车顶篷的皮晒得发烫。有时我感到自己的眼睛闭上了,脑袋也变得沉重;但是没法睡着,耳朵里似乎总听见"别说了,我求你",那么轻柔,那么叫人伤心……磨刀匠呢,他也睡不着,可怜的人!我从后面看见他厚实的肩膀在颤动,还有他搁在长凳背上的手——一只灰白色的粗笨的大手——也像老人的手一样在颤抖。他在哭泣……

"您到家啦,巴黎人!"赶车的突然对我喊,同时用马鞭的一端向我指指我熟悉的翠绿的山丘,插在山丘上的风车宛如一只硕大的蝴蝶。

我急忙下车……从磨刀匠身旁走过时,我试图看看鸭舌帽下面;我想在走之前看见他的脸。这个不幸的人好像知道我的想法,猛地抬起头,把目光直直地注视着我的眼睛。

"好好看看我,朋友,"他对我说,声音低沉喑哑,"如果哪天您听说博凯尔出了人命案,您就可以说您认识那个犯事的人。"

我看到的是一张憔悴、忧伤的脸,一双了无生气的小眼睛。眼睛里含着泪水,但是声音里却充满仇恨。仇恨是弱者的愤怒!……我要是磨刀匠的妻子,一定会提防他。

陆秉慧 译

科尔尼师傅的秘密

　　弗朗塞·玛玛依,一个吹短笛的老人,有时到我这儿来喝酒聊天度过整个夜晚。一天晚上,他给我讲了二十年前村子里发生的一个小小的悲剧,而我住的磨坊就见证了这个悲剧。老人的讲述令我感动,现在我试着把我听到的原原本本地讲给你们听。

　　亲爱的读者,请你们暂时想象自己坐在桌旁,面前摆着一壶香气四溢的酒,跟你们讲话的是一位吹短笛的老人:

　　善良的先生,我们生活的地方并不是一直像现在这样死气沉沉、没有歌声。过去,这里磨面粉的生意很红火,方圆几十里的庄稼人都把他们的麦子运到我们这儿来磨……村子周围的山丘上到处是风磨,不管从哪里,你都能看到风车的叶片在松树之上被米斯特拉风①吹得飞快地转;一队队的小毛驴驮着一袋袋麦子或面粉,沿着山路上上下下;从礼拜一到礼拜六,每天都能听到山冈上甩鞭的劈啪声,风车的帆布叶片的啪啪声和磨坊老板的帮工们赶驴的"驾!吁!"声,真是叫人高兴的事……每逢礼拜天,大伙成群结队到磨坊去,磨坊老板请

---

① 米斯特拉风是指法国普罗旺斯地区和地中海上刮的强劲的北风或西北风。

我们喝麝香葡萄酒,老板娘披上镶花边的披肩,佩戴起金十字架,漂亮得像皇后一样。我呢,总带上我的短笛,大伙跳法朗多拉舞①,一直跳到天擦黑。你们瞧,那时磨坊可真是本地的欢乐和财富啊。

可是,好景不长,一些从巴黎来的法国人有了个主意,在通往塔拉斯孔②的大路上建造了一座用蒸汽做动力的面粉厂。新鲜玩意儿总招人喜欢!人们开始把麦子送到面粉厂去加工,并且成了习惯。这一来,可怜的风磨就没活儿干了。起初,磨坊老板们还想方设法拼斗了一阵,可蒸汽机比他们厉害。唉!他们只得陆陆续续关了磨坊歇了业……从此再也见不到小驴子来这儿了……漂亮的磨坊老板娘卖掉了她们的金十字架……再也喝不到麝香葡萄酒了……再也不跳法朗多拉舞了!……米斯特拉风还在吹,可磨坊的风车叶片不再转了……然后,终于有一天,村政府下令拆掉了所有那些老磨坊,在它们的地盘上种上了葡萄和油橄榄树。

但是,在这场溃败中,有一座磨坊坚持了下来,它挺立在山冈上,在面粉厂老板的眼皮底下勇敢地继续转动。那就是科尔尼师傅的磨坊,也就是我们此刻正坐在里面聊天的这座磨坊。

科尔尼师傅开磨坊年代已久,可以说在面粉里滚了六十年了,而且对这一行着了迷。面粉厂建造后,老头子急得疯了似的。整整一个礼拜,只见他在村儿里东跑西颠,把大伙召集

---

① 法朗多拉舞是普罗旺斯地区的民间舞。
② 塔拉斯孔,法国罗讷河口省城市,位于罗讷河左岸。

在他周围,他扯着嗓子喊有人想用面粉厂里磨出来的面粉毒害整个普罗旺斯。"别把你们的麦子送到那里去,"他说,"那帮强盗用蒸汽来磨做面包的面粉,可蒸汽是魔鬼的发明,我呢,我用的是米斯特拉风和特拉蒙塔纳风①,那是仁慈的上帝呼出来的气……"他找出一大堆诸如此类动听的话来赞美风车和磨坊,可是谁也不听他的。

老头子气坏了,把自己关在磨坊里,孤零零一个人过日子,像只洞中的野兽。他甚至不愿把孙女儿威维特留在身边,而这个十五岁的孩子自从失去父母后,在世上就只剩下祖父这一个亲人了。可怜小姑娘不得不自己谋生,四处当雇工,去这个农庄收麦子,去那个农庄养蚕或收油橄榄。可是,这个孩子,她爷爷又似乎是很爱她的。她爷爷常常会顶着火辣辣的太阳徒步走十几里路,到她干活的农庄去看她,待在她身边好几个钟头,一面看着她,一面流泪……

村里人都认为,老磨坊主赶走威维特是出于吝啬。让自己的孙女儿这样到一个个农庄去讨生活,冒着受庄主的虐待和备尝当仆人的种种苦楚的危险,这对科尔尼师傅来说可不是件光彩的事。还有,像他这样一个有声望而且一直自尊自重的人,如今光着脚,戴一顶有窟窿的软帽,系一条破破烂烂的腰带,像个十足的波希米亚人那样游来荡去,大伙觉得这也很不体面……礼拜天,看见他这副模样走进教堂做弥撒时,我们这些老年人都替他感到羞耻;这一点,科尔尼心里也清楚地感觉到了,所以他再也不敢坐在堂区财产管理委员会成员的席位上,而总是混在穷人堆里,待在教堂尽里头的圣水盆

---

① 特拉蒙塔纳风,指地中海沿岸的北风。

附近。

科尔尼师傅的生活里有点什么别人不清楚的东西。已经有很长时间,村里没人送麦子给他磨了,可他的风磨的叶片还在那儿飞快地转,像以往一样……傍晚,人们常在路上遇见老磨坊主赶着他的驴,驴背上驮着几大袋面粉。

"晚上好,科尔尼师傅!"农夫们大声说,"看来,磨坊的生意一直挺好?"

"一直挺好,孩子们,"老头儿快活地回答,"感谢上帝,我们可不缺活儿干。"

这时,要是有人问他哪来这么多活儿,他就把一个手指头放在嘴唇上,一脸严肃地说:"别吱声!我在为外地干活儿……"你别想从他嘴里知道更多的东西。

至于探头往他的磨坊里瞧上一眼,那更是想都不敢想。连他的孙女儿威维特也进不去……

从他的磨坊前面走过时,总看见大门关着,风车的大叶片始终在转,那头老驴在吃平台上的草,一只又大又瘦的猫趴在窗台上晒太阳,恶狠狠地瞧着你。

这一切有一种神秘的意味,引得大伙说长道短。对科尔尼的秘密,村里人各有各的解释,但是比较普遍的说法是,在这座磨坊里,装着金币的麻袋比装着面粉的麻袋多。

然而,时间一长,一切都暴露了。事情是这样的:

我在吹短笛为年轻人伴舞时,偶然发现,我的大儿子和小威维特互相爱上了。说实话,对这件事我并不气恼,因为,不管怎样,科尔尼这个姓氏在村里还是挺体面的,而且能看到这只漂亮的小斑鸠威维特在我家走进走出我会很高兴。不过,由于这对恋人经常有机会在一起,我想立刻把他们的事定下来,免得出意外。于是,我去磨坊向威维特的祖父提亲……啊!这个老巫师!你们知道他是怎么接待我的吗!根本没法儿让他打开他的家门。我好歹从锁孔里向他解释了我的来意;在我说话的当儿,那只可恶的瘦猫一直在我的头顶上方鬼哭似的号叫。

老头儿不给我时间说完就很不客气地冲我吼,叫我还是回家吹我的短笛,还说,要是我急着给儿子娶老婆,完全可以去找面粉厂的丫头们……你们可以想象得出,听了这些恶言恶语,我的血冲上脑门;不过我还是相当清醒,克制住了自己,让那个老疯子待在他的磨坊里,我跑回家把这件令人失望的事告诉了两个孩子……这对可怜的羊羔简直不敢相信自己的耳朵;他们求我恩准他们两人一起上磨坊去和祖父谈谈……我没有勇气拒绝他们,于是这对恋人一溜烟向磨坊跑去。

他们到那里时,正巧科尔尼师傅刚刚出去。大门关着,还上了两道锁;但是老头儿走时忘了把梯子收进去,两个孩子立刻有了主意:从窗户钻进去,看看这神秘的磨坊里究竟有些什么……

真奇怪!放磨子的那间屋子里空空的……没有一袋面粉,没有一粒麦子;墙上和蜘蛛网上也没有一点面粉屑……甚至闻不到麦粒压碎后会留在磨子里的那股好闻的热烘烘的香味……大磨的传动轴上落满了灰尘,那只大瘦猫就趴在上面睡觉。

下面的那间屋子同样是一副没人料理的破败相:一张蹩脚床,几件破旧的衣服,楼梯的踏级上扔着一块干面包,墙旮兕里堆着三四个有窟窿的麻袋,从里面漏出些石灰渣和白垩土。

这就是科尔尼师傅的秘密!傍晚他就是让驴子驮着这些石灰渣在大路上转悠,好叫人相信他的磨坊还在磨面粉,他想用这个办法来保全磨坊的面子……可怜的磨坊!可怜的科尔尼师傅!面粉厂早已经抢走了他的最后一个顾客。风车的叶片还在飞旋,可是大磨在空转。

两个孩子回来了,流着泪把他们看到的一切告诉了我。我听了难受极了……我一分钟也不耽搁,立刻跑到左邻右舍,把事情的大概讲给他们听。大伙商量后,决定把家里所有的麦子都运到科尔尼师傅的磨坊……说干就干,全村的人都行动起来,赶着驮着麦子——那可是真正的麦子——的驴队到山冈上的磨坊!

磨坊的门大开着……门前,科尔尼师傅坐在一袋石灰上,两手捧着脑袋在哭,他刚刚回家发现,有人趁他不在时钻进屋里,他那令人悲伤的秘密肯定被识破了。

"我好可怜哪!"他边哭边说,"如今,我只有去死了……磨坊的脸面给丢尽了。"

他就这么呜呜咽咽哭着,哭得叫人心都要碎了,他还不停地用各种名字喊着他的磨坊,跟它讲话,就像跟个大活人讲话一样。

这时,驴队来到了平台上,我们大家一起扯着嗓子喊:

"喂!磨面粉来了!……喂!科尔尼师傅!"

就像在磨坊主们的美好时代那样。

转眼间一袋袋麦子在门前堆起,饱满的橙红色麦粒从四处撒出来……

科尔尼师傅把眼睛瞪得大大的,他抓起一把麦子摊在苍老的手心里,又是哭又是笑地说:

"是麦子!……老天爷!……多好的麦子!让我好好看看。"然后他转过身来对我们说:

"我早就知道你们会回到我这儿来的……那帮面粉厂老板都是骗子。"

我们想把他抬起来在村子里走一圈,欢呼胜利,可他说:"不,不,我的孩子们,我得先去喂我的大磨……你们想想看,它的牙齿已经好久没嚼东西了!"

看见可怜的老人起劲地忙前忙后,一会儿捅破麻袋,一会儿照看磨子,大伙儿个个热泪盈眶。这时麦粒在磨子下面压碎,精细的面粉飞扬到天花板上。

我要为大伙说句公道话:自那天起,我们再也没让老磨坊主没活儿干。后来,一天早晨,科尔尼师傅死了。我们村里的最后一个磨坊也停止了运转,这次是永远地停止了……科尔尼死后,没人接他的班。有什么办法呢,先生!这世上任何事都有个结束,应当相信,风力磨坊的时代已经过去,就像罗讷河上的马拉驳船、路易十六时代的斗篷和绣着大花的短上衣一样。

陆秉慧 译

塞甘先生的山羊

写给巴黎的抒情诗人皮埃尔·格兰古瓦

你将总是这样,永远不会改变,我可怜的格兰古瓦!

怎么!有人给你在巴黎一家不错的报馆谋了个专栏编辑的职位,而你竟然高傲地一口回绝……可你看看自己,穷困潦倒的年轻人,看看你身上这件穿破了的上衣,这条快要崩溃的紧身裤,这张写着饥饿的瘦脸。而这就是你迷恋于诗的美妙音韵的结果!这就是你在阿波罗①老爷的侍从队伍里忠心效力了十年的回报……你还始终执迷不悟,你不感到惭愧吗?

当专栏编辑吧,傻瓜!当专栏编辑吧!你将会挣到大把令人羡慕的金币,你将会成为巴黎著名饭店的座上客;首场公演的日子,你可以戴上插着新羽毛的帽子神气地在剧院里露面……

不?你不愿意?你想随心所欲地过自由自在的生活,一直到死……那么,好吧,你就听听《塞甘先生的山羊》这个故事吧。你会知道,为了过自由自在的生活,你要付出怎样的代价。

---

① 阿波罗,希腊神话中的太阳神,在他的多种权限中有主管音乐、诗歌,保护缪斯等。此处阿波罗老爷的侍从指诗人。

塞甘先生养羊总是不走运。

他一只只失掉他所有的羊,而且都以同样的方式:突然,某天早晨,羊挣断绳子跑进山里,然后在山上被狼吃掉。主人的爱抚留不住它们,对狼的恐惧也阻挡不了它们。据说,那是些独立不羁的羊,它们不惜一切代价要呼吸旷野的空气,要自由。

好心的塞甘先生一点不了解这些羊的脾气,所以很是困惑不安。他想:

"完了;羊在我家感到烦闷,我一只也留不住的。"

然而,他并不气馁,在以同样的方式失掉了六只羊之后,他又买了第七只;不过,这一次,他多了个心眼儿,买了只幼小的羊,为的是让它更容易习惯于住在他家。

啊!格兰古瓦,塞甘先生的小山羊有多漂亮啊!那双温柔的眼睛,那撮像士官一样的胡须,那四只又黑又亮的蹄子,那对带斑马条纹的犄角,还有那一身洁白的长毛像一件宽袖外套披在它身上,这一切让它显得多漂亮啊!它几乎和爱斯梅拉达①的那只山羊一样可爱——你记得爱斯梅拉达的小山羊吗,格兰古瓦?——除此之外,它还温顺乖巧,愿意让主人抚摸它,安安静静地让人挤奶,不会把蹄子伸到奶盆里。啊,真是只招人喜欢的小山羊……

塞甘先生的屋后有一块用山楂树围起来的园地,新买来的羊就养在那里。他在园子里最好的地方插了根木桩,把小山羊拴在木桩上,同时他特别注意给它留下很长一段绳子,还

---

① 爱斯梅拉达,雨果的名著《巴黎圣母院》中的人物,一个美丽又能歌善舞的吉卜赛女郎。她身边总伴随着聪明可爱的小山羊"加利"。

不时来看看它在那儿好不好。山羊过得挺好,吃草吃得很欢,塞甘先生见了心里高兴极了。

"终于有这么一只在我家不感到烦闷!"他想。

可怜的人,他想错了,这只山羊开始烦闷了。

一天,它望着山上,心里想:

"生活在山上该是多么惬意啊!没有这根该死的要磨破颈子的绳子牵着,能在欧石楠树丛中跳跳蹦蹦,那该多么快活!……在园子里吃草只适合驴或者牛!……我们山羊嘛,需要开阔的地方。"

从那时起,它觉得园子里的草淡而无味。烦闷开始侵袭它。它一天天瘦下去,奶水也少了。它整天把脑袋转向山那边,不断地往前拽拴它的那根绳子,它把鼻孔张得大大的,同时忧伤地"咩!……咩!"叫,谁见了都会可怜。

塞甘先生当然觉察到他的山羊出了问题,可是他不知道是什么问题……一天早晨,他快挤完奶的时候,山羊朝他转过头来,用它的语言对他说:

"听着,塞甘先生,我在你家感到厌烦透了,让我到山里去吧。"

"啊!上帝!……它也一样!"惊愕的塞甘先生叫道,不觉让手中的奶盆掉在地上;然后,他在山羊旁边的草地上坐下,说:

"怎么,我的布朗凯特,你要离开我!"

布朗凯特回答:

"是的,塞甘先生。"

"因为这里的草不够你吃吗?"

19

"呵,不是,塞甘先生。"

"也许拴你的绳子太短了,你要我把绳子放长一点吗?"

"用不着,塞甘先生。"

"那么,你需要什么?你想要什么?"

"我想到山里去,塞甘先生。"

"可是,你这个没头脑的,你不知道山里有狼……要是狼来了,你怎么办?……"

"我用角顶它几下,塞甘先生。"

"狼才不在乎你的角呢。我有好几只羊被狼吃掉了,它们的角比你的粗大有力得多。你该知道,那只可怜的老母羊勒诺德去年还在这儿吧?那是只领头羊,又壮又凶,跟公羊一样。它和狼搏斗了一整夜……然后,到了早晨,狼把它吃了。"

"唉!可怜的勒诺德!……不过,这没什么,塞甘先生,放我到山里去吧。"

"仁慈的上帝!……"塞甘先生说,"我的羊都怎么了?又将有一只要被狼吃掉了……那可不行,不管你愿不愿意,我要救你,小淘气!为了防止你挣断绳子,我要把你关在羊圈里,你就一直待在那儿吧。"

说完,塞甘先生把山羊带到一个黑咕隆咚的羊圈里,关上门,上了两道锁。不幸的是,他忘了关窗户。于是,他刚一转身,小白羊就逃走了……

你在笑,格兰古瓦?当然!我完全相信,你,你是站在山羊一边,反对这位善良的塞甘先生的……我们走着瞧吧,看你待会儿还笑不笑。

白山羊来到山里,立刻引起一片赞叹。老枞树们从来没见过这么漂亮的小东西。大家像接待小皇后一样接待了它。栗子树把身子一直弯到地,为的是能用树枝的尖梢抚摸它。金雀花在它所经之处绽放,并且尽力散发它们的芳香。整座大山都在欢庆它的到来。

你想一想,格兰古瓦,我们的小白羊是不是感到幸福!不再有绳子,不再有木桩……不再有任何东西阻碍它跳跳蹦蹦,不再有任何东西阻碍它随心所欲地吃草……山上的草才多呢!多到盖过它的犄角,我亲爱的朋友!……而且是怎样的草啊!鲜美、细嫩、有高有矮、品种繁多,由上千种植物组成……和园子里的草地根本不是一码事。还有各种各样的花!……风铃草的蓝色钟形花,花萼很长的紫红色毛地黄花,整个儿一片野花的森林,饱含着诱人的浆汁!……

小白羊陶醉了,它四蹄朝天在花草中尽情打滚,然后又夹带着些掉下来的树叶和栗子顺着山坡往下滚……接着,它突然猛地一跳站立起来,头朝前,撒开四蹄又出发了,它穿过丛林和灌木,一会儿登上一个峰顶,一会儿又下到沟壑深处,山上山下,到处都看到它的身影……人们会以为山里有十只塞甘先生的山羊呢。

因为,这个布朗凯特,它天不怕地不怕。

它纵身一跳便越过了滔滔的山溪,粉末似的水珠和泡沫溅了它一身。于是,浑身湿漉漉的它跑到一块平整的岩石上躺下来,让太阳晒干身上的皮毛……有一次,它嘴里叼着一枝金雀花,往前走到一块台地的边沿上,这时,它瞥见了坐落在山下很低很低的平原上的塞甘先生的那座房子和屋后的园子。它不禁笑得流出了眼泪。

"那地方多小啊!"它说,"我以前怎么能在那里面待着呢?!"

可怜的小东西!看见自己站得如此高,它便以为自己至少和世界一样大……

总之,对塞甘先生的山羊来说,这是美好的一天。将近中午时分,东跑西颠的布朗凯特碰到一群岩羚羊,它们正在大嚼一枝欧洲野葡萄。我们这位娇小的、身披白袍的跑步健将一出现,便在它们中引起了轰动。大家忙把葡萄枝最好吃的部分让给它。羚羊先生们个个表现得很殷勤、很有绅士风度……甚至——这事儿只能你我两人知道,格兰古瓦——一只毛色乌黑的年轻岩羚羊很有运气,让布朗凯特一见倾心。于是,这对恋人离开大伙,在树林中消失了一两个钟头。你若是想知道它们互相说了些什么,那你就去问那些隐藏在苔藓下暗暗流动的饶舌的山泉吧。

转眼间起风了。山变成紫色,夜幕降落下来……

"怎么,已经是黄昏了!"小山羊停下脚步吃惊地说。

山下,田野里雾气迷漫。塞甘先生的园子隐没在夜雾中,而那座小房子,你只能依稀看见它的屋顶和一缕炊烟。小白羊听着放牧归来的羊群的铃铛声,心里感到一阵忧伤……一只归巢的大隼飞过,翅膀碰到了它的身体,它吓了一跳……然后就听见山中一声嗥叫:

"呜!呜!"

它这才想到狼;整整一天,玩疯了的小白羊没往那儿想……就在同时,远远的山谷中响起号角声,那是好心的塞甘先生在做最后的努力。

"呜!呜!……"狼在叫。

"回来吧！回来吧！"号角在召唤。

布朗凯特萌生了回去的念头；但是一想起木桩、绳子、园子的篱笆，它便认定现在它再也不能习惯那种生活了，宁愿留在山上。

号角不再吹了……

山羊听见身后树叶在响动。它转过头去，看见黑暗中有两只短耳朵，直直地竖着，还有两只闪着绿光的眼睛……那是狼。

狼很大，一动不动地坐在后腿上，它在那儿看着小白羊，似乎在提前品尝它。狼知道自己肯定会吃掉它，所以不着急；不过，当羊转过头来时，狼奸笑起来。

"哈！哈！塞甘先生的小山羊。"狼说，同时，它那红红的大舌头舔了舔火绒般的嘴唇。

布朗凯特感觉自己完了……有一瞬间，它想起老母羊勒诺德和狼斗了一整夜，到早晨还是被吃掉了，它心里说，也许还不如马上让狼吃掉更干脆；但这只是一时的念头，它很快改变了主意，进入防卫状态：埋下头，朝前支棱起犄角。它是塞甘先生的勇敢的山羊，就该这样做。并非它心存杀死狼的希望——羊是不可能杀死狼的——而只是为了看看自己能不能坚持得和勒诺德一样长久……

这时，恶魔向它逼来，于是山羊舞动起它的两只小犄角。

啊！好一只勇敢的小山羊，它斗得多来劲啊！不止十次——真的，不是假话，格兰古瓦——它迫使狼后退喘一喘气。利用这短暂的战斗间隙，馋嘴的小山羊赶忙吃一口它喜爱的草；然后，满嘴含着草又投入战斗……就这样搏斗了一整

夜。时不时地,塞甘先生的山羊抬起头,看星星在明净的天空闪动,它对自己说:

"呵!但愿我能坚持到黎明……"

星星一个个熄灭了。布朗凯特更奋力地用犄角攻击;狼呢,更凶狠地用牙齿撕咬……天边出现一道苍白的微光……从某个农庄响起公鸡沙哑的啼鸣。

"终于天亮了!"一直在等天亮再死的可怜的小山羊说,尔后,它裹着那身血迹斑斑的美丽的白袍躺倒在地上……

于是狼扑上去,把小山羊吃了。

再见,格兰古瓦!

你刚听到的故事不是我杜撰的童话。假如有一天你到普罗旺斯来,肯定常有农庄主和你谈起"塞甘先生的羊,它和狼搏斗了一整夜,然后,到早晨,被狼吃掉了"[1]。

你听清楚了吗,格兰古瓦?

"然后,到早晨,被狼吃掉了。"[2]

陆秉慧 译

---

[1][2] 引号中的话是用普罗旺斯方言写的,作者在注解中将它译成法文。

繁　星

一个普罗旺斯牧羊人的讲述

当年我在吕贝龙山上放羊时,常常整几个礼拜看不见一个大活人,牧场上只有我一个,带着我的狗拉布里和我的绵羊。有时能见到住在吕尔山顶上的隐修士采草药从我这里经过,或者能远远瞥见皮埃蒙特的某个烧炭工的一张乌黑的脸;不过这些人都很单纯,因为太孤独而变得沉默寡言,失去了讲话的兴趣,也一点不知道山下的村庄里和城市里的人们互相都讲些什么。所以,每半个月,当我听见上山的路上响起我们农庄给我送半个月食物的骡子的铃铛声,并且看见山坡上渐渐冒出农庄小厮那机灵的脑袋,或者诺拉德大婶那火红的帽子时,我真是满心欢喜。我叫他们给我讲山下村子里发生的事,洗礼啦,婚庆啦,等等,但我最关心的还是一切有关我东家的女儿斯黛凡耐特小姐的事。她是方圆几十里最漂亮的姑娘。我装出并不太在意的样子,打听她是不是经常参加节日舞会,是不是常去别人家消磨夜晚,是不是总有新的向她献殷勤的男人;要是有人问我,这些事跟我这个可怜的在山上放羊的人能有什么关系,我会回答说,我已经二十岁了,而这位斯斯黛凡耐特又是我见到过的世上最美丽的人儿。

一个礼拜天，我正在等人送半个月的食物来，不料，食物迟迟不到。上午我心里想："准是给大弥撒耽误了"；然后，将近中午时，下了一场雷暴雨，于是我又想："因为路不好走，骡子没能上路。"终于，到了三点钟左右，天空一碧如洗，湿漉漉的山在阳光下闪闪发亮，这时，在雨水从树叶上掉下来的滴答声和涨满的山溪流溢的哗哗声中，我听到了骡子的铃儿丁当响，这铃铛声就像复活节教堂的排钟齐鸣那样欢乐，那样轻快。但是，牵骡的既不是农庄的小厮，也不是诺拉德大婶，而是……你们猜猜是谁！……是我们东家小姐，我的孩子们！是小姐她本人！她端端正正坐在骡背上，左右两边是藤条箩筐。她的脸蛋儿被山里的新鲜空气和暴雨后的清凉刺激得像玫瑰花一样红艳。

农庄的小厮病了，诺拉德大婶在她的孩子们家里度假。美丽的斯黛凡耐特一面从骡背上下来，一面告诉我这一切，又说她到晚了是因为在山里迷了路；不过，看她那一身节日的打扮，扎着花缎带，穿着闪光的裙子，点缀着花边，倒更像是因为在某个舞会上待得太久了点，而不是在灌木丛里找路才来晚的。呵，娇小可爱的人儿！我的眼睛怎么看她也看不够。确实，我从来没有这么近距离地看过她。冬天有那么几次，那是当羊群已经下山回到平原，我晚上回农庄吃饭的时候，她快步穿过饭厅，几乎不和仆人们讲话，总是打扮得很漂亮，而且显得有点高傲……而现在，她就在我的面前，只为我一个人而来；这简直要让我神魂颠倒，不是吗？

斯黛凡耐特把食物从篮子里拿出来以后，开始好奇地打量四周。她稍稍提起那件节日穿的漂亮裙子免得弄脏或弄坏它,一面走进牲口栅栏,想看看我睡觉的地方,铺着麦秸和羊皮的秫槽,我那件挂在墙上的长披风,我的棍棒,我的打火石。这一切都让她觉得很有趣。

"你就在这儿生活,我可怜的羊倌?总是孤零零一个人,你该会感到冷清、烦闷吧!你做些什么?想些什么?"

我真想回答她:"想您,我的东家小姐。"而且这绝不是假话;但是,我当时太心慌意乱,一句话都回答不上来。我相信她察觉出来了,但她幸灾乐祸,故意提些狡猾的问题让我更窘:

"羊倌,你的女朋友,她有时上山来看你吗?……当然,她肯定是那只金山羊①,或者是那位一天到晚在山巅上跑来跑去的仙女埃斯泰蕾勒②……"

她呢,她和我讲话时仰着头笑的可爱模样,还有她急匆匆要走,好像她的来访只是神仙下凡,她自己才真像仙女埃斯泰蕾勒呢。

"再见,羊倌。"

"再见,东家小姐。"

我眼看她带着空了的食品篮走了。

当她消失在下山的路上时,骡蹄下滚动的石子儿仿佛一颗颗都掉落在我心上。我侧耳听了很久、很久;直到天黑,我都好像在睡梦里,我一动也不敢动,唯恐打破了我的梦境。傍晚时分,山谷的谷底开始变成黛色,羊们咩咩叫着,一只只紧挨在一起准备回栅栏里去,这时我听到下山的路上有人叫我,

---

① 金山羊是普罗旺斯的一则民间传说中的主人公。
② 普罗旺斯境内有座埃斯泰蕾勒山,那里的民间传说中,山上住着一位仙女。

随后就看见东家小姐又出现在我面前;不过她不再是先前那副笑吟吟的模样,却因为冷、害怕和浑身湿透而在簌簌发抖。据她说,她走到山坡下,发现暴雨后的索尔格河涨水了,她不顾一切地想过河,差点没淹死。最可怕的是,天这么晚了,根本别想回农庄了,因为,那条近路,她一个人是怎么也找不到的,而我又不能离开羊群。想到不得不在山上过夜,她心里很乱,主要因为她家里的人会担心。我呢,我只能尽量安慰她说:

"东家小姐,七月里,夜很短……忍一会儿就过去了。"

于是,我赶紧生起一堆旺火,让她烘干被索尔格河水湿透的鞋袜和衣裙。然后我又拿来牛奶、干酪放在她面前;但是可怜的姑娘既没有心思取暖,也没有心思吃东西;看见大颗大颗的泪珠在她眼里涌出来,我自己也想哭了。

这时天完全黑了,只剩山巅上还有金粉似的夕阳余晖,西面天边还有一抹光晕。我要东家小姐进羊圈去休息。我为她在新鲜麦秸上铺了一块崭新、洁白的羊皮,祝她睡个好觉。然后我走出来坐在栅栏门前……上帝可以作证:虽然爱情之火燃烧着我的血液,我的头脑里却没有起过任何邪念;想到东家的女儿——如同一只绵羊,但比所有的羊更白、更珍贵——睡在羊圈的一角,紧挨着好奇地看着她睡觉的羊群,放心地让我守护着她,我只是感到无比的骄傲。我觉得天空从来没有这样深邃,星星从来没有这样明亮。……忽然,羊圈的栅栏门打开了,美丽的斯黛凡耐特出来了。她说她睡不着。牲口动来动去把麦秸弄得窸窣响,或者在睡梦中咩咩叫。她宁愿坐到篝火边来。既是这样,我便把我的山羊皮披在她肩上,又把火拨旺,然后我们俩并排坐着,也不说话。您要是曾在露天过夜,您就会知道,正当人们睡觉的时候,一个神秘的世界在孤独和静寂中醒来。这时,淙淙的泉水唱得更响了,池塘上燃起点点星火。山里所有的精灵都自由自在地来来往往;空气中有沙沙的摩擦声和种种难以察觉的声响,仿佛可以听到树枝在生长,草在往上蹿。白天是生灵活动的时间,夜里是非生灵活动的时间。对此不习惯的人就会感到害怕……所以,东家小姐怕得浑身哆嗦,听到一点声响就紧靠在我身上。有一回,从山下闪闪发亮的池塘里响起一声又长、又忧伤的叫声,这叫声忽高忽低,忽上忽下地朝我们飘过来。就在同时,一颗美丽的流星在我们头顶上朝着同一个方向划过,好像我们刚听到的那声哀叫伴随着一个亮光似的。

"那是什么?"斯黛凡耐特低声问我。

"一个灵魂在进入天堂,东家小姐。"我回答,同时在胸前划了个十字。

她也划了个十字,凝神仰望着天空好一会儿,然后对我说:

"那么,羊倌,你们这些人真的是巫师啰?"

"一点不是,东家小姐。但是,我们在这儿生活离星星更近,所以我们比平原上的人更清楚星空上发生的事。"

她用手撑着头,一直望着天空,而且身上披着羊皮,看上去真像天上的牧人。

"天上有多少星星啊!它们多美丽啊!我从来没见过这么多……你知道它们的名字吗,羊倌?"

"当然知道,东家小姐……喏,在我们头顶正上方,是圣徒雅各之路(银河),它从法国笔直通向西班牙,是加利西亚的圣徒雅各划出来的,为的是给正在和萨拉逊人打仗的查理曼大帝指路。稍远些,您可以看到有四根亮灿灿车轴的灵魂的战车(大熊星座)。走在战车前面的三颗星叫三匹马,靠近第三匹马的那颗很小的星星叫车夫。您看到四周在往下落的星雨吗?那是仁慈的上帝不愿意接纳它们进天堂的灵魂……往下一点,是钉耙星,或者叫三王星(猎户星座),我们牧羊人拿它当时钟。只要看看它,我就知道现在已经过了半夜。继续向南,再往下面一点,是米兰的约翰(天狼星)。它是星星们的火炬。关于这颗星,牧人中流传着这样的故事:传说有一夜,米兰的约翰还有三王星和小鸡笼(昴星团)被邀请去参加一个星星朋友的婚礼,小鸡笼性子比较急,据说它头一个出发,走的是上面一条路。您瞧它,在上面,天的最高处。三王星抄了下面的近路,很快就赶上了它;但是那个懒虫米兰的约翰,睡到很晚才起来,落在了后头。它气坏了,为了拦住它们的去路,把手中的棍棒朝它们扔了过去。所以三王星也叫米兰约翰的棍棒……不过,东家小姐,所有星星中最美的一颗还数牛郎星,黎明,我们把羊群领出羊圈时,它照亮我们;傍晚我们赶着羊群归栏时,它也照亮我们。我们还把它叫做玛格罗娜星,美丽的玛格罗娜追求普罗旺斯的皮埃尔(土星),而且每七年和它成一次婚①。"

"什么!羊倌,星星之间还有婚配?"

"是啊,东家小姐。"

我正试着给她解释这些婚配是怎么回事,却感到有一样清凉、柔滑的东西轻轻压在我的肩膀上。原来是她瞌睡得抬

---

① 所有这些有关天文的民间传说的细节都译自在阿维尼翁出版的《普罗旺斯历书》。——作者注

不起头,把脑袋靠在了我的肩上,头上的缎带、花边和波浪形长发相互摩擦发出动听的窸窣声。她就这样待着一动不动,直到天上的星星黯淡下去,在升起的日光下消隐。我看着她睡觉,心灵深处有点骚动,但是,这星光灿烂的夜保护着我的圣洁,这样的夜从来只会让我产生美好的思想。在我们俩的周围,星星继续着它们寂寥的行程,温顺得像一大群羊;时不时地,我想象着,这些星星中的一颗,最精致、最明亮的一颗迷了路,便来停歇在我的肩上睡觉……

陆秉慧 译

阿尔勒的姑娘

　　从我的磨坊下来,去村子里,要从一座农舍前面走过。这座农舍建在大路附近,在一个种着朴树的大院子的尽里头。这是普罗旺斯农庄主的典型住房,红瓦的屋顶,宽大的褐色正面墙上不规则地开了几扇门和窗,屋顶最高处,有谷仓的风标,往上拉干草垛的滑轮,还有几簇露在外面的褐色干草……

　　为什么这所房子吸引了我的注意?为什么那紧闭的大门令我揪心?我说不出原因,但是,它让我脊背发凉。周围太寂静了……有人路过那里时,农舍的狗不叫,珠鸡一声不响地逃走……房子里面也没有人的声音!什么声音都没有,甚至听不到骡子的铃铛声……要不是看见窗户的白窗帘和屋顶上升起的炊烟,人们会以为这地方没人住。

　　昨天中午,钟敲十二点时,我从村子回磨坊;为了不晒太阳,我沿着农庄的围墙,在朴树的树荫下走……农庄门前的大路上,几个雇工一声不响地往一辆大车上装干草,就要装完……院门仍旧开着。我从门前走过时往里面瞅了一眼,看见院子深处一个头发全白的大个儿老人,他坐在一张宽大的石桌前,两肘搁在桌子上,脑袋埋在手掌中,身上的上衣太短,短裤破破烂烂……我停下来。雇工中有一个低声对我说:

　　"嘘!他是东家……自从他儿子出事后,他就成了这副样子。"

这时,一位妇女和一个小男孩,两人都穿一身黑衣服,手里拿着厚厚的烫金祈祷书,从我们旁边走过,进了农庄。

那个伙计又说:

"……这是女主人和小儿子,做弥撒回来。大孩子自杀后,他们每天去教堂做弥撒……唉!先生,多叫人伤心哪!……父亲至今还穿着死去儿子的衣服;没人能让他脱下来……驾!吁!走喽!"

大车晃动了几下,出发了。我想了解得更多些,便跟赶车的说,让我上去坐在他旁边。于是,在车上,坐在干草堆里,我听到了这令人悲伤的故事的全部……

小伙子名叫让,二十岁,是个能干的庄稼汉,身体结实,面容开朗,但文静得像个女孩。因为他长得俊朗,女人都朝他看;而他心目中只有一个人,一个娇小的、浑身穿丝绒和花边的阿尔勒姑娘,是他有一次在阿尔勒的竞技场上遇到的。开始,家里人不喜欢他和那个姑娘来往,因为她是个有名的爱卖弄风情的女人,而且她的父母又不是本地人。然而让无论如何要娶他心爱的阿尔勒姑娘。

他说:"要是不让我娶她,我就去死。"

没办法,只能依他。于是家里人决定,麦收后给这对年轻人办婚事。

一个礼拜天的晚上,在农庄的院子里,全家人正吃晚饭。那几乎是一桌婚礼筵席。未婚妻不在席上,但是大家不断地为她干杯……晚宴接近尾声时,一个男人出现在农庄门口,用颤抖的声音说他要和农庄主埃斯泰夫谈谈,和他单独谈。埃斯泰夫站起身,走出农庄,来到大路上。

"先生,"来人对他说,"您即将给您儿子娶一个淫荡女人,她曾经做了我两年的情妇。我所说的,我能证明:喏,这儿有几封信!……她的父母对我俩的关系一清二楚,而且已经把她许给了我;但是,自从您儿子追求她,她和她的父母就不再愿意要我了……可我本来以为,在她和我有了那种关系后,她就不可能成为另一个男人的妻子了。"

"好,我知道了!"农庄主埃斯泰夫看了信以后说,"进来喝杯麝香葡萄酒吧!"

那人回答说:

"谢谢,不了!我的忧伤甚于饥渴。"

说完,那人走了。

让的父亲回到院子里,丝毫不动声色。他坐回自己的位置上;晚饭高高兴兴地结束了……

那天晚上,埃斯泰夫庄主和儿子一起去了田里。两人在外面待了很久;回来时,让的母亲还在等他们。

"老婆,"庄主把儿子领到她面前说,"拥抱他吧!他很不幸……"

让不再提阿尔勒的姑娘。然而他心里一直爱着她,而且,自从人家向他证明她曾经投入另一个男人的怀抱以后,他甚至比以往任何时候都更爱她了。只不过他自尊心太强,什么也不愿说罢了;正是这一点置他于死命的,可怜的孩子!……有时,他整天、整天地一个人待在某个角落,一动也不动。有时,他去地里发疯似的干活,一个人干完十个长工才能做完的活儿……到了傍晚,他便走上通往阿尔勒的大路,一直往前走,直到看见西面天边显现出阿尔勒城的钟楼的细长轮廓才往回转,从来不走得更远。

看见他总是这么忧伤,这么孤独,农庄里的人不知道怎么办才好,大家都担心会出什么事……一天,在饭桌上,他母亲用满含泪水的眼睛看着他,对他说:

"那么,听我说,让,你要是仍旧想要她,我们就给你把她娶过来……"

他父亲羞得脸通红,低下了头……

让摇摇头表示不要,然后走了出去……

从那天以后,他改变了自己的生活方式,装作总是快快活活的样子,好叫父母放心。人们重又看见他出现在舞会上,酒馆里,火印节①上。在封维埃侬②的许愿日,是他带领年轻人跳的法朗多拉舞。

父亲说:"他的心病好了。"但母亲总是惴惴不安,比以往更密切地注意她的孩子……让和弟弟卡代睡在一个屋里,紧靠着养蚕房;可怜的母亲便吩咐人在儿子的房间旁边给自己搭了一张床,说是夜里蚕儿可能需要她照应……

圣埃卢瓦节到了,圣埃卢瓦是农庄的主保圣人。农庄里一片节日的欢乐……大家都喝到了名贵的新堡酒,至于当地产葡萄烧酒更是多如流水。然后放鞭炮,打麦场上燃放烟火,朴树上挂满彩色灯笼,人们欢呼圣埃卢瓦万岁!年轻人跳法朗多拉舞跳得筋疲力尽。卡代玩得烧坏了自己的罩衣……让看上去

---

① 火印节,法国有些地区用烙铁给牲口打上的记号叫火印。在普罗旺斯,人们将这一活动作为节日来庆祝,叫火印节。
② 封维埃侬,法国罗讷河口省的一个村镇,给本书作者以灵感的磨坊就位于它的附近。

也很高兴;他还想邀母亲跳舞呢;可怜的女人幸福得哭了。

半夜人们才上床睡觉。大家都太需要睡眠了……可是让呢,他却睡不着。卡代后来讲,哥哥抽抽噎噎哭了一整夜……啊!我敢说,他迷恋得太深了,这个小伙子……

次日,黎明时分,母亲听见有人跑着穿过她的房间。她似乎有一种预感:

"让,是你吗?"

让不回答;他已经在楼梯上了。

母亲快快地起床:

"让,你去哪儿?"

他上谷仓去;母亲跟在他后面爬上去:

"我的儿,看在老天的分上!"

让关上谷仓门,拉上门闩。

"让,我的小让,回答我,你要干什么?"

她那双苍老的手颤抖着,摸索着寻找插锁……就听见一扇窗户打开,一个重物掉在院子的石板地上的声音,然后,完了……

可怜的男孩,他对自己说:"我太爱她了……我走了……"啊!我们都是些可怜的感情动物!不过,蔑视不能扼杀爱情,这倒有点超乎我的想象了!……

那天早晨,村里的人互相询问,在远处埃斯泰夫的农庄那边,这么大声哭喊的会是谁……

是母亲。她在院子里,站在洒满露水和鲜血的石桌前,光着身子,两臂托着她死去的孩子,悲戚地哭着。

陆秉慧 译

教皇的骡子

普罗旺斯的农民喜欢在自己的讲话里点缀些漂亮的成语、谚语或格言,其中,"教皇的骡子"是我所知道的最生动、最有特色的一个。在我住的磨坊周围五六十里内,谁要是谈到某个爱记仇、报复心重的人,多会说:"这个人哪!你们可得提防着点!……他像教皇的骡子,它为踢那一蹄子等了七年之久。"

我探寻了很长时间,想知道这个谚语是从哪儿来的,那头教皇的骡子以及它等了七年才踢的那一蹄子究竟是怎么回事。可是这儿的人谁也没能给我提供有关的情况,甚至我那位吹短笛的朋友,弗朗塞·玛玛侬也说不出个所以然,而他对普罗旺斯的种种传说是了如指掌的。和我一样,弗朗塞认为这里面可能包含着阿维尼翁①地区的某个古老的历史故事,只是他从来没听说过,除了以上面那个谚语的形式。

"这故事,您只能在知了图书馆里找到。"吹短笛的老人

---

① 阿维尼翁,法国东南部沃克吕兹省省会,位于罗讷河东岸,1309年成为教皇都城,直至1792年。城内的高岩石山上建有教皇宫(带几个塔楼的城堡),三个大教堂和若干小教堂,均装饰着14世纪的壁画。山下城内有12世纪建造的多姆斯圣母院大教堂,16—17世纪房屋和14—17世纪建造的六个教堂。教皇修建的城墙总长五公里,大部分保存至今,城外的圣贝尼四拱桥(现仅存三拱),亦称阿维尼翁桥,是当地名胜。

笑着对我说。

我觉得这个主意很不错,而且知了图书馆就在我家门口,于是我去了,把自己关在那里整整一个礼拜。

这是个奇妙的图书馆,造得赏心悦目,不分白天黑夜地为诗人开放,在那里服务的是一些带着铙钹的小小图书馆管理员,他们时时刻刻为你演奏。我在那儿度过了几天美好的时光。经过一个礼拜的探索——朝天躺着探索——我终于发现了我想知道的,也就是说,有关那头骡子和它那闻名遐迩的保留了七年的一蹄子。故事很有趣,虽然有点幼稚。下面我就试着把我昨天早晨在一部手抄本中读到的原原本本地讲给你们听,这部手抄本是天蓝色的,散发着晒干的熏衣草的香味,有着用长长的蛛丝做的书签带。

谁要是没见过教皇时代的阿维尼翁,就等于什么也没见识过。在轻松、活力、热闹、节庆活动的排场等方面,没有哪个城市能与之相比。从早到晚,宗教仪式队伍和朝圣的人络绎不绝;街道上撒满鲜花,铺着立经织毯;取道罗讷河的主教们乘着旌麾飘扬、挂满彩旗的大帆船在这里靠岸;教皇的士兵们在广场上用拉丁语唱歌,募捐的修士摇着嘎嘎响的木铃;从高到低,围着大教皇宫而建的密密层层的房屋,如同簇拥着蜂房的蜜蜂发出嗡嗡的嘈杂声,还有花边织机的嗒嗒响,为祭披织金线的梭子穿来穿去的沙沙声,工匠们雕凿做弥撒用的洒水壶时小锤子的敲击声,在诗琴匠那里调音的共鸣板的乐声,整经女工们一面工作一面唱的圣歌声;盖过这一切的是教堂的钟声。此外,在远处的阿维尼翁桥那边,总有几只长鼓在咚咚响。因为,在我们的家乡普罗旺斯,人们高兴的时候就要跳舞,一定要跳舞。那时,城里的街道太窄,没法跳法朗多拉舞,于是短笛手和长鼓手就站在城外的桥上迎着罗讷河的清风演奏,伴大家跳舞。不管是白天还是夜晚,人们在桥上跳啊,跳啊……呵!多么幸福的时代!多么幸福的阿维尼翁城!斧钺不用来砍人;国家监狱用来冷藏葡萄酒。从来没有饥荒,从来没有战争……孔塔①的教皇们就是如此善于管理他们的百姓;这就是为什么那里的百姓如此怀念他们!……

阿维尼翁的历任教皇中有一位尤其受人爱戴,他是位仁慈的老者,人们称他博尼法斯……啊!这位教皇啊,他去世时,阿维尼翁的人流了多少眼泪哟!他是那么和蔼、那么可亲的一位君主!他骑在他的骡子上那么温和地对你笑!当你从他旁边走过——不管你是个微不足道的挤茜草汁的工人,还是城里的大法官——他总是那么彬彬有礼地为你祝福!他是一位地道的伊夫托教皇②,不过是普罗旺斯的伊夫托教皇,他的笑里含有某种机灵的意味,他的教皇帽上总插着一小根茉乔兰,而且他没有一点私产……据人们所知,这位可亲的教皇拥有的唯一私产,那就是他的葡萄园——一个小小的葡萄园,他自己种植的,离阿维尼翁十多里路,在新堡的香桃木林中。

每个礼拜天,晚祷结束后,这位可敬的人就去向他的葡萄园献殷勤。每次他到了山坡上,坐在和煦的阳光下,他的骡子在他近旁吃草,他手下的红衣主教们围着他,在葡萄树下躺的

---

① 孔塔,法国南部的一个古老地区,阿维尼翁即是其主要城市之一。1274年起,这地区归教皇所有,直到1792年才重新由法国政府管辖。
② 伊夫托教皇,法国自由派诗人、歌谣作家贝朗瑞(1780—1857)写过一首著名歌谣《伊夫托教皇》,歌中的国王是位善良、简朴、爱和平的仁君。

躺,卧的卧,这时他就会叫人开一瓶当地产的葡萄酒——那美丽的酒,颜色像红宝石,后来便被命名为"教皇的新堡"——他一面一小口、一小口地品尝着美酒,一面温情地看着他的葡萄园。当酒瓶空了,夜色降临了,他才心情愉快地回城,身后跟着教务会的全体成员。当他从阿维尼翁桥上走过,从鼓乐手和跳法朗多拉舞的人群中穿过时,他的骡子听到音乐便来了精神,蹦蹦跳跳地走起了侧对步,他自己则用帽子为舞步打节拍,这让那帮主教们觉得有失体统,大为不满,而百姓们却说:"啊!多仁慈的君主!多好的教皇!"

　　除了他在新堡的葡萄园以外,教皇在世上的最爱就是他的骡子。老好人爱这头牲口简直到了迷恋的程度。每天晚上,在上床睡觉之前,他总要去看看骡厩是不是关好了,食槽里是不是什么都不缺。而且,每晚他一定要亲眼看着手下人用法国的方式调好一大碗葡萄酒,酒里放上很多糖和香料,然后,不顾红衣主教们的反对,他亲自端去给骡子喝。做完这件事,他才放心地离开饭桌……应当承认,这头牲口也确实值得如此关爱。它长得很漂亮,一身油光滑亮的黑毛洒着些红点子,四蹄稳健,臀部宽大而饱满,总是骄傲地昂着它那戴满绒球、缎带蝴蝶结和银铃铛的干净小脑袋;不仅如此,它还像天使一样温和,眼神天真,而且两只长长的耳朵不停地扇动,使它更显得脾气好。阿维尼翁城所有的人都尊重它,它走在街上时,人们对它表现出各种各样的殷勤,因为,每个人都知道,这是讨得教皇欢心的最好办法。确实,别看它那副无辜的样子,这头骡子曾经让不止一个人飞黄腾达了呢!梯斯泰·韦顿纳和他的神奇经历就是一个明证。

从本质上说,这个梯斯泰·韦顿纳是个无赖小子。他父亲,一个金器雕刻匠,不得不把他赶出家门,因为他游手好闲,什么也不愿意干,而且还带坏那帮徒弟。有半年光景,人们常看见他那穿着紧身装的身影在阿维尼翁的大街小巷转悠,而主要是在教皇府那一带转悠;原来,这小子想在教皇的骡子身上打主意已经很久了。大家马上会看到,他这一招很巧妙……

一天,教皇陛下独自一人骑着他的骡子在城墙下散步,这时,我们这位梯斯泰走上前去,合起双手,用赞叹的神情对他说:

"啊!我的上帝!伟大的教皇陛下,您有头多棒的骡子啊!……请允许我看看它……啊!我的教皇,多漂亮的骡子!……德国皇帝也没有这样一头骡子!"

说着,他用手抚摸它,对它讲些甜言蜜语,就像对一位小姐那样:

"来,我的心肝,我的宝贝,我的精致的珍珠……"

仁慈的教皇听了很激动,心中暗道:

"多讨人喜欢的小家伙!……他对我的骡子多好啊!"

到了第二天,你们知道发生了什么事吗?梯斯泰穿的不再是那套旧的黄紧身装,而换成了教士在宗教仪式上穿的漂亮的花边白长袍,外加一条紫色丝绸披肩,脚上是一双带银扣环的皮鞋,而且他进了教皇的唱经训练班,而在他之前,一向只有贵族子弟和红衣主教的侄子外甥才被那里录取……这就是诡计的效果!……可是,梯斯泰还不就此满足。

这个坏家伙成了为教皇效力的人以后,继续玩弄那套使他大获成功的花招。他对所有的人都很傲慢无礼,唯独对教皇的骡子逢迎讨好,关心备至。人们在教皇宫的小院里碰见他时,他手里总捧着一把燕麦或者一小捆驴食草,他一面轻轻摇着草上粉红色的花串,一面望着教皇的阳台,那神情像是在说:"瞧!……这是给谁吃的呀?……"他就是如此这般地巴结教皇,最后,感觉自己日渐衰老的教皇决定,把照看牲口棚和每天给他的爱骡送一碗法国式葡萄酒的差事交给梯斯泰;红衣主教们心里当然不高兴。

骡子呢,心里也不高兴……现在,每到喝它那碗酒的时刻,它总看见唱经训练班的五六个小教士来到它的厩棚里,这些人立刻倒在新鲜麦秸里打滚,也不管身上的白长袍和花边;过了一会儿,一股好闻的热烘烘的焦糖和香草味充满了骡厩,是梯斯泰来了,小心翼翼地端着那碗法国式葡萄酒。接着,可怜的牲口的苦难便开始了。

这香醇的酒,它是那么爱喝,这酒让它浑身暖和,让它像长了翅膀一样健步如飞;可是,梯斯泰好残忍,他把酒拿来,放在它的食槽里,让它闻到酒香;然后,当它满鼻孔全是酒香时,却眼睁睁地看着像粉红色火焰般的美酒不见了,全部倒进了那些小混蛋的喉咙……不仅如此,若是他们只抢它的酒也就罢了,但是,这些小教士喝了酒以后,个个像魔鬼!……这一个拉它的耳朵,那一个拉它的尾巴;基凯爬到它的背上,贝吕凯硬要它试戴自己的帽子;但这些坏小子没有一个意识到,只要这头善良的骡子一撅屁股,或者一尥蹶子,就能把他们一齐甩到北极星上去,甚至更远……然而,它没有这么干!它不愧为主教的骡子,赐福和宽容的骡子……不管这些孩子搞什么恶作剧,它都不发脾气;它心中只恨梯斯泰一个人……比如,每当骡子感觉到他在自己身后,它的蹄子就发痒;它也确实有理由恨他。因为这个不上进的梯斯泰对它耍那么无耻的手段!他酒后会发明出那么残忍的招数来折磨它!……

有一天,他不是突发奇想,要它和他一起爬到教皇宫的最高、最高处,登上那高高的小钟楼吗!……我对你们讲的可不是编出来的故事,是二十万普罗旺斯人目睹了的。你们想象得出这头不幸的骡子当时的恐惧吗!当它摸黑在螺旋形的楼梯上爬了一个钟头,转得头昏脑晕,也不知爬了多少级石阶后,突然发现自己来到了一个阳光炫目的平台上,看见在它下面一千尺的整个阿维尼翁城是那么怪诞:集市周围的木板房不比榛子大,营房前教皇的士兵如同红蚂蚁,而远处,在一根银线上,有一座极小、极小的桥,桥上有人在跳啊!舞啊……唉!可怜的牲口!它多惊恐啊!它惊恐得长嘶一声,这嘶声使教皇宫所有的窗玻璃都振动起来。

"出什么事了?怎么招惹它了?"老好人教皇大声问,一面冲到他的阳台上。

梯斯泰已经站在院子里,他做出哭泣和绝望地扯自己的头发的样子,说:

"啊!伟大的教皇,您问出了什么事吗!事情是这样:您的骡子……我的上帝啊!我们怎么办?您的骡子爬到小钟楼上去了……"

"它自个儿爬上去的???"

"是的,伟大的教皇,它自个儿爬上去的……喏!您瞧它,在那上面……您看见它露出来的两个耳朵尖吗?……像两只燕子……"

"天哪!"可怜的教皇说,一面抬眼望天……"看来,它是疯了!可它会跌死的呀……快下来,你这疯子!……"

咳!它,它也巴不得下来呀!……可是,从哪儿下来呢?从楼梯吗?想都不能想:楼梯这玩意儿,往上爬还马马虎虎;可是往下走,那非得一百次跌断腿不可!……可怜的骡子又急又怕,它一面在平台上转来转去,两只突起的大眼睛里充满惊恐与晕眩,一面想到梯斯泰:

"啊!恶棍,要是我能活下来,看我明天早晨怎么狠狠踢他一蹄子!"

"狠狠踢他一蹄子"的念头重新给了它一点勇气;否则,它就不可能坚持住……最后,大家终于把它从高处弄了下来;不过,可费了好一番周折,不得不用千斤顶、大捆绳子和搬运架才把它弄了下来。而且,你们想一想,一头教皇的骡子看到自己被吊在那么高的地方,四蹄悬在空中划来划去,活像一只金龟子给吊在一根线上,这对它来说是多么丢面子的事啊!而且全阿维尼翁的人都在看着它哩!

不幸的骡子为此一夜没睡着。它总觉得自己还在那该死的平台上转啊,转啊,同时听到下面全城人的笑声,然后它又想到那个无耻的梯斯泰·韦顿纳,想到第二天早晨自己将要给他狠狠的一蹄子。啊,朋友们,怎样狠的一蹄子啊!它扬起的尘土从庞培里古斯特都能看得见……然而,就在骡子准备在厩里如此这般地接待他的时候,你们知道梯斯泰·韦顿纳在干什么吗?他正乘着教皇的一条帆桨大木船,哼着歌,顺罗讷河而下,和一队贵族青年一道前往那不勒斯宫廷呢!阿维尼翁城每年都要派一些贵族青年到冉娜女王①的宫里去学习外交和礼仪。梯斯泰不是贵族，可是教皇执意要酬报小伙子对他的爱骡的关心和照料，尤其是在营救骡子的那天他所做的努力。

第二天早晨，骡子的失望可想而知！

"啊！这个恶棍！他预感到点什么了！……"骡子想，一面愤怒地甩着颈子上的铃铛……"不过，没关系，走吧，坏蛋，等你回来时，你会领教到这记骡蹄的……我给你留着！"

它给他留着。

梯斯泰走后，教皇的骡子又恢复了它平静的生活节奏和往日的状态。再也没有小教士到它的厩里来胡闹。喝法国式葡萄酒的美好时光又回来了，同时回来的还有它的好心情、长长的午觉，以及在阿维尼翁桥上走过时它的加沃特小舞步。然而，自从那次小钟楼事件以后，城里的人们对它的态度总是有点冷淡。在它所经之处，总听到一些窃窃私语；老人们摇脑袋，孩子们互相指着小钟楼大笑。仁慈的教皇本人也不再像以前那样信赖他的骡子朋友了，而且，星期天从葡萄园回来的途中，他想放任自己在骡背上打个盹儿时，总不免有这么一个隐隐的顾虑："要是醒来时发现自己在高处的平台上，可怎么得了！"

骡子看出主人的想法，心里很难受，但什么也不表示出来；只是每当有人在它面前提起梯斯泰·韦顿纳的名字时，它的两只长耳朵就会战栗起来，同时，它会带着一丝坏笑在铺路石上磨它的蹄铁。

---

① 冉娜女王(1326—1382)，那不勒斯王国女王。

七年就这样过去了;这七年结束时,梯斯泰从那不勒斯的宫廷回到阿维尼翁城。其实,他在那里的进修期还没满,但是他得知教皇的首席芥末师①不久前突然在阿维尼翁去世,而他觉得这个职位不错,便急忙赶回来加入竞争者的行列。

这个诡计多端的梯斯泰走进教皇宫的大厅时,教皇几乎认不出他了,因为他长高了许多,也长胖了不少。但也应当承认,仁慈的教皇自己变老了,两眼昏花,不戴眼镜就看不清楚。

梯斯泰毫不胆怯。

"怎么!伟大的教皇,您不认识我了?……我是梯斯泰·韦顿纳呀!……"

"韦顿纳?……"

"是呀,您知道的……就是给您的骡子端去法国葡萄酒的那个人。"

"哦!是的……是的……我记起来了……一个好小伙子,梯斯泰·韦顿纳!……现在他要我们为他做什么呀?"

"啊!一点点小事,伟大的教皇……我恳请您……顺便问一句,您的那头骡子还在吗?……它好吗?……啊!太好了!……我恳请您把刚去世的首席芥末师的职位赐给我。"

"你当首席芥末师!……可是你太年轻了。你多大了?"

"二十岁零两个月,杰出的教皇大人,正好比您的骡子大五岁……啊!可敬的牲口,它是主的荣耀!……您要是知道我多么喜欢这头骡子就好了!……我在意大利的时候多么想念它呀!……您能让我去看看它吗?"

～～～～～

① 传说教皇约翰 XXII 酷爱芥末,于是为他的一个侄孙设立了"首席芥末师"的官职,后来法语中便有"把自己看成教皇的首席芥末师"这个成语,意思是"自以为了不起"。

"当然啰,我的孩子,你会看到它的,"仁慈的教皇激动地说,"而且,既然你那么喜欢它,喜欢这头可爱的牲口,我不想让你住得离它太远。从今天起,你就作为首席芥末师为我效力。我手下那帮红衣主教会反对,但是,不管他们!我已经习惯了……明天,晚祷结束后你来找我们,我们将当着教务会全体委员的面给你颁发职位级别徽章。然后……我领你去看我的骡子,而且,你将和我们俩一起去葡萄园……嘿!嘿!就这么定了,去吧!"

梯斯泰·韦顿纳从大厅出来时有多么高兴,他是多么迫不及待地等着第二天要举行的典礼,这就不用我对你们说了。然而,教皇宫里还有个比他更兴奋、更迫不及待的,那就是教皇的骡子。从梯斯泰回到阿维尼翁直至第二天的晚祷这段时间内,这头了不得的牲口不停地往肚子里塞燕麦,不停地用后蹄蹬墙壁。它也在为第二天的典礼做准备……

到了第二天,晚祷结束后,梯斯泰庄严地步入教皇宫的院子。全体高层圣职人员都聚集在那里:着红袍的枢机主教,穿黑丝绒长袍的魔鬼辩护人①,戴着小小三角主教冠的修道院神甫,圣阿格里戈堂区的财产管理委员,穿紫色披肩的唱经训练班主管。下级圣职人员也到了场:穿着军礼服的教皇士兵,三大苦修会的修士,神情孤僻的旺图山的隐修士,后面跟着手执铃铛的小教士,此外还有赤裸着上身的鞭笞派修士,穿着法官长袍的脸色红润的圣器管理员,等等,等等,连教堂里给圣水的、点蜡烛和灭蜡烛的人也来了,所有的人都来了,一个也

---

① 魔鬼辩护人,专门负责对被推举进入圣列的神职人员的资格提出质疑的神学家。

不少……啊！真是一个盛大、壮观的圣职授任典礼！有钟声、鞭炮声、音乐、阳光，当然，也总有远处阿维尼翁桥上指挥法朗多拉舞的狂热的长鼓声。

当梯斯泰·韦顿纳出现在参加典礼的人群中时，他那堂堂仪表和红光满面的气色引起全场掠过一片低低的赞叹声。他确实是个很帅的普罗旺斯小伙子，不过是那种金发的，头发浓密，发梢卷曲，初生的小胡须如同他那当金器雕刻匠的父亲的刻刀刻下来的一把金刨花。有传言说，冉娜女王的手指曾多次在这把金色胡须中游玩，而韦顿纳老爷也确实有女王们喜欢的男人的那种豪气和漫不经心的目光……这一天，为了给自己的家乡增光，他换下那不勒斯服装，穿上一套镶着玫瑰花边的普罗旺斯紧身装，小帽上颤巍巍地插着一根卡马格的白鹭的长羽毛。

一进门，这位新任命的首席芥末师先优雅地向大家行礼致意，然后向高高的台阶走去，教皇正在那儿等着他，准备给他颁发他的职位标志：黄杨木勺和橘黄色礼服。教皇的骡子就在阶梯下，已经全身披挂，为去葡萄园准备停当……梯斯泰·韦顿纳从它身旁走过时，脸上做出一个和蔼的微笑，并且停下来，在它背上友好地轻轻拍打两三下，一面用眼角瞟瞟教皇，看他是否望着他。双方所处的位置是再合适不过了……于是骡子飞起一只蹄子：

"喏！吃我这一记，你这恶棍！我替你留了七年了！"

它狠狠地给了他一蹄子，非常狠，狠得从庞培里古斯特都能看见扬起的尘土，一团滚滚的金色尘土，尘土中还有一根白鹭主羽毛在翻飞，这是不幸的梯斯泰·韦顿纳剩下的全部东西！……

通常,一记骡蹄不会产生如此令人震惊的效果;可是,这匹骡子非同一般,它是教皇的骡子;而且,你们想想看!这一记骡蹄,它给他留了七年之久……教士报复,十年不晚,这个故事是最好的例证。

陆秉慧 译

桑吉奈尔①的灯塔

昨夜,我无法入睡。米斯特拉风在发怒,它的阵阵咆哮吵得我始终醒着,直到早晨。风磨沉重地晃动着它残缺的叶片,在北风中发出嘶嘶声,如同船桅上的索具;整座磨坊都在咯吱咯吱响。一张张瓦片被风从破败的屋顶上刮走。远处,覆盖着山丘的密密层层的松林在黑暗中摇晃起伏发出飒飒声。我简直以为自己置身于大海上⋯⋯

这让我完全想起了三年前的那些美好的不眠之夜。当时我住在桑吉奈尔灯塔里,灯塔耸立在科西嘉岛的海岸上,在阿雅克肖海湾的入口。

这里是我找到的又一个能让我独处和遐想的好角落。

请你们想象一个土色微红、面貌蛮荒的岛屿。岛的一端竖着灯塔,另一端耸立着一个古老的热那亚式塔楼,我在那儿时,塔楼里住着一只老鹰。塔下的水边,有一座已经倒塌的海关隔离所,到处长满野草;然后就是纵横的沟壑,密密的丛林,巨大的岩石,几头野山羊,还有若干匹个头矮小的科西嘉马在奔跑,鬃毛在风中飘扬,最后,在顶高的高处,在一大群海鸟翻

---

① 桑吉奈尔,花岗岩质的四个岛屿组成的群岛,位于科西嘉岛的阿雅克肖湾的湾口。

飞盘旋的地方，就是灯塔的房子，它有个砖石砌成的白色平台，守塔人在平台上来回踱步，有扇尖形拱肋状的绿色小门，还有铸铁的小塔楼，塔顶上有巨大的多棱面灯，在太阳下灼灼发光，那亮光甚至在白天也看得见。这就是桑吉奈尔岛，昨天夜里，当我听着松树林排山倒海的哗哗声时，脑海里浮现出来的就是这样一幅桑吉奈尔岛的图景。在拥有一座磨坊之前，当我需要新鲜空气和离群独处时，我有时就把自己封闭在这个奇妙的岛上。

你们问我在岛上做些什么？

跟在这儿一样，甚至做得更少。米斯特拉风或者地中海的北风刮得不太猛时，我去坐在露出水面的两块岩石之间，任海鸥、乌鸫、海燕在我四周飞翔，我在那儿几乎能待一整天，身心沉浸在一种舒坦的麻木和倦怠中，当一个人久久地静观大海时就会有这种感觉。你们一定也体验过这种心灵的陶醉，是吗？这种时候，人不思考，也不遐想。你整个的人脱离了你，如云烟一样飘走散开。你化成向水面俯冲的海鸥，化成阳光下浮在两个波浪间的细小泡沫，化成那艘渐行渐远的游轮上冒出的一缕白烟，化成那条张着红帆的采集珊瑚的小船，化成一滴水珠，一团雾，总之你是一切，除了你自己……啊！在那个岛上，我度过了多少这样半睡半醒、身心离散的美好时刻啊！……

刮大风的日子，水边待不住了，我就把自己关在海关隔离所的院子里，院子不大，有点凄凉，迷漫着苦艾草和野迷迭香的芬芳。我蹲着靠在一堵老墙边，让和阳光一起似有若无地飘悠在小石屋（它们像陈年坟墓一样在四周张开着）里的自在而略带忧伤的气氛慢慢沁透我的身心。时不时地，门发出一声碰响,草丛中有轻轻的一跳……那是一只山羊来院子里的避风处吃草。看见我,它惊愕地停下来,定定地站在我面前,两只犄角高高竖起,神情紧张,用稚气的眼睛看着我……

将近五点钟,守塔人用喇叭筒喊我吃晚饭。于是我取一条丛林中的羊肠小道,在壁立于海边的陡坡上攀爬,慢慢返回灯塔,每走一步都要回头看那水与光交融的无垠的天边;我愈往上走,天边似乎愈开阔。

在高处的灯塔里,是一幅温馨的图景。我至今还能回忆出那个漂亮的餐厅:地上铺着宽大的地转,墙上镶着橡木护壁,餐桌中间摆着热气腾腾的普罗旺斯鱼汤,门朝白色平台敞开,让夕阳的光充分照进来……守塔人都在那儿等着我回来一起用餐。共有三个守塔的,一个是马赛人,另外两个是科西嘉人,三人都是小个儿,都留着大胡子,都有一张黝黑的、布满沟沟坎坎的脸,三人都穿一件山羊皮的上衣;但是三个人的举止和脾气却完全不同。

根据这些人的生活方式,你立刻能感觉出两个种族的差异。马赛人灵巧、活泼,从来不闲着,总是忙个不停,从早到晚在岛上跑来跑去,种园子啦,钓鱼啦,捡海鸥的蛋啦,要不就埋伏在树丛中捉路过的野山羊来挤奶;而且总是在做点什么蒜泥蛋黄酱或是普罗旺斯鱼汤。

而两个科西嘉人呢,除了值班,其他什么事也不管;他们把自己看成公务员,所以整天待在厨房里没完没了地玩他们家乡的一种纸牌,只在神情严肃地重新点燃烟斗,或用剪刀在手掌心里把大张新鲜烟叶剪碎时,才中断一会儿牌局……

不过,不管是马赛人还是科西嘉人,他们三个都心地善良、淳朴、率直,对我这个客人关怀备至,虽然,他们心里大概觉得这位先生挺奇怪的……

你们想想看,一个人为了自己的乐趣,到岛上来把自己关在灯塔里!……而他们却觉得岛上的日子那么漫长,当轮到他们去陆地时,他们感到那么幸福……在和暖的季节,这种巨大的幸福,他们每个月能享受到一次,在灯塔里服务三十天后,可以在陆地上待十天,这是规定。然而,在冬季和狂风暴雨的日子,这项规定就根本无效了。一刮风,海浪便升高,桑吉奈尔岛被浪花覆盖,变成白色,于是值班的守塔人连续两三个月被困在岛上,有时甚至处于非常险恶的境地。

一天,我们吃晚饭时,老巴托利对我讲他遇到过的事:"先生,五年前,我遇到过这样一件事,就在我们现在吃饭的这张桌子上,也是一个冬天的夜晚,像现在一样。那天晚上,灯塔里只有两个人值班,我和一个叫捷科的伙伴……其他人在陆地上,是因为生病还是在休假,我已经记不清了……我们俩安安静静地在吃晚饭,快吃完了……突然,我的同伴停住不吃了,用奇怪的眼神瞪了我一会儿,然后,啪的一声,两条胳臂朝前,扑倒在桌子上。我走过去,摇摇他,喊他:

"'喂!捷!……喂!捷!……'

"没有任何回答!他已经死了……你们想想我当时的心情!我浑身哆嗦,呆呆地站在尸体面前一个多钟头,然后,我猛地想起:'灯塔!'我刚来得及爬上去,把灯点起来,天已经黑了……那是怎样的一夜啊,先生!连海和风的声音都跟平时不一样。我随时都好像听见楼梯上有人在叫我。而且我觉得身上发烧,干渴难忍!但是,我无论如何也不会下楼的……我太害怕楼下的死人了。不过,待到天蒙蒙亮的时候,我重新有了点勇气。我把同伴背到他床上,给他盖上一条床单,念了一段祷告,然后赶快去发出警报。

"糟糕的是,海上风浪太大;不管怎么叫啊,叫啊,没有一个人来……我就这样孤零零一个人和死去的捷科待在灯塔里,而且天晓得要等多久……我指望能把他留在我身边直到有船来!但是,三天过去后,实在不能再等下去了……怎么办?把他背出去?把他埋掉?岩石太坚硬了,而且岛上有那么多乌鸦。让它们啄食这个基督教徒,我不忍心。于是我想到把他背到下面隔离所的一间石屋里……这件令人伤心的苦活儿用了我整整一个下午,而且,说真的,需要我不少的勇气。喏!先生,直到今天,当我在刮大风的下午往岛的那一带走时,我觉得肩上好像还背着那个死人……"

可怜的老巴托利!只要想起这件事,他的额上就流汗。

我们就这样在久久的聊天中用餐,讲些关于灯塔、大海、海难的事和科西嘉强盗的故事……然后,天黑下来了,值第一班的守塔人便点起他的小灯,拿上他的烟斗、水壶,还有一本厚厚的、红色切口的普卢塔克①(这是桑吉奈尔岛的全部藏书),渐渐从餐厅深处消失。片刻以后,整个灯塔里便响起铁链、皮带轮、上发条的时钟那巨大钟锤的响声。

我呢,在这段时间里,我去外面的平台上坐下。已经落得很低的太阳越来越快地向海面沉去,整个天际仿佛也跟着往下沉。风渐渐增强,海岛变成紫色。离我不远的天空中,一只

---

① 普卢塔克(50—125),希腊历史学家和道德学家,对14至18世纪的欧洲影响较大。著有《希腊、罗马名人比较列传》《道德论丛》等。

巨大的鸟笨重地飞过,是热那亚式塔楼的那只老鹰正在飞回它的栖居地……海雾渐渐升起,过不多久便只能看见浪花给海岛镶上的一圈白边了……突然,在我头顶上方,射过一道柔和的光束,原来是灯塔点亮了。这道明亮的光束投射在远处的海面上,而把整个岛留在黑暗中。我也淹没在黑夜里;宽大的光束虽然从我头顶上方扫过,却几乎照不到我身上……风力比刚才更强了。必须回屋去了。我摸索着关上那扇厚重的门,牢牢地插上铁闩,然后,依然摸索着,由一个窄小的、在脚下颤动并发出锵锵响声的铁楼梯,登上灯塔的最高层。在这儿,不用说,有的是灯光。

请想象一盏巨大无比的有六排灯芯的卡索灯①,灯的外壁缓缓围着灯心旋转,有几块外壁各由大块水晶透镜填充,其余几块外壁朝一个固定不动的、为灯焰挡风的大玻璃板打开……我走进灯塔时,被炫目的光亮照得睁不开眼。那些铜件、锡件、白合金的反射镜、与蓝莹莹的大圆环一起旋转的凸面水晶壁,所有这些闪闪发光的东西和劈劈啪啪爆炸的火花使我一时间感到头晕目眩。

不过,我的眼睛渐渐适应了光亮,我便跑去坐在灯脚底下,守塔人的旁边,他正在高声朗读他的普卢塔克,以免打瞌睡……

外面浓黑如无底深渊。风吼叫着在环绕玻璃板的小阳台上疯狂地奔跑。灯塔咯吱作响,大海咆哮。岛的两端,海浪扑在礁石上发出大炮似的轰鸣……时不时地,一个看不见的指

---

① 卡索灯,一种带齿轮和活塞的油灯,由一个叫卡索的钟表匠在1800年左右发明。

头敲击窗玻璃,原来是某只被灯光吸引的夜鸟飞过来,一头撞在了玻璃上……在明亮、热烘烘的灯塔里,只有火花的爆裂声,灯油滴下来和链子展开的声音;还有一个单调的声音,在诵读德米特里·德·法莱尔①……

午夜,守塔人站起身,再最后察看一下灯芯,然后我们就走下灯塔。在楼梯上我们正好和值第二班的守塔人相遇,他一面上楼梯,一面揉着惺忪的睡眼;我们把水壶和普卢塔克的书交给他……在上床睡觉前,我们去了一下最里边的那间屋子,屋里堆满了铁链、大秤砣、锡制的油箱、一捆捆绳索。守塔员就着他那盏小灯的微弱光亮,在那本总是打开着的灯塔值班记录簿上写下:

半夜。海上波浪大。暴风雨。外海有船。

陆秉慧 译

---

① 德米特里·德·法莱尔(前350—前283),古希腊著名政治家、演说家,曾代表马其顿国王卡桑德尔统治雅典。普卢塔克的《希腊、罗马名人比较列传》中有他。

活跃号的最后时刻

既然那一夜的地中海北风把我们抛到了科西嘉岛的海岸,那么就让我给你们讲一个可怕的海难故事吧。这个故事,渔民们在夜晚闲聊时常常讲,而且一个偶然的机会又给我提供了有关这次海难的一些非常奇怪的细节。

……那是两三年前的事了。

那时我和七八个海关船员一起在撒丁岛①的海面上巡航。对一个初次航海的人来说,那真是一次艰苦的旅行!整个三月份里,我们没碰上一个晴好的日子。东风穷追不舍地驱赶着我们,狂怒的大海咆哮不息。

一天傍晚,我们的船为了躲避暴风雨,便到博尼法乔海峡②入口处的一群小岛中间停靠下来……这些岛看上去没有任何吸引人的地方:一块块巨大而又光秃秃的岩石上面栖息着很多鸟儿,几簇苦艾草,几片乳香黄连木树丛,这儿,那儿,几块木头正在淤泥中腐烂;不过,说实话,论过夜,这些面目狰狞的岩石比仅铺了一半甲板的旧船的舱面室要好些,因为,船面室里海浪可以自由地长驱直入。我们于是就满足于这些岩

---

① 撒丁岛,地中海西部的一个大岛,属意大利。
② 博尼法乔海峡,科西嘉岛和撒丁岛之间的海峡,仅12公里宽。

石了。

刚一下船,在船员们忙着生火准备做鱼汤的当儿,船长便喊我,他指着海岛尽头隐约显现在雾中的一小圈白色砖石围墙问我:

"您去公墓看看吗?"

"公墓!里奥内蒂船长!我们究竟在哪儿?"

"在拉维齐群岛①,先生。活跃号上的六百名船员就埋葬在这里,就在他们的战舰十年前失事的地方,可怜的人们!很少有人来看他们,既然我们到了这里,至少该去向他们问个好……"

"非常乐意,船长。"

活跃号的墓地多么凄凉啊!……它仿佛还在我眼前:那圈低矮的围墙,那扇生了锈的难以打开的铁门,那个寂静的墓地小教堂,还有几百个被杂草掩盖的黑色十字架……没有一个不凋花的花环,没有一件纪念物!什么也没有……啊!可怜的被人遗忘的死者,他们躺在这些临时掘成的坟墓里该会感到多么寒冷啊!

我们跪着在那儿待了一会儿。船长高声做祷告。几只巨大的海鸥——公墓的唯一守护者——在我们头顶上盘旋,它们沙哑的叫声与大海的哀号混在一起。

做完祷告,我和船长心情阴郁地回到我们的船在岛上停靠的地方。我们离开的当儿,船员们也没浪费他们的时间。我们看见在一块岩石的遮蔽下,一堆旺火在熊熊燃烧,一锅鱼

---

① 拉维齐群岛,博尼法乔海峡上的一群岩石小岛。

汤冒着热气。大家围成一圈坐下,脚烤着火。很快,每个人膝盖上都放了一个红土盆,里面有两片浇了很多汤的黑面包。大家不声不响地吃着,因为每个人都浑身湿透,腹中饥饿,而且公墓就在近旁……然而,盆子里的东西吃光后,大家便点起烟斗,开始聊天了。自然,大家聊的是活跃号的遇难。

"可事情究竟是怎么发生的呢?"我问船长,他两手托着脑袋,沉思地看着火苗。

"怎么发生的?唉!"善良的里奥内蒂叹了一口粗气,回答说,"先生,没有一个人能说清。我们所知道的就是,活跃号载着开赴克里米亚半岛①的部队,前一天傍晚从土伦②出发,出发时天气就不好,到了夜里,天气更糟了。又是风,又是雨,海上掀起大浪,从未见过的大浪……第二天早晨,风小了一些,但是海上仍然波浪翻滚,再加上该死的大雾,四步以外看不见信号灯……这种雾啊,先生,您想不到,这种雾有多险恶……但这不算什么,我有个想法,活跃号可能在上午失掉了它的舵;因为,雾没有不散的,如果船没有什么损坏,船长决不会让它在这儿撞得粉碎。他是个很厉害的水手,我们都认识他,他在科西嘉指挥海域警戒有三年之久,像我一样熟悉这里的海岸,我除了这个,其他什么也不懂。"

"那么,人们判断活跃号是几点钟沉没的呢?"

"可能在中午;没错,先生,在中午十二点……不过,当然啦!由于海上有大雾,正午也不比像狼嘴巴里一样漆黑的夜强多少……这儿的一个海关员工告诉我说,那天,将近十一点

---

① 克里米亚半岛,位于黑海和亚速海之间,1853年7月至1856年2月,以俄国为一方,英国、法国、奥斯曼土耳其为另一方,曾在此发生战争。
② 土伦,法国东南部地中海边城市,法国最大的军港。

半,他从自己的小屋里出来系牢护窗板,一阵风把他的鸭舌帽刮跑了,他冒着自己被海浪卷走的危险,连滚带爬地沿海岸追他的帽子。您知道!海关员工没什么钱,而一顶鸭舌帽呢,价格不便宜。据说,不知什么时候,这个人抬起头来,看见大雾里,离他很近的地方,有条没有一张帆的大船,在风力推动下往拉维齐群岛这边滑过来。船滑得很快、很快,那个海关员工几乎来不及看清是怎么回事。不过根据所有情况来推测,那条船就是活跃号,因为,大约半小时后,岛上的牧羊人就听见岩石上……喏,正巧,我说的那个牧羊人来了;先生,让他本人把事情讲给您听……你好,帕隆波!来烤会儿火;别害怕。"

一个戴风帽的人怯生生地走近我们。其实,我看见他在我们的篝火周围转悠好一会儿了,我原以为他是船上的工作人员,因为我不知道岛上还有个牧羊人。

他是个患麻风病的老头,几乎是个傻子,得了不知哪种坏血病,嘴唇变得又肥厚又突出,看起来很吓人。大家费了很大劲给他解释是怎么回事。老人于是用指头掀起有病的嘴唇,告诉我们说,确实,那一天,将近中午十二点,他在自己的小屋里听到岩石上发出一声可怕的咔嚓声。由于当时整个岛上都漫了水,他没能够出去。到了第二天,他开门时,才发现海岸上堆满了被海水冲上来的船的碎片和人的尸体。他万分惊恐,跑着奔向他的小船,为的是到博尼法乔①去找人来。

讲了这么多话,牧羊人累了,他坐下来,于是船长又接着讲:

---

① 博尼法乔,科西嘉岛南端城市,隔博尼法乔海峡与撒丁岛相望。

"是的，先生，就是这个可怜的老头来通知我们的。当时他几乎吓疯了；而且，因为这件事，他的头脑从此落下了毛病。确实，当时的情景真能叫人精神错乱……您想象一下，六百具尸体堆在沙滩上，乱七八糟地和木片、帆布片混在一起……可怜的活跃号！……海浪一下子把它打成碎片，而且碎片那么小，以至于帕隆波费了很大的劲才从里面找出可以给他的小屋做栅栏的木条……至于船上的人，几乎都是面目全非、肢体残缺不全，非常可怕……看到他们的尸体成串成串缠在一起，真是可怜……我们找到了身穿军礼服的船长、颈上挂着圣带的神甫，我们还在一个角落里，两块岩石之间，发现一个小见习水手，他睁着两只眼睛……你会以为他还活着；不是！命中注定，没有一个能幸免于难……"

说到这里，船长停住了：

"当心，纳尔蒂！"他叫道，"火要灭了。"

纳尔蒂往炭火上扔了两三块涂了柏油的木板，木板立刻燃烧起来；于是，船长接着讲：

"这个故事里最让人伤心的是下面这件事：这次海难前的三个星期，一艘像活跃号一样也是开往克里米亚的巡洋舰，在同样的情形下，而且几乎在同一地点出了事，只不过，那一次，我们能把船长和船上的二十名辎重兵救了出来……那些可怜的辎重兵个个束手无策。那还用说！我们把他们送到博尼法乔，又按照海员的方式，留他们和我们一起待了两天……等他们身上的衣服干了，身体也恢复了，我们就跟他们说，'再见！祝你们好运！'他们回土伦去了。不久，他们又在土伦上船，开往克里米亚……您猜，上了哪条船！……上了活跃号，先生……我们又见到了他们，所有那二十个人，躺在死人当中,就在我们现在坐着的地方……我本人在其中认出了一名漂亮的下士……他留着秀气的胡子,是个金头发的巴黎小伙子,前一次我曾经安排他住在我家里,当时他讲的那些故事逗得我们笑个不停……看见他躺在那里,我心里真难过……唉!Santa Madre①……"

讲到这里,心地善良的里奥内蒂船长非常激动地抖掉他烟斗里的烟灰,随后一面向我道晚安,一面把自己裹在厚呢外套里……水手们又继续低声聊了一会儿天……然后,烟斗一个接一个地熄灭了……大家不再讲话……牧羊人也走了……剩下我一个人待在入睡的船员中间沉思。

刚刚听到的凄惨故事仍然萦绕着我,我试着在脑海里重建那艘已经粉身碎骨的船,回顾那场只有海鸥能作见证的海难,有几个细节特别给我留下深刻的印象:穿着军礼服的船长,随军神甫的圣带,辎重队的二十名士兵,这些细节帮助我猜测这个悲剧的所有情节……我看见三桅战舰在夜里从土伦出发……它驶出了港口,海上刮起大风,波浪汹涌;但是船长是位英勇的水手,所以大家在船上很放心……

早晨,海上升起大雾。大家开始担心了。全体船员上了甲板,船长一刻也不离开艉楼……士兵们所在的统舱里又黑又闷热。有几个士兵生病了,躺在自己的背包上。船前后晃动得厉害;根本站立不住。大家坐在地上,三五成群地聊着天,一面紧紧抓牢长凳;说话非得大声喊才能听得见。有人开始害怕了……你听听吧!这一带地方常有海难发生,统舱里

---

① 意大利语,意为"圣母"。

的辎重队士兵就能证明这一点,他们讲述的那些事真令人心惊肉跳。尤其是他们的下士,一个不停地开玩笑的巴黎人,他的那些玩笑话叫人浑身起鸡皮疙瘩。

"海难!……那可是很好玩的事哩,海难。我们只不过洗个冰冷的海水澡而已,然后有人会把我们送到博尼法乔,我们就可以在船长里奥内蒂家吃一顿乌鸫。"

辎重兵们都笑了……

突然,听到咔嚓一响……是什么声音?发生什么事了?……

"船舵刚被冲走。"一名浑身湿透、正跑着穿过统舱的水手说。

"祝它一路顺风!"疯疯癫癫的下士喊,但是他的玩笑却再也逗不笑任何人。

甲板上一片嘈杂和混乱。由于海雾,人们对面互相看不见。慌了神的水手们摸索着来来去去……没有了舵,船怎么驾驶!……失控的活跃号顺水漂流,速度快得像风……海关员工就是在这个时候看见它从面前经过的;当时是十一点半,听到战舰的前部发生一声大炮轰鸣似的巨响……礁石!礁石!……完了,没有希望了,船笔直向海岸冲去……船长下到他的舱房里……过了一会儿,他又回到他在艉楼的位置上——穿着军礼服……他要把自己收拾得漂漂亮亮的去死。

统舱里,士兵们忧心忡忡地你看着我,我看着你,一句话也不说……生病的人试图坐起来……那个年轻的下士再也笑不起来了……就在这时,舱门打开了,随军神甫佩着圣带出现在门口:

"跪下吧,我的孩子们!"

大家听命跪下。神甫用洪亮的声音开始做临终祈祷。

突然,一记可怕的撞击,一声叫喊,所有人的声音汇在一起的一声叫喊,一声响彻天地的叫喊,一条条伸出的手臂,一只只抓紧的手,一双双惶恐的眼睛,眼睛里像闪电一样掠过死亡的幻影……

天哪!……

整整一夜我就这样胡思乱想着,我就这样胡思乱想,呼喊着十年前遇难的那条三桅战舰的亡灵,如今我的四周还散着它的残骸……远处的海峡里,暴风大作;营火的火苗被阵风压得低下来;我听见我们的小船在岩石下摇晃,把船缆晃得咯吱咯吱响。

陆秉慧 译

诗人米斯特拉尔[①]

上个星期天,我醒来时,还以为自己身在巴黎的蒙马特尔区大街呢。灰蒙蒙的天下着雨,磨坊显得有点凄凉。我害怕在家里度过这冰冷的阴雨天,于是立刻产生了一个欲望,想去弗雷德里克·米斯特拉尔那里暖一暖自己的身心。这位伟大的诗人住在他那个叫玛亚纳的小村庄里,离我门前的松树林有三法里远。

一有了这个念头我便立即动身;带上一根香桃木棍子、我的《蒙田随笔集》、一块防雨布,我便上路了!

田野里没有一个人……信奉天主教的美丽的普罗旺斯星期天让土地休息……农庄都关上了大门,只有狗留下来看家……隔很久,才看到一辆车篷湿淋淋的运货大车,一位裹在枯叶色斗篷里的老妇人,几头节日盛装的骡子背上盖着蓝白两色的鞍褥,头上装饰着红绒球,颈子上挂着银铃铛,拉着满满一车去做弥撒的农夫,小跑着往前赶;还有,远处,透过雾,可以看到运河上一条小船,船上站着一个渔夫在撒网……

[①] 米斯特拉尔(1830—1914),法国诗人,19世纪普罗旺斯语言和文化复兴的领导者,他倾注二十年心血编纂了一部博大的普罗旺斯语词典,并以其多部诗歌杰作丰富了这一语言的文学宝库。1904年获诺贝尔文学奖。

那天没法在路途中看书。大雨滂沱,普罗旺斯特有的北风把雨瓢泼似的刮到行人脸上……我一口气走了三小时,终于看到前面出现了几小片柏树林,玛亚纳村庄就坐落在树林中,好像在那里躲避风雨。

村子里的街道上不见一个人影;大家都在教堂做大弥撒。我从教堂前面走过时,听见蛇形风管吹得嗡嗡响,透过彩色玻璃窗看见大蜡烛的火光闪耀。

诗人的住所位于村子的尽头,在通往圣雷米的大路上,是左首最后的那幢房子——一幢小小的二层楼房,屋前有个花园……我轻轻走进去……不见有人!客厅的门关着,但是我听见门后有人在走来走去,同时还在大声说话……这脚步和嗓音我非常熟悉……我在粉刷成白色的小走廊里停了片刻,手抓着门的把手,激动得心怦怦跳。——他就在屋里,正在写作……要不要等他写完这个诗段呢?……不,真的!不管这许多了,进去吧。

啊!你们这些巴黎人,当玛亚纳的诗人来到你们那里,让他的《弥洛依》①看看巴黎,当你们在你们的沙龙里看见他,这个穿着城里人的礼服的沙克达斯②,戴着像他获得的荣誉一样让他感到不自在的笔挺的衣领和高高的礼帽,你们以为那就是米斯特拉尔……不,那不是他。世界上只有一个米斯特

---

① 《弥洛依》,米斯特拉尔的第一首叙事长诗,1859年完成,讲述一个富裕农场主的女儿弥洛依爱上了一个穷苦的编筐匠的儿子,其父母横加阻拦,结果她以身殉情。
② 沙克达斯,法国作家夏多布里昂(1768—1848)的小说《阿达拉》中的男主人公,他是路易斯安娜的印第安人,由一个西班牙人抚养长大,后来回归印第安人的自然状态。

拉尔,就是上个星期天我不期而至时在他的村子里见到的那个米斯特拉尔:小毡帽歪在耳朵上,穿一件短上衣,里面没有背心,腰间系着他的卡塔卢尼亚红色毛料宽腰带,创作的灵感让他的颧骨火烧似的通红,两眼炯炯放光,带着善良的微笑,神采飞扬,又像一个希腊牧人那么优雅;他两手插在口袋里,大步走来走去,一面在作诗……

"怎么!是你!"米斯特拉尔叫道,同时跳过来搂住我的脖子,"你想到来我这儿,真是太好了……正巧,今天是玛亚纳的节日。有阿维尼翁来的乐队,有公牛①,有宗教游行队伍,有法朗多拉舞,一定会很精彩……母亲望弥撒去了,就要回来的;我们一块儿吃午饭,然后,咴溜!我们就去看漂亮姑娘们跳舞……"

他讲话的当儿,我激动地环顾着这间挂着浅色壁幔的小客厅,我已经好长时间没有看见这间客厅了,在这儿我曾经度过那么美好的时光。没有一点改变。还是那张黄格子的长沙发,还是那两张麦秸坐垫的扶手椅,壁炉台上依旧是一尊无臂维纳斯塑像和一尊阿尔勒的维纳斯塑像,一幅埃贝尔②画的诗人的肖像和一帧艾蒂安·卡尔雅③拍摄的他的照片;在屋子的一角,靠近窗户的地方,仍旧摆着那张书桌——一张像税务员用的办公桌那样简陋的小书桌——上面堆满了旧书和字典。书桌中间,一本厚厚的稿纸翻开着……这就是《卡朗达

---

① 普罗旺斯地区有一种风俗,在节日里将公牛赶到一个有围栏的广场上,小伙子们用各种办法挑逗公牛取乐;或将公牛赶到街上,人们跟在后面奔跑、玩笑。
② 埃贝尔(1817—1908),法国著名画家,曾为拿破仑三世等诸多名人画过肖像。
③ 艾蒂安·卡尔雅(1828—1906),法国漫画家,摄影师。

尔》,弗雷德里克·米斯特拉尔新创作的长诗,将在今年年底圣诞节这一天出版。这首长诗,米斯特拉尔写了七年之久,他写下最后一行诗句将近半年了,然而,他至今还不敢交稿。你们能理解,诗人总是有某个诗段要润色,总想找到更响亮的韵脚。尽管米斯特拉尔是用普罗旺斯的方言创作,但他推敲他的诗句时就仿佛所有的人都将用这种文字读他的诗,而且会考虑到他像工匠那样雕凿诗句时所作的努力……啊!多么可敬的诗人!蒙田有一段话很像在说米斯特拉尔:"有人问一个人,他如此呕心沥血地钻研一种只有很少人能懂的艺术有何用,他回答说:'很少人能懂,于我已足矣;仅一个人懂,于我亦足矣;无一人懂,于我仍足矣。'我们要记住他。"

我正捧着《卡朗达尔》的手稿,满心激动地一页页翻读着……突然,街上,就在窗前,响起了短笛和长鼓的合奏。这时,就见我的朋友米斯特拉尔奔向柜子,从里面取出一些杯子和几瓶酒,又把桌子拖到客厅中间,然后跑去开门迎接乐师们,一面对我说:

"你别笑……他们为我演奏晨曲来了……我是镇议员哩。"

小客厅顷刻间挤满了人。乐师们把长鼓放在椅子上,把旧旌旗靠在墙的一角,接着,蒸发过的浓葡萄酒便在人们手中传递起来。大家为弗雷德里克的健康喝掉好几瓶酒,又严肃地谈了村子的节日:法朗多拉舞是否会和去年同样精彩啦,公牛的表现是否会尽如人意啦,等等、等等;之后,乐师们告退,他们将去其他几位镇议员家演奏。这时,米斯特拉尔的母亲回来了。

一转眼间餐桌已经摆好,铺上了洁白美观的桌布,上面放了两副刀叉。我了解这一家的习惯;我知道,当米斯特拉尔有客人时,他母亲从不上桌一起吃饭……因为可怜的老妇人只懂普罗旺斯语,要她和讲法语的人聊天她会觉得很困窘……再说,厨房里也需要她。

上帝!那天上午我吃了多美的一餐饭啊:一块烤山羊羔肉、一点山区的干酪、苹果酱、无花果、麝香葡萄。整餐饭都佐以醇香的教皇新堡葡萄酒,这酒倒在杯子里有一种宝石红,非常美……

上餐后甜食时,我去拿《卡朗达尔》的手稿,拿来后我把它放在餐桌上米斯特拉尔的面前。

"我们说过要出去的。"诗人微笑着说。

"不!不!……读《卡朗达尔》!读《卡朗达尔》!"

米斯特拉尔只得让步,于是,他用他那柔和的歌唱般的声音,开始朗诵第一诗章,一面用手打着诗句的节拍:

我已经讲述过

一个为爱情而发狂的姑娘的凄惨故事,

现在,假如上帝允许,我将歌唱一个卡西①的孩子——

一个可怜的捕鳗鱼的小渔夫……

屋外,晚祷的钟声在鸣响,广场上劈劈啪啪一片爆竹声,短笛手和长鼓手在街上走过来走过去地演奏,被人们赶着跑的卡马尔格公牛在哞哞叫。

我呢,两肘支在台布上,眼眶里含着泪水,在听普罗旺斯

---

① 卡西,法国罗讷河口省的一个小城。

的那个小渔夫的故事。

卡朗达尔只不过是个渔夫,但爱情使他成为一个英雄……为了赢得他的女友——美丽的埃丝泰蕾尔——的芳心,他干了一桩桩奇迹般的事。与他相比,大力神海格力斯完成的十二件壮举也不值一提。

一次,他萌生了发财致富的念头,于是他发明了一些奇大无比的捕鱼器具,把海里的鱼全部捞上了港口。还有一次,他制服了奥利乌勒峡谷不可一世的恶霸塞弗朗伯爵,迫使他回到自己的地盘上,回到他的强盗同伙和姘妇中间……好一个大无畏的小伙子,这个小卡朗达尔!一天,在圣博姆山,他遇到手工业行会的两派成员到这儿来解决双方的争吵,他们抄着双脚规在雅克师傅的坟墓上大打出手。请注意,雅克师傅就是那个建造了所罗门圣殿的构架的普罗旺斯人。卡朗达尔扑到正在互相厮杀的两派人中间,通过劝说平息了他们的争吵。……

还有多少超乎人力的壮举啊!……在高高的昌尔山的岩石中,有一片雪松林,可望而不可即,从来没有樵夫敢爬上去砍伐。卡朗达尔去了。他独自一人在那儿住了三十天。在这三十天里,只听到他的斧子砍进树干发出的当当声。松林在喊叫;古老的参天大树一棵接一棵倒下来,滚到深邃的谷底。一个月后,当卡朗达尔下山时,山上已经一棵雪松也不剩了……

如此多的丰功伟绩最终得到回报:这个捕鳀鱼的渔夫终于获得了埃丝泰蕾尔的爱情,并且被卡西的居民任命为当地的执政官。这就是卡朗达尔的故事……然而,卡朗达尔这个人无关紧要,诗中最主要的还是普罗旺斯——海的普罗旺斯,山的普罗旺斯——连同她的历史,她的民俗,她的传说,她的风景。整个纯朴、自由的普罗旺斯人民在消失前找到了他的伟大诗人……现在,你们铺设铁轨,架起电线杆,把普罗旺斯语从学校里取消吧!但普罗旺斯将永远活在《弥洛依》和《卡朗达尔》这些诗篇中。

"别再念诗了!"米斯特拉尔合上诗稿说,"我们应当去观看节日的盛况。"

我们走出屋子;只见全村的人都拥到了街上;一阵北风早已经把天空的乌云扫得一干二净,蓝天在湿漉漉的红屋顶上闪着欢快的光亮。我们出来得正是时候,正好看到宗教游行队伍往回走,长得望不到尽头的队伍整整走了一个钟头:有穿带风帽的无袖僧衣的苦修修士,白衣苦修修士,蓝衣苦修修士,灰衣苦修修士,戴面纱的修女组成的善会,绣着金色花朵的粉红色旌旗,两人抬着的金粉已剥落的高大木雕圣徒像,手执大捧花束的偶像般的彩陶圣女像,遮蔽圣器的华盖,圣体显供台,绿色丝绒的移动天盖,围着白绸的耶稣蒙难像;所有这一切在阳光和烛光中,在圣诗和连祷的诵读声以及教堂的钟声中逶迤而行,迎风招展。

宗教游行队伍走完,圣像重新放入礼拜堂后,我们去看公牛,然后又去打麦场看各种比赛:角斗、三跳、"勒死猫"、扔羊皮袋,等等,总之是普罗旺斯节日里会有的所有赏心悦目的玩意儿……我们回玛亚纳时,夜色已降临。在村子里的广场上,在米斯特拉尔晚上通常和他的朋友齐道尔下棋的小咖啡馆的前面,早已燃起了一堆旺旺的节日篝火,人们正在组织法朗多拉舞。这儿,那儿,一盏盏纸糊的灯笼在暗处亮起来;年轻人正各就各位;很快,在长鼓鼓声的召唤下,大家围着篝火开始跳起了疯狂的、喧闹的圆舞,并且要跳一整夜。

晚饭后,我们感到太累,不想再东跑西颠,便到楼上米斯特拉尔的卧室去了。这是一间简朴的农家房间,里面放着两张大床。墙上没有糊壁纸,顶上没有天花板,看得见房梁……四年前,法兰西学院奖给《弥洛依》的作者三千法郎时,米斯特拉尔的母亲心生一念。她对儿子说:

"我们请人来把你的卧室贴上墙纸,装上天花板好吗?"

"不!不!"米斯特拉尔回答说,"这笔钱是诗人的钱,不能动。"

因此,他的房间始终是光秃秃的,毫无装饰;然而,只要这笔"诗人的钱"还没用完,凡是有人来求米斯特拉尔帮助,米斯特拉尔的钱包总是向他们敞开的……

我进房间时带上了《卡朗达尔》的稿本,想在睡觉前请诗人再给我诵读一段。米斯特拉尔选了有关彩陶器的那一节。内容概括起来是这样的:

在一个不知在哪里举行的盛大宴会上,有人拿来一套精美的穆斯捷①彩陶餐具摆在桌上。在每个盘子底部,都有一幅蓝釉绘制的以普罗旺斯为主题的画,这样,普罗旺斯的整部历史便包含在这套画里。因此,我们应当好好看看,诗人是怀着多么深厚的爱来描写这些美丽的彩陶的;每个盘子用一个

---

① 穆斯捷,亦称穆斯捷·圣玛丽,法国上普罗旺斯的一个镇,以其在17至18世纪生产的彩陶闻名。

诗段描述,而每个诗段就是一首文笔纯朴、技艺精湛的小诗,像忒奥克里托斯①生动如画的田园诗那样完美。

米斯特拉尔用美丽的普罗旺斯语给我朗读他的诗。普罗旺斯语四分之三以上是拉丁语,过去王后们说话就用这种语言,如今只有牧羊人能懂它。我一面听着诗人朗读他的诗,一面在内心赞赏他。想着他发现他的母语所处的衰败境地,以及他为复兴他的母语所做的工作,我的想象中浮现出一座古老的王侯贵族的宫殿,像我们在阿尔皮耶山区会看到的那种:已经没有屋顶,台阶没有了圆柱栏杆,窗户没有了彩色玻璃,尖形拱肋的三叶饰断掉了,门上的纹章被青苔侵蚀,前庭里母鸡在啄食,精巧的圆柱长廊下猪在打滚,驴子在吃小教堂里长出来的野草,鸽子来喝大圣水缸里积满的雨水,最后,在这片废墟中,还有两三家农户在古老的宫殿侧面为自己搭建了几座窝棚。

后来,有一天,其中一个农民的儿子爱上了这些壮观的废墟,而且看见它们遭到这样的亵渎非常愤慨;很快,他把牲口赶出前庭,然后,在仙女们的帮助下,他重建了主台阶,把墙壁重新镶上护壁板,把窗户重新装上彩色玻璃,修复塔楼,将御座厅重新镀金;就这样,他让这座昔日教皇和女王们居住的古老而宏伟的宫殿站立起来,重放异彩。

这座修复的宫殿,就是普罗旺斯语。

这位农家子弟,就是诗人米斯特拉尔。

陆秉慧 译

① 忒奥克里托斯(约前310—约前251),古希腊诗人,田园诗的创始人。

最后一课

一个阿尔萨斯小孩讲述的故事

这天早晨,我上学太迟了,我好害怕挨训斥,何况阿迈尔先生还告诉我们,准备课堂提问分词问题,我对分词却一窍不通。一时间,我突然想到逃学,去田野里跑跑。

天气好暖和,好晴朗!
只听得乌鸫在林边吹笛似的叫着,普鲁士人正在里佩尔草地的锯木厂背后操练。这一切比分词规则吸引我得多,但我仍然拼命顶住了诱惑,飞快往学校跑去。

路过村政府门前时,我瞧见有些人停在小小的告示栏旁边。这两年,我们正是从那里得到所有的坏消息,吃败仗啦,征调啦,指挥部的命令啦;我边走边想:
"又出什么事啦?"
当时,正和徒弟在那里念告示的铁匠瓦什特见我跑着穿过广场,冲我叫道:
"小家伙,别那么着急,你以后上学校笃定早到!"
我以为他在嘲笑我,便气喘吁吁走进了阿迈尔先生的小院子。

平时,一开始上课,总有一片喧闹声从学校传到街上,课桌开呀,关呀,大家一起朗读课文呀,必须双手捂上耳朵才能学得好些,还有老师那把粗大的尺子敲桌子的声音:

"肃静!"

我本想借这一片闹声坐上我的凳子以免被人看见,但是,也巧了,这一天,到处都安安静静,就像星期天的早晨。我从窗户往里瞧,看见我的同学们已经整整齐齐坐在自己的座位上,阿迈尔先生腋下夹着那把吓人的尺子走过来走过去。不得不在这一片寂静中推门走进去了!你们想想我该多么脸红,多么害怕!

嘿,才不是那么回事呢!阿迈尔先生看看我,并没有生气,他非常温和地对我说:

"小弗兰茨,快坐上你的座位。你不在,我们正要开始讲课呢。"

我跨过凳子,急忙坐到我的课桌后。也就在这个时刻,我从惊慌中稍微定下神来,这才发觉我们的老师穿的是他那件漂亮的绿色礼服,上面还有细褶的襟饰;他还戴着他那顶黑色的绣花丝绸小圆帽,他通常是在督察光临或发奖的日子才穿戴这些行头的。此外,整个课堂看上去有点异常和庄严。但是,最让我吃惊的,是看见在教室尽里头,平时没人坐的那几排长凳上竟坐满了村里的人们,他们像我们一样静静地坐在那里,有戴三角帽的老霍赛、以前的村长、以前的邮差,还有其他好些人。这些人都显得很悲哀。霍赛还带来了一本旧识字读本,书边都被虫蛀了,他把翻开的书放在膝头,他那偌大的眼镜横放在书页上。

我正在为这一切感到吃惊时,阿迈尔先生已经走上讲台,并且用他适才接待我时同样温和同样庄严的声音对我们说:

"孩子们,我这是最后一次给你们讲课。柏林来了命令,今后在阿尔萨斯和洛林的学校只能教德文……新老师明天就到。今天,这是你们最后一堂法文课。我请你们专心听讲。"

这几句话让我好不震惊,哦!这些混蛋,原来,他们在村政府贴的是这个告示!

我的最后一堂法文课!……

而我刚刚学会写字!这么说我永远也不能学了!必须到此为止了!……这会儿我对我荒废了的时间好后悔呀,我好恨我从前逃学去掏鸟窝,去萨尔河上滑冰!我刚才还觉得那么讨厌,那么沉重难背的书本,我的语法书,我的圣经故事,我这会儿觉得它们好像是我的老朋友,我跟它们真是难舍难分。就跟阿迈尔先生一样,一想到他就要走掉,我再也看不见他了,我就把从前受处罚,挨尺子打的事忘得一干二净。

可怜的人!

他正是为纪念这最后一课才穿上他那漂亮的周日礼服,到现在我才明白为什么村里的老人们来这里坐在教室的后排。这一切仿佛在表明他们为过去没有更经常来学校感到懊悔。这也像是用行动对我们老师四十年的忠诚服务表示感谢,向正在消失的祖国表示敬意……

我正想到这里,便听见老师叫我的名字。轮到我背诵了。我要是能够从头到尾将那有名的分词规则背诵出来,又响亮,又清晰,又没错误,我还有什么东西舍不得放弃呀?但是,我一开始背诵脑子就乱作一团,我愣站在那里,在座位上摇来晃去,心情好不沉重,也不敢抬头。我听见阿迈尔先生对我说:

"我不想责备你,我的小弗兰茨,你恐怕已经受到应当的惩罚了……事情就是这样。每天大家都对自己说:'唔!我还来得及。明天再学吧。'然后,你瞧,发生了什么事……噢!这就是我们阿尔萨斯的大不幸,总是把教育往后推。如今,那些人就有权对我们说:'怎么!你们还硬说你们是法国人,而你们既不会念也不会写自己的语言!'在这一切当中,可怜的弗兰茨,最应当受到惩罚的还不是你。我们大家都有自我谴责的份。

"你们的父母并没有一心想看见你们拥有知识。为了多得几个钱,他们更愿意打发你们去地里或纺织厂干活。我自己呢,我难道就没有应该自我责备的地方吗?难道我没有经常派你们去我的园子里浇水从而中断学习吗?当我想去钓鳟鱼时,随便给你们放假,我难道有所顾忌吗?……"

于是,阿迈尔先生开始对我们谈起法兰西语言的各个方面,他说,那是世界上最美的语言,最明快,最稳固;必须在私下里将它保持下去,永远别忘记,因为,当一个民族沦为奴隶时,只要他坚持自己的语言,那就像掌握了他所在牢狱的钥匙①……他随后拿起一本语法书,给我们朗读了课文。我发现我全能听懂,好吃惊呀!他所说的一切,我都觉得容易理解,太容易了。我还认为,我从没有这么专心听过课,他也从没有这么耐心讲解过。就好像这可怜的人在离开之前想把他的全部知识都教给我们,想把这些知识一下子装进我们的脑袋。

① "假如他坚持自己的语言,他就掌握了能把他从枷锁中解救出来的钥匙。"米斯特拉尔说。——作者注

课文讲完之后,开始练习写字。阿迈尔先生为我们今天这节课准备了新的字帖,那上面用漂亮的圆体字写着:法兰西,阿尔萨斯,法兰西,阿尔萨斯。这看上去就像在教室里飘扬着一面面小小的旗帜,旗帜都挂在我们课桌的横档上。真该看看每个人都怎样专心写字,教室里有多么安静!除了笔尖在纸上划出的沙沙声,什么也听不见。有一会儿,几只金龟子飞进来了,但没有一个人加以注意,连最小的学生都在专心画杠杠,那份热忱,那份认真,就好像那些杠杠也是法文似的……几只鸽子在学校的屋顶上轻轻地咕咕叫着,听着它们的叫声,我想:

"那些人该不会逼迫鸽子也用德语鸣叫吧?"

我时不时从书页上抬起眼睛,我看见阿迈尔先生在他的讲台上一动不动,死死盯住周围的东西,好像恨不得用眼光把他小小的校舍全部带走……你们想想,四十年来,他一直站在这同一个位置上,在他对面是他的院子,这课堂也保持原样,只不过凳子和课桌使用时摩擦得光滑了。院子里的几株核桃树已经长高,他亲自栽种的那株啤酒花如今已沿着窗户盘绕到屋顶上。这可怜的人就要离开这里的一切,听见他的姐姐在楼上的房间里走来走去,关着他们的箱子,他该怎样心碎呀!因为他们不得不在明天启程,永远离开这里。

尽管这样,老师仍然鼓足勇气将这一课上到底。写字课上完后,又讲了历史课,接下去是小家伙们高声朗读 BA BE BI BO BU。在那边,教室尽里头,老霍赛已经戴上了眼镜,他正用双手捧着他的识字读本,同孩子们一道拼读字母。看得出来,他也很用功。他激动得声音颤抖,听他念书真太滑稽了,我们大家都忍不住想笑又想哭。啊!我永远不会忘记这最后一课……

突然,教堂的午祷钟敲响了,接着是"三钟"。就在此刻,操练回来的普鲁士人在我们窗下吹起了军号……阿迈尔先生脸色惨白,从讲台上站起身。在我眼里,他从不曾显得那么高大。

"朋友们,"他说,"朋,我……我……"

什么东西让他喘不过气,他无法说完整这个句子。

于是,他转身对着黑板,拿起一截粉笔。他用尽全身力气在上面重重写下尽量大的:

"法兰西万岁!"

他随后停在那里,头靠在墙上。他不说话,只用一只手向我们示意:

"结束了……你们走吧。"

刘　方译

科尔马地方法官的幻觉

科尔马地方法院的小个子法官多林格在威廉皇帝①面前宣誓之前,世界上没有任何人比他更幸福。那时,他戴着法官戴的无边高帽,挺着大肚子走进审判庭,嘴唇红润,三层下巴舒服地叠在又薄又软的勋章绶带上:

"噢!我又该美美地打个盹儿了。"他在坐下时似乎在对自己这么说。看上去很好玩:他伸出胖乎乎的双腿,深深坐进他的大圈椅里,圈椅上圆圆的皮坐垫坐上去又凉快又软,他当了三十年的审判官,之所以还能保持情绪平稳,脸色明净,全仗着这又凉快又柔软的皮坐垫。

不走运的多林格!

正是这块皮坐垫毁了他。他坐在那上面感觉那么舒适,他的位置设在这个鼠皮缎坐垫上是那么合适,弄得他宁可变成普鲁士人也不愿离开那里。威廉皇帝对他说:"继续坐下去吧,多林格先生!"于是,多林格便继续坐下去。如今,他已是科尔马法院的推事,代表柏林的陛下进行果断的审判。

在他周围,一切如常:永远是那同样毫无色彩、单调乏味

---

① 威廉皇帝,德国统一后的威廉一世皇帝(霍亨索伦家族)(1797—1888),他在普法战争中战胜法国后,宣布德国统一,并于1871年在凡尔赛宫加冕为皇帝。

的审判,同样的教堂式的大厅,发亮的凳子,光秃秃的墙壁,律师们嘈杂的话声,从挂着哔叽窗帘的高高的窗户透进来的同样朦胧的光线,同样布满灰尘的大幅耶稣受难像,头部微偏,双臂张开。在投靠普鲁士时,科尔马法院并没有丢份:皇帝的半身像依然悬挂在法院最靠里的地方……然而,那又何妨!多林格仍然感到很不自在。他在自己的圈椅里蜷缩起来,他狂怒地深深陷进圈椅里,全都枉费心机,他在那里再也享受不到往日打盹儿的好滋味。每当他偶尔在审判时间睡了过去,那也是做做噩梦而已。

多林格梦见自己在一座高高的山上,那山与奥奈克山或阿尔萨斯圆顶山有几分相似……他孤单单一个人,穿着法官袍坐在大圈椅里,在这高得无边无际,不见一切,只见矮树林和一群群小苍蝇的地方干什么?……多林格并不知道。他在等待,他浑身哆嗦,冷汗淋漓,做噩梦一般忧心忡忡。一轮巨大的红日从莱茵河对岸黑森林的冷杉树后面冉冉升起。随着太阳升起,在下边,在坦恩和明斯特的河谷,从阿尔萨斯这头到那头,响起一片混乱的隆隆声,有脚步声,车辆行进声,声音越来越大,越来越近,多林格感到揪心!紧接着,这位科尔马的法官看见一队行色忧伤、没完没了的队伍沿着长长的在山腰延伸的弯路朝他走来,阿尔萨斯的全体居民都相约在孚日山脉的这个关隘,准备庄严流亡。

走在登山前列的是些长长的四头牛拉的四轮运货大车,这类带栅栏的大车在收获季节都载满了麦捆,如今则装着家具、衣物、劳动工具往前走。有大床、高橱、印花棉布的装饰品、大木箱、纺车,儿童坐的小椅子、老人坐的大圈椅,这些从固有的角落清理出来的成堆的古老珍藏品,一路上随风散发着家园的神圣尘埃。有些是举家乘大车上路,因此,大车只得边前进边嘎嘎哀叹,牛们拉车也非常吃力,仿佛地面粘住了车轮,仿佛那与钉齿耙、犁、锄头、草耙密不可分的一块块干土加重了大车的负荷,使这样的出走变成了与原来的生活完全隔绝的背井离乡。大车群后面紧跟着默不作声的人群,身份不同,年龄各异,从头戴三角帽颤巍巍依靠手杖走路的高龄老人,到穿着背带和起绒裤的金色卷发的小孩;从豪气十足的青年背在肩上的瘫痪的祖父,到母亲抱在怀里的吃奶的孩子。所有的人,勇敢的,残疾的,明年即将入伍当兵的,业已参加过可怕战役的,还有挂着丁字拐杖行路艰难的伤残重骑兵,面色苍白筋疲力尽的炮兵,他们破烂的军装上还残留着斯潘多战地掩体的霉迹……这所有人都在公路上自豪地鱼贯前行,公路边上则坐着科尔马的法官。在走过他面前时,人人都把脸转到一边,带着愤怒和憎恶的表情……

啊!倒霉的多林格!他很想藏起来,逃跑掉;但不可能。他的安乐椅稳稳地嵌在了高山上,他那块圆圆的皮坐垫则嵌在安乐椅里,他自己也嵌在了他的皮坐垫里。于是,他明白了,他在那里有如绑在了犯人的示众柱上,人们把示众柱放得越高,他的耻辱就可以从越远的地方被看见……撤退队伍继续走着,一个村庄接着一个村庄,住在瑞士边界的人们赶着一望无际的牲畜群,住在萨尔河上的人们则推着装在运矿车厢里的笨重的铁制工具前行。接着到达的是城里人,所有从事纺纱、鞣革、织布、整经的人,以及市民、教士、犹太教教士、法官,有的穿黑袍,有的穿红袍……此刻到来的是科尔马法庭,为首的是庭长。多林格羞愧难当,试图藏起自己的面孔,但他的双手已经瘫痪;他想设法闭上眼睛,他的眼皮却僵直不动。

他应该自己能看见,也能被人看见;他最好别漏掉他的同事路过时扔给他的每一个蔑视的目光……

绑在耻辱柱上的法官,这本来就十分恐怖!然而,更恐怖的是,人群里走着他的所有亲人,而且没有一个亲人显出认识他的样子。他的妻子,他的几个孩子走过他面前时都埋下了头。他们好像也非常羞愧!直到他最宠爱的小米歇尔,从他身边永远消失时,竟然不屑看他一眼。只有他过去的老庭长在他面前停了一会儿,悄声对他说:

"跟我们一起走吧,多林格。别待在那里,我的朋友……"

然而多林格无法起身。他焦躁不安,他呼喊,队伍仍然络绎不绝,足足走了几个钟头。当人群在黄昏来临时走远了,一个个钟楼林立、工厂遍野的美丽河谷也静了下来。整个阿尔萨斯都出走了,只有科尔马的法官留在那上面,钉在耻辱柱上,他坐在那里,终生不得免职……

……突然,情景骤变。出现了紫杉、黑色十字架、一排排坟茔和送葬的人群。

那是科尔马的墓地,那是举行盛大葬礼的日子。城里所有教堂的钟都敲响了。原来是多林格推事刚刚去世。荣誉无法完成的一切,都由死亡承担下来了。死亡将那位终生不得免职的法官从他的皮垫上拆卸下来,将这个坚持坐堂的人从头到脚平放在地上……

在梦里想象自己死了而且只有自己哭自己,再没有比这更可怕的感觉。多林格参加自己的葬礼,满心哀伤。而让他比看见自己死亡更感到绝望的是,在这一大群围着他忙乎的人当中竟没有一个朋友,也没有一个亲人。没有一个科尔马人,尽是些普鲁士人!是普鲁士士兵在护送灵柩,是普鲁士法官们在送葬,坟前的演说者也是普鲁士人,撒在他坟上的、他感觉冰冷的土也是普鲁士的土,唉!

忽然,人群恭敬地散开了。一个穿一身白色军装英姿飒爽的胸甲骑兵朝这边走来,在他的大氅里面藏着一个东西,看上去像是永垂不朽的大花圈。周围的人们说道:

"那是俾斯麦①!……俾斯麦来了!……"

而科尔马的法官却伤心地想:

"大驾光临,鄙人不胜荣幸,伯爵先生,然而,假如在下的小米歇尔来到这里……"

一片笑声阻止他说完自己的话,那是疯狂的笑,可耻的笑,野蛮的笑,难以遏制的笑。

"他们这是干什么?"法官心想,吓坏了。他站起身,他放眼看去……俾斯麦先生适才慎重摆放在他坟前的,正是他的坐垫,他的皮坐垫,坐垫周围的鼠皮缎上写着这样的铭文:

沉痛悼念
审判官之荣光
多林格法官

从墓地这头到那头,所有的人都在笑,所有的人都笑得前仰后合,直到墓室最深处,到处回荡着这种粗鄙的普鲁士式的欢笑声。墓室里的死者却因羞愧而哭泣着,他被一种永恒的嘲弄彻底压垮了。

刘　方译

① 俾斯麦(1815—1898),普鲁士政治家,威廉一世皇帝的宰相,人称"铁血宰相"。

娃娃奸细

他名叫斯泰纳,小斯泰纳。

那是个巴黎的孩子,体质娇弱,面色苍白,可能有十岁,也可能有十五岁。像这样的小不点儿,谁也搞不清楚他们的年龄。他母亲已经去世,他父亲,昔日的海军士兵,在寺庙街区照管广场中心的小公园。娃娃、保姆、带小马扎的老太太、穷困的妈妈,所有来到这块周围有人行道的地面躲避车辆的、爱用碎步奔跑的巴黎人都认识斯泰纳老爹,而且十分热爱他。大家都知道,他那粗硬的小胡子是野狗和赖在长凳上不走的闲逛者之最怕,但小胡子下边却隐藏着温情的、好像是母亲般的微笑,要想看见这微笑,您只需对这好人说:

"您的小儿子身体好吗?……"

他多么爱他的儿子呀,斯泰纳老爹!每天晚上,下课以后,小家伙来接他,他俩在各条小径转上一圈,在每条长凳前停下来向公园的常客致意,或回答他们礼貌的问候,这时,斯泰纳老爹感到多么幸福!

不幸的是,围城一开始,一切都变了。斯泰纳老爹的广场公园被关闭,有人在那里放上了汽油,这可怜的人不得不加以严密监视,而且马不停蹄。他整天在荒芜而杂乱的树丛中生活,孤孤单单,不能吸烟,只能在夜里很晚的时候和他的小孩在家里相聚。因此,当他谈起普鲁士人时,您该看看他的小胡子……小斯泰纳对这样的新生活倒不太抱怨。

围城!调皮孩子们认为这太好玩了!再也不用上学!再也没有互助行动!成天放假,而且街道热闹如赶集……

孩子在外面乱跑直到夜晚。他陪着街区的队伍开到防御土墙去,他还得挑选那些军乐好听的队伍呢,在这方面小斯泰纳可内行了。他可以对您说得头头是道,第九十六营分文不值,但在五十五营,军乐演奏得真棒。有几次,他还观看了国民别动队的演练;此外,还有排队……

他胳膊下挽着提篮,插进那一个个长队,在没有煤气的冬天清晨,人们都在肉铺和面包铺门前的栅栏外排队。在那里,脚踩在水里,大家相互认识,谈论政治,因为他是斯泰纳先生的儿子,人人都会询问他的意见。然而,最最有趣的还是塞子赌①,这种名声在外的加罗什赌博游戏是在围城期间由布列塔尼国民别动队推出并变得时髦的。只要小斯泰纳不在防御土墙上,也不在面包店,您准能在水塔广场某盘加罗什赌博场地找到他。他自己并不赌博,那当然:因为赌博需要的钱太多。他只需用眼睛观看赌博的人就行了。

有一个穿蓝色工装的大个子尤其让他五体投地,因为他只赌五法郎的硬币。当此人跑步时,可以听见硬币在他的衣兜里当当作响……

一天,大个子在捡拾滚到小斯泰纳脚下的一个硬币时,对孩子悄声说道:

"这钱让你眼红吧,对不?……好吧,你要是愿意,我就

---

① 一种将赌注放在瓶塞上的老式赌博。

告诉你去哪儿找钱。"

那一盘赌完后,他将孩子带到广场的一个角落,建议孩子跟着他去卖报给普鲁士人:跑一趟能赚三十法郎。一开始,小斯泰纳很生气,拒绝了,而且,他一下子三天没有再去观看赌博。这三天真可怕。他饭也吃不下,觉也睡不着。夜里,他看见一堆一堆的加罗什赌注摆在他的床脚,一个个五法郎的硬币贴着地散开,油光锃亮。太诱人了。第四天,他回到水塔那边,又见到了大个子,而且任随他引诱……

他们在一个下雪天的早晨上路,肩上背着一个布袋,报纸就藏在他们的工作服下边。当他们来到弗朗德勒门时,天才蒙蒙亮。大个子牵着斯泰纳的手,朝站岗的士兵走去,那是一个常年驻守此地的很好的哨兵,红鼻子,看上去很和蔼。大个子用可怜巴巴的声调对他说:

"我的好先生,让我们过去吧……我们的母亲病了,爸爸死了。我和我的小弟弟,我们想去地里看看,拾点土豆。"

他说着哭了起来。斯泰纳感到羞愧,埋下了头。哨兵看了他们一会儿,再朝荒凉发白的公路看了一眼。

"通过时走快点!"他站到旁边对孩子们说。

于是,他俩竟走上了去沃伯维利叶的大路。瞧那大个子怎么笑吧!

小斯泰纳迷迷糊糊,就像在梦里,他瞧见一些工厂改成了军营,有些路障也荒废了,路障上挂着淋湿了的破布烂片,一个个高高的烟囱穿破晨雾,直插云霄;烟囱无烟,破损残缺。每隔一段距离,就有一队哨兵,戴风帽的军官们用望远镜瞭望着那边,在即将熄灭的火堆旁边,一个个小型帐篷被融化了的雪淋湿。大个子很熟悉那边的道路,他横穿田地,以避开岗哨。不过,他们不但没能躲掉,而且不期然撞上了游击队的哨兵。游击队员们穿着紧身的厚呢上衣,蹲在苏瓦松铁道线上的一个水坑里。这一次,大个子老调重弹可起不了作用,人家根本不愿放他们过去。正当大个子唉声叹气时,一个老中士从道口看守员的屋子里走出来,来到铁路边,他一头白发,满脸皱纹,很像斯泰纳老爹。

"嘿,娃娃们,咱别哭了!"他对孩子们说道,"我们让你们去那里,去拾土豆;但是,在去之前,你们该进屋暖和暖和……这娃娃看样子快冻僵了!"

唉!小斯泰纳哪儿是冻得发抖,他是害怕,是羞愧……在岗哨内,他俩发现几个士兵围着微弱的火堆缩成一团,那真是断头台上的灯火,他们就着火焰将挂在刺刀尖上的饼干解冻。他们互相挤挤以便给孩子们腾出位子,还给了他们一点烧酒和咖啡。在他俩喝饮料时,一个军官来到门前,将中士叫过去,悄悄对他说点什么,然后急速离去。

"小伙子们!"中士转身回来时说,容光焕发……"'有烟草'今天夜里……我们搞到了普鲁士人的口令……我相信,这次我们一定能把它夺回来,这该死的布尔热!"

爆发了一阵欢呼声和笑声。大伙儿又跳舞又唱歌,还有人把刺刀擦亮;而那两个孩子竟趁乱溜掉了。

过了壕沟,眼前便是一片平原,和靠那边的一堵布满枪眼的长墙。他们前进的方向正是这堵长墙,于是,他们边走边停,做出捡拾土豆的样子。

"回去吧……别去那儿了!"小斯泰纳一直在这么说。

另一个却耸耸肩,只顾走下去。突然,他们听见上枪膛的咔咔声。

"卧倒!"大小伙说,同时扑到地上。

他一卧倒便吹起口哨来。回答的哨音从雪地上传过来。他俩便匍匐着往前走……在长墙前边,贴着地出现了两大把脏兮兮的贝雷帽掩盖下的黄胡子。大男孩跳到壕沟里普鲁士人旁边:

"这是我兄弟。"他指着他的同伴说道。

他个子那么小,这斯泰纳,普鲁士人一看便笑起来,他不得不把孩子抱着送上去,直到长墙的缺口。

墙的那边是大片的填土,砍倒的树木,在雪里发黑的窟窿,每一个窟窿里都是同样肮脏的贝雷帽,同样发黄的胡子,大胡子们瞧见两个孩子走过去都在笑。

在一个角落,一座花匠的住房用树干掩蔽成了小型防御工事。底层满是玩牌的士兵,有的士兵在明亮的大火上做大锅饭。卷心菜和肥肉闻着真香;这和游击队员们的篝火相比,有多大的反差呀!楼上住的是军官。可以听见他们有的在弹钢琴,有的在开香槟酒。当两个巴黎人进屋时,迎接他们的是一片快活的欢呼声。他们交出身上的报纸,有人随即给他们斟酒喝,并且让他们说话。所有的军官都飞扬跋扈、面目可憎,但那大小伙却以郊区居民特有的兴致和他独有的流氓词汇同他们逗乐。军官们边笑边重复说着他的话,兴趣盎然地在他给他们带来的巴黎污泥里滚爬。

小斯泰纳本来也想说说话,以证明自己并不笨,然而总有什么东西让他感到别扭。在他对面有一个年龄较长的普鲁士人单独待在一边,他显得比其他人更严肃,他在念书,或者装着在念书,因为他的眼睛一直没有离开过斯泰纳。在他的眼

神里有慈爱,也有责备,仿佛这个人在家乡也有一个和斯泰纳同岁的孩子,他好像在对自己说:

"我宁愿死,也不愿看见我的孩子干这样的勾当……"

从这一刻起,斯泰纳感觉似乎有一只手放在他的心上,阻碍着他的心跳。

为了逃避这种极度的不安,他开始喝酒。他周围的一切很快便旋转起来。他模模糊糊听见在一片粗俗的笑声中,他的同伴正在嘲笑国民自卫军,嘲笑他们操练的方式,还模仿他们在马雷街区的一次阅兵式,以及城墙根周围一次夜袭警报。大个子随后压低了声音,军官们都朝他靠拢,他们的面孔都变得煞有介事。这个无赖正在向他们通报游击队员准备进攻的消息。

小斯泰纳一下子站起身,狂怒使他从醉酒状态清醒过来:

"别说这个,大哥……我不愿意。"

然而,大个子只顾笑,而且继续说下去。他的话还没有说完,军官们已经站起身来。其中的一个指着门对孩子们说:

"滚……吧!"

他们随即开始悄声说话,说得很快,用的是德语。大个子走出去,骄傲得像古代意大利的总督,还故意将钱币弄得丁当响。斯泰纳跟着他,埋着头。当他经过眼神让他局促不安的普鲁士人时,他听见那人用悲哀的声音说道:

"不光彩,这事……不光彩……"

眼泪涌上了他的眼睛。

一走到平原,两个孩子便跑起来,而且风快回到这边。他们的口袋里装满了普鲁士人给他们的土豆,有了土豆,他们毫无阻碍地通过了游击队的壕沟。队员们正在那里准备夜里的进攻。有些队伍赶到了，他们静静地聚集在墙后。老班长已经在那里，正忙着安排士兵们各就各位，他显得多么高兴！当两个孩子经过他身边时，他认出了他们，还冲他们惬意地笑笑。

啊！他这一笑让小斯泰纳多难受呀！一时间，他恨不得大声叫：

"别去那边……我们已经出卖了你们！"

然而，另外那位曾经对他说过："假如你说了，我们一定被枪毙。"于是，恐惧让他却步……

来到拉古尔讷沃，他俩进入一幢废弃的住宅以便分钱。我不得不凭真实情况说，钱分得很公道，而且，一听见在他罩衫下边漂亮的钱币丁当作响，一想到他即将去那边参与加罗什赌博，小斯泰纳再也不觉得自己的罪过有那么可怕了。

可是，当他剩下一个人时，倒霉的孩子！当他跨过几道门槛，那大个子离开他时，他的几个衣兜便沉重起来，那只放在他心上的手比任何时候都更让他揪心。巴黎似乎已经不再是原来的巴黎，在他身边经过的人们严厉地看着他，好像他们都知道他来自什么地方。奸细这个词，他在车轮的滚动声中听见了，在沿着运河操练的人的擂鼓声中也听见了。他终于回到了家，见父亲还没有回去，他很高兴，连忙上楼去他们的房间，将那些让他心情那么沉重的钱币藏到他的枕头底下。

斯泰纳大爷从没有像今晚回家时这么慈祥，这么开心。原来大家刚刚收到了省里来的消息：国家大事已有些起色。这位老兵边用餐边看着挂在墙上的枪。他舒心地笑着对孩子说道：

"嗯，小子，如果你是大人，你该怎样去同普鲁士人拼呀!"

约莫八点钟时,人们听见了大炮声。

"这是在沃伯维利叶……他们在布尔热打。"这位好人说道,他对那边所有的防御工事都很熟悉。小斯泰纳脸色变得惨白,他借口太疲倦,去睡了,但是他并没有睡着。大炮继续轰隆隆响着。他想象着游击队员如何夜袭普鲁士人,到达时,他们自己却中了埋伏。他还想起那位曾向他微笑的老班长,看见他躺在那边的雪地上,而且还有多少别的人同他一起躺在那里!……所有这些鲜血的代价都藏在那儿,藏在他的枕头底下。正是因为他,斯泰纳先生的儿子,一个士兵的儿子……眼泪让他喘不过气来。在旁边的房间里,他听见父亲在走路,在开窗。在下面,广场上,吹起了军队的归队号,国民别动队的一个营正在报数,准备出发。显而易见,那是一场真正的战斗。这倒霉的小家伙忍不住哭泣起来。

"你怎么啦?"斯泰纳大爷边说边走进屋里。

孩子再也撑不住了,他从床上跳下来,扑到他父亲的脚边。受他这个动作的影响,钱币都滚到了地上。

"这是什么?你偷东西啦?"老人说着竟哆嗦起来。

于是,小斯泰纳一口气讲述了他如何去了普鲁士人那里,他在那里干了些什么。他在说话的同时,感到自己的心轻松了些,认错,这使他得到安慰……斯泰纳大爷听着他讲,脸色阴沉得可怕。当孩子讲述完了,他用双手蒙住自己的脸,他哭了。

"父亲,父亲!……"孩子很想说话。

老爷子推开孩子,没有答话,把钱捡起来。

"就这些吗?"他问道。

小斯泰纳点头,意思是,就这些。老头摘下自己的枪和子弹带,他将钱放进衣兜:

"好吧,"他说,"我这就去把钱还给他们。"

接着,他再没有说一句话,甚至没有回头看看,便径直下楼加入了正在夜里出发的国民别动队。从此,再没有人见到过他。

刘　方　译

母　亲

围城回忆录

　　这天清晨,我去瓦勒利安山看一个朋友,画家 B……他是塞纳河地区国民别动队的中尉,当时,恰逢这个好小伙值勤,没有办法走开,我们只好留下来在要塞通向坑道的暗门前走来走去,活像值班水手。我们在那里聊天,谈巴黎,谈战争和不在我们身边的亲朋好友……我那朋友虽然穿着别动队的制服,却仍然保留着往日不顾一切的画匠的本色,突然,他停止说话,惊得发呆,抓住我的胳膊。

　　"哦！多米叶①的杰作！"他悄声对我说。

　　于是,他用他那骤然着迷的、像猎犬一样的灰色小眼睛的眼角向我示意,让我看刚刚出现在瓦勒利安山山顶的两个令人肃然起敬的人的侧影。

　　的确是多米叶的一幅杰作。男人穿一身栗色的长礼服,暗绿色的天鹅绒衣领看上去像是树林里的陈年青苔制成的;

---

① 多米叶(1808—1879),法国画家,石印工作者,雕塑家,擅长政治、社会题材的漫画。

他瘦削,矮小,脸色红润,额头扁平,圆眼睛,鹰嘴鼻。鸟一样的脸满是皱纹,显得庄重而愚蠢。说全了,还有一只花绒布盖着的草提篮,从提篮里露出一个瓶子的瓶颈;他另一只胳膊下还夹着一只罐头盒,永恒的白铁罐头盒,巴黎人一看见它就不能不想到为时五个月的封锁……在那女人身上,能看到的首先是一顶巨大的撑边女帽,和一幅将她从头到脚紧紧裹住的披肩,裹得之紧,仿佛为了生动勾画出她的窘困。此外,时不时从褪色的帽檐折裥当中伸出来一段尖鼻子和几缕可怜巴巴的灰色头发。

到达高处时,男人停下来喘口气,擦擦额头,但是在那上面,周围笼罩着十一月的雾气,天气并不炎热;不过,他们来这里时走得实在太快了!……

女人却并没有停下来。她朝暗门这边径直走过来,看了我们一会儿,有点犹豫,仿佛很想和我们说话,但她想必是被军官的等级条纹镇住了,所以宁可和哨兵打交道。我听见她胆怯地要求见她的儿子,巴黎国民别动队三连六班的队员。

"您留在这里,"哨兵说道,"我这就命人去叫他。"

她高高兴兴地舒了一口气,便朝她丈夫转过身去。他俩走到旁边去坐在一个斜坡上。

他们在那里等了很久。这瓦勒利安山是那么大,在山上,河流、防御工事、碉堡、军营、掩蔽所纵横交错,多么复杂!您试试去这样一个迷宫似的,高悬在天地间,像螺旋星云一般飘浮在云层里,像拉普塔岛一样的城市寻找一个六班的别动队员!何况在这样的时刻,要塞里擂鼓声,军号声此起彼伏;士兵跑步声,军用水壶撞击声不绝于耳。哨兵在换岗,有人在分配杂务;几个游击队员边用枪托殴打边带过来一个满身血淋淋的奸细;几个南泰尔的农夫前来找将军告状;一个传令兵骑马飞跑过来,人冻僵了,马却挥汗如雨;从前哨回来的双椅托鞍上躺着伤兵,伤员在骡背上摇来晃去,轻轻呻吟着,有如生病的羊羔;几个水兵在短笛和"依萨!吓!"声中用粗绳拉过来一尊新大炮;一个穿红裤子的羊倌赶着要塞的羊群,手里拿着赶羊鞭,步枪斜挂在身上。所有这一切都来来往往,在流动中互相交织,然后涌进暗道,有如涌进东方沙漠旅行队歇脚的客栈低矮的大门。

"但愿他们别忘了我的儿子!"此时,那可怜的母亲眼神里一直在这么说。每隔五分钟,她都要站起身,小心翼翼地走近进出口,往前院偷偷看一眼,同时将身子贴在墙上给别人让道。然而,她再也不敢询问任何问题,生怕让自己的孩子成为笑柄。她男人比她更胆怯,从不在自己的角落挪动一步。每一次她回来坐在他身边,心情沉重,垂头丧气,都能听见她丈夫数落她没有耐心,而且对她做出各种解释,说明儿子参军如何必要,瞧他那指手画脚的动作,无非是想假充内行。

我一向对无言而又亲密的私下斗气十分好奇,因为人们猜测的比看到的多得多,您走在路上,这类与您擦肩而过的街头哑剧会突然以某个手势或动作向您揭示某种生存状态。然而,在这里,最让我动心的,是我这些人物的笨拙和天真。透过他们那富于表现力而又清晰见底的手势和面部表情,那与色拉番剧院两位演员同样生动的手势和面部表情,而注意观看一场可爱的家庭戏剧跌宕起伏的剧情,这时,我感到一种真正的激动……

我看见那位母亲在一天早上自言自语地说:

"这特罗胥①先生,还有他那些禁止士兵出营的命令烦死我了……我已经有三个月没有看见我的孩子……我想去拥抱他。"

那位父亲在生活中一向胆怯而又做作,他一想到需要多方奔走以获取一份许可证,便首先设法跟她讲道理:

"亲爱的,这事儿,你想都别想。这瓦勒利安山离我们那么远……没有车,你有什么办法去那儿?况且,那是个大本营,妇女是不能进去的。"

"我就要进去,我!"母亲说道。

这男人一向对妻子言听计从,便随即出门。他去了防御区,去找过市政府,参谋部,还战战兢兢去找警长,吓得冷汗淋漓,冻得全身发僵,到处碰壁,又找错了门,在一间办公室外排队站了两个小时,结果找到的却不是此人。末了,他在晚上才回到家里,衣兜里倒是装了一张军区司令签署的许可证……第二天,他俩起个大早,天寒地冻,还要掌灯。父亲吃了口饭暖暖身子,母亲却不饿。她宁愿到那边和儿子一起用午餐。为了对那可怜的别动队员稍加款待,快,快,他俩将围城时期储存的食品全部塞进了草提包:巧克力、果酱、封蜡封口的美酒、所有的东西,还有那听罐头,那是一听价值八法郎的珍藏起来以应付大饥荒的罐头。一切齐备之后,他俩启程了。由于他们来到了防御土墙下,几道门都打开了。必须出示许可证。母亲害怕了……噢,不!那些人好像是在照章办事。

"让他们过去!"值勤军士说道。

---

① 特罗胥(1815—1896),1870 至 1871 年间任法国国防政府主席及巴黎军政首长,对敌军采取投降政策。

"这个军官很有礼貌。"

她步履轻快得活像小山鹑,她加快脚步,一路小跑。她男人只好艰难跟进:

"你走得好快,亲爱的!"

但她充耳不闻。就在那上边,瓦勒利安山正在地平线的雾气中向她招手呢。

"就到了,快点……他就在那里。"

此刻,他们已经到了,但新的揪心事又接踵而至。

假如人们找不到他!假如他不来!……

忽然,我看见她哆嗦一下,拍拍老头的胳膊,噌地跳了起来……她老远就辨认出了走在暗门拱顶下的儿子的脚步声。

就是他!

当他出现时,要塞的整个门前都为之熠熠生辉。

没错,的确是个英俊小伙子!健壮而又挺拔,背着包,握着枪……他面容开朗,上前用男人气十足的嗓音欢快地跟父母交谈。

"你好,妈妈。"

刹那间,背包、被子、步枪,一切都消失在母亲的撑边女帽下。接着,轮到父亲,但时间并不长。撑边女帽愿意一切都属于它,它真是难以餍足……

"你身体好吗?……掩蔽处安全吗……你怎么换洗内衣内裤?"

我能感觉出,在蜂窝形的帽饰下边,她正用自己充满爱意的眼神长久地注视着他,从头到脚,接着是雨点般的亲吻,泪水,悄声的笑。迟到了三个月的母爱,她要一次性地加以补偿。父亲也很激动,然而他不愿意形之于色。他明白我们都

在注视着他,便朝我们挤挤眼,仿佛在说:

"原谅她吧……她是个女人。"

我原谅她?!

突然,一阵军号声吹到了这美不胜收的欢乐场景里。

"吹集合号了,"孩子说道,"我必须离开你们。"

"怎么!你不跟我们一起吃午饭?"

"不行!我不能……我要值勤二十四小时,在要塞的顶上。"

"啊!"可怜的女人叫了一声。

而她却无法说得更多。

他们三人一时间面面相觑,神态沮丧。随后,父亲发话:

"你起码得把这罐头带走。"他说,话音令人心碎,他的表情非常感人,同时兼有贪吃者做出牺牲的滑稽模样。

可是没想到,在一阵告别的烦恼和激动中,他俩再也找不到那听该死的罐头了。看见他们那两双像得了热病似的焦急发抖的手如何胡乱寻找,如何摸来摸去;听见他们那被眼泪一再打断而又不断问"罐头!罐头在哪里?"的声音,而且他们并未因把这琐碎的家庭小事掺和进巨大的悲伤而感到羞愧,这一切令人何等哀悯哟!……罐头找到之后,又是长时间的最后告别和紧紧拥抱,孩子这才跑着回到要塞。

您想想,他们跑那么远,就是为了这顿午餐,他们把这次午餐当成一次节日的隆重聚会;而且母亲为此整夜没有合眼;您想想,您是否见过有什么比这突然告吹的聚会,这依稀看见又立即戛然关闭的一角天堂更令人感到怆惶的事物?

他们还在同样的地方一动不动地等待了一阵,眼睛紧紧盯住那道暗门,因为他们的孩子刚刚从那里消失。末了,那男

人竟重新打起精神,显得很勇敢地咳嗽了两三声,等他的声音变得充满自信时说:

"好了!孩儿他妈,上路!"他嗓门很高,而且显得相当快活。

接着,他对我们深深鞠了一躬,挽起他妻子的胳膊……我目送他们直到大路的拐弯处。只见那父亲显出狂怒的模样,他挥动着草提包,做出绝望的手势……那母亲反倒显得更冷静,她在丈夫的身边走着,埋着头,双臂贴着身子。然而,我觉得我看见了她的披肩时不时在她狭窄的肩膀上痉挛似的抖动。

刘　方译

柏林之围

我们同 V 大夫沿着爱丽舍田园大道往上走,向被捅得弹痕累累的围墙,被炮弹轰得五劳七伤的人行道追问着巴黎被围困的经历。即将到达星形广场时,大夫停下脚步,向我指指凯旋门周边那些清静而又富丽堂皇的住宅当中的一幢:

"瞧见没有,"他说,"四扇关上的窗户,就在那上边,阳台上!在八月的头几天,就是去年那恐怖的八月,动荡不安,灾难重重的八月,有人招呼我去那里处理一个暴发性卒中病例。那是在茹伏上校家,茹伏上校是第一帝国的重骑兵,是一位坚守荣誉和爱国主义的老顽固。他从战争一开始便搬到香榭丽舍这边,住在一套带阳台的住房里……您猜猜为了什么?为了观看我们的军队凯旋……可怜的老人!威森堡①的消息传到他那里时,他刚刚用完餐。一读到拿破仑的姓氏列在吃败仗的公报下方,他立即倒下了。

"我发现这位老军人直直地躺在房间的地毯上,满脸是血,毫无生气,仿佛在头上挨了致命的一击。他站立时一定身材伟岸,躺下以后,他也显得十分魁梧。他相貌俊美,牙齿绝

---

① 威森堡,位于法国东北部,普法战争期间,1870 年 8 月 4 日法军在此失利。

好,一头雪白的卷发,八十高龄,看上去却只有六十岁……他的孙女跪在他身边,泪流满面。她酷似她的祖父。瞧他们俩一个在另一个的身边,真会以为那是两枚一个模子铸出来的希腊像章,只是其中一个古老,灰暗,轮廓有些模糊,另一个却光彩四溢,轮廓清晰,将新像章的光泽和圆润发挥到了极致。

"这女孩子的痛苦让我非常感动。她是士兵的女儿和孙女,她的父亲在麦克马洪①的参谋部任职,这高大的老人僵直躺在她面前的形象使另一个同样可怕的形象浮现在她的脑海里。我竭尽全力消除她的疑虑,但,在内心深处,我感到希望渺茫。我们面对的是地地道道的半身不遂,而且,八十岁高龄的人,几乎不可能复原。果然,连续三天,病人一直处在一成不变的呆滞状态……在这期间,雷茨霍芬②的消息传到了巴黎。您回忆回忆那是以怎样奇特的方式传过来的。入夜之前,我们全都认为那是一次巨大的胜利,两万普鲁士人被击毙,王子当了俘虏……我不知道是通过什么样神奇的力量,什么样的磁流,这种举国欢腾的回声竟然跑去寻找我们那可怜的聋哑人,一直找到他瘫痪的炼狱,总而言之,当天晚上,我走近他的床前时,我再也找不到那同一个人了。他的眼睛几乎已经很明亮,舌头也没有那么迟钝了。他甚至有力气向我微笑,而且结结巴巴说了两次:

"'胜……利!'

"'是的,上校,伟大的胜利!……'

---

① 麦克马洪(1808—1893),法国元帅,普法战争期间,他在雷茨霍芬被数量悬殊的敌军击溃,并在色当受伤。他曾任法兰西共和国第二任总统。
② 雷茨霍芬,位于德国下莱茵地区,1870年8月6日,普鲁士军队在此大败法国麦克马洪的军队。

"我给他详细介绍麦克马洪的卓越战功,与此同时,我看见他面部的表情变得轻松,他的脸上竟露出了喜色……

"我走出去时,那姑娘正等着我,她脸色惨白,站在门前。她在抽抽噎噎地哭泣。

"'可是他已经得救了!'我捧过她的双手对她说。

"那不幸的孩子几乎没有勇气回答我。刚刚公布了雷茨霍芬的真相:麦克马洪丢盔卸甲,全军覆没……我俩你看着我,我看着你,又惊讶又懊丧。她想到自己的父亲,十分难过,我呢,我一想到那老人家就胆战心惊。可以肯定,他在这新的打击面前绝对挺不过去。但是,该怎么办?……听任他在使他活过来的幻想中快乐下去吧!……但那需要撒谎……

"'那好吧,我就撒谎!'英勇的姑娘迅速擦干眼泪对我说。

"她顿时满面春风,回到她祖父的房间。

"她承担的这个任务是极其艰难的。头几天还能对付过去,那好人当时头脑还不太清醒,就像孩子一样任凭大家哄骗,但是,随着他身体的康复,他的思想也逐渐清晰。我们不得不让他知道军队调动的情况,还得为他编写军事新闻简报。这美丽的女孩日日夜夜俯身查看德国地图,在上面插一些小旗,努力安排一次次光荣的战役:如巴赞①挺进柏林、弗罗瓦萨尔②进入巴伐利亚、麦克马洪挺进波罗的海,看见这一切着实让人心痛。她经常为这些事请教我,我也尽我所能帮助她,然而,在这类臆想的入侵里,对我们帮助最大的是老祖父。在

---

① 巴赞(1811—1888),法国元帅,曾因在普法战争中投降敌人被判死刑,在监禁中逃逸,后死于马德里。
② 弗罗瓦萨尔(1807—1875),法国将军,曾在普法战争中吃败仗。

第一帝国治下,他曾多少次征服过德国呀!每一次军事行动他事先都知道:'现在,他们要去的地方在这里……这就是他们要做的事情……'而他的预见总能实现,这一切都少不了让他十分自豪。

"可惜,我们夺下再多的城池,打赢再多的战役也枉然,在他看来,我们始终前进得不够快速。他真是贪得无厌呀,这老头!每天,我一到达那里,就能得知一次新的战功:

"'大夫,我们已经拿下了美因茨①。'姑娘前来迎接我时伤心地微笑着说。

"这时,我听见一个快活的声音透过房门冲我叫道:

"'很顺利!很顺利!……再过一个礼拜,我们就进入柏林。'

"在那一刻,普鲁士人离巴黎也只有一个礼拜的路程……当时我们首先考虑的是,是否应该将他转移到外省去住。然而,一旦来到外边,法国的状况会对他说明一切,而我认为他身体还太虚弱,那次中风的打击使他过分迟钝,因此还不能让他了解真相。为此,我们决定留下来。

"在巴黎被围困的第一天,我去他家时——我记得很清楚——心情十分激动,巴黎的城门紧闭,城墙下战事频仍,郊区已变为国界,这一切都使我们忧心忡忡。我发现这好人坐在床上,兴高采烈,豪情满怀。

"'好哇,'他对我说,'看来是开始了,这围城!'

"我注视着他,惊呆了。

"'怎么,上校,您知道?……'

---

① 美因茨,位于德国西南部,莱茵河左岸。

"他的孙女朝我转过身来:

"'嘿!没错,大夫……一条了不起的新闻……柏林之围开始了。'

"她说这话时还在穿针引线,小模样显得那么沉着,那么安详……他怎么可能怀疑什么呢?那催命的炮声,他不可能听到;这处境险恶、惊慌失措而又不幸的巴黎,他不可能看见。他从自己的床上瞥见的,是凯旋门的一角,以及在他房间里,他周围那一大堆第一帝国时期保存完好、足以支撑他幻想的陈旧物品。其中有众多元帅的肖像,有描写一些战役的版画,身穿婴儿服装的罗马王①肖像,然后是几张偌大的半边靠墙的蜗形脚桌子直挺挺地站在那里,装饰桌子的是铜制的战利品。桌上摆放着帝国时期的珍贵纪念品,有奖章、青铜器、球形玻璃罩下的圣赫勒拿岛②上的岩石。几幅微型肖像画再现的都是同一位头发微卷的夫人,身着舞装,黄色的长连衫裙,灯笼袖,一对明亮的眼睛。这一切,蜗形脚桌子、罗马王、元帅、穿黄色连衫裙的女士——既不袒露胸肩,腰带也系得很高,这种耸肩缩颈的拘谨模样正是一八〇六年间推崇的娴雅之所在……好一位上校!正是这种胜利和征服的气氛,比我们能对他说的更有说服力的气氛,使他天真地相信柏林之围。

"从这天开始,我们的军事行动便十分简化了。夺取柏林,这无非是个耐心问题。有时,老人感到实在无聊,大家就给他念一封他儿子的来信,当然是虚构的信,因为任何东西再也不可能进入巴黎,而且,色当战役之后,麦克马洪的这位副

---

① 此处指拿破仑一世的儿子,他一出生便被封为罗马王。
② 圣赫勒拿岛,囚禁拿破仑的地方。

官已经被送到德国的一个要塞。您可以想象,这个可怜的小姑娘该如何绝望呀:父亲音信全无,而她又明明知道他当了俘虏,现在一无所有,也许还在生病,她却不得不让父亲在这些快乐的信件里说话,信件稍短,正像一个参战的士兵能够写出的那样,说他一直在被征服的国家勇往直前!她有时也会力不从心,于是,一连几个礼拜都没有了消息。然而,老人却寝食难安,彻夜不眠。这一来,他们便很快得到了一封来自德国的书信,姑娘来到他床前,愉快地为他朗读,眼里却噙着眼泪。上校认真听着,以内行的神态微笑着,首肯着,批评着,还对我们解释着有些模糊的段落。但是,他在什么地方显得格外高尚?那是在他给他的儿子发去的回信里:'永远别忘记你是法国人,'他在信中对儿子说,'……对那些可怜的人要宽宏大量。别让他们感到入侵过于沉重……'后面是没完没了的叮嘱,可爱之至的说教:要尊重人家的各种私产,对女士要有礼貌,那真是一部征服者通用的军事荣誉法典。他还往里面掺和一些对政治的总论述,以及强令失败者接受和平的条件。在这方面,我应该说,他一点不过分苛求:

"'就要战争赔偿,不要别的……何必占领人家的省份呢?……难道可以把德国的变成法国的?……'

"他口授这一切时声音十分坚定,而且,大家感到他的话语是那样纯真,他的爱国主义信仰是那样高尚,谁听他说话都不能不激动。

"在这段时间,围城一直在深入进行,可惜呀!不是柏林之围……那正是严寒之际,狂轰滥炸,疾病流行,饥荒遍野。然而,由于我们的照料,我们的努力,以及在他周围与日俱增的不懈的爱护,老人的宁静没有一刻受到干扰。直到最后,我都能为他弄到白面包和新鲜肉,不过,只有提供给他的。您一定想象不出比老爷子吃饭更令人感动的事,他的利己主义是那样无可指责,他待在自己的床上,精神饱满,笑容可掬,脖子底下垫着餐巾。在他旁边是他的孙女,因缺衣少食而有些苍白的姑娘帮助他用手操作,喝着饮料,吃着所有那些禁果一般的好东西。于是,这位酒足饭饱的原重骑兵活跃起来,在他那温暖舒适的房间里,既听不见门外北风的呼啸,也看不见窗外雪花的飞舞,他回忆着他参与过的北方的战役,上百次给我们讲述从俄罗斯撤退时的凄惨场景,当时,大家只能吃冰冻的饼干和马肉:

"'你明白这个吗,小家伙!我们吃的是马肉!'

"我相信她明白。两个月以来,她就没有吃过别的东西……不过,随着日子一天一天过去,随着老人恢复期临近,我们在病人身边的任务越来越难以完成了。在此之前一直为我们所用的他的感官迟钝和四肢麻痹,已经开始消失。已经有两三次,玛育门那边万炮齐发的可怕声音让他跳了起来,耳朵像猎狗一般竖起,大伙儿不得不编造一个巴赞在柏林城下的最后一次胜利,以及为庆祝胜利在巴黎残老军人院礼炮齐鸣的故事。还有一天,我们把他的床推到窗户旁边——我相信那是布曾瓦尔之战①的礼拜四——他清楚看见一些国民自卫军的军人聚集在大军路上。

"'这都是些什么队伍呀?'这好人问道。

"我们还听见他低声嘟囔说:

---

① 布曾瓦尔,巴黎西郊的一座古堡,1871年1月的一个周四,法军曾在此进行激烈抵抗。

"'着装太差劲！着装太差劲！'

"倒没有发生别的事，然而，我们明白，从今以后，必须格外小心才是。可惜我们采取的防范措施还很不够。

"一天晚上，我来到他家时，小姑娘跑到我身边，显得忧心忡忡。

"'他们明天就要进城。'她说。

"老祖父的房门是开着的吗？事实上，自那天以后，我一想到这件事，就会回忆起，那天晚上，他的脸色十分异常。他有可能已经听见我们的对话了。只不过我们谈的是普鲁士人，而这个好人想到的是法国人，是他等待了那么久的胜利的柏林入城式：麦克马洪在花海中，在军乐声中行进在大道上，他的儿子则走在元帅身边。他自己，这位老人，和在卢圳①一样，也盛装待在阳台上，向千疮百孔的军旗和火药染黑的鹰旗致敬……

"可怜的茹伏大爷！他一定以为我们想阻止他观看我们军队的这次行进，以免他过于激动，因此，他闭口不对任何人谈起此事。然而，第二天，当普鲁士的队伍胆怯地走上从玛育门到杜伊勒丽宫的那条大道时，那上面的窗户竟轻轻打开了，上校戴着头盔，挎着军刀，穿着米奥将军麾下的原重骑兵全部光荣的旧行头出现在阳台上。到现在我还在想，是什么样的意志力，是怎样的生命爆发力使他如此从容地站了起来，并且穿戴了如此笨重的衣装。可以肯定的是，他来到了阳台上，站在栏杆后边，他正吃惊地发现条条大道都如此宽阔，如此安

---

① 卢圳，德国东部城市，1813年，拿破仑一世曾在此战胜俄国和普鲁士军队。

静,家家户户的百叶窗都紧紧关闭,巴黎阴森恐怖,活像检疫站。处处旗帜飘扬,但都是怪怪的旗帜,白底上绣着红十字,而且没有一个人去迎接我们的士兵。

"一时间,他可能认为自己搞错了……

"不对!在那边,在凯旋门后面,响起了一片模糊的沙沙声,一条黑线在朝阳下向前移动……接着,尖尖的头盔逐渐闪亮起来,叶那①小鼓开始敲响。在星形广场的凯旋门下,在各排士兵沉重的步伐和大刀的磕碰声中竟突然响起了舒伯特的《胜利进行曲》!……

"于是,在广场上死一般的沉寂中,人们听见一声吼叫,一声可怕的吼叫:'拿起武器!……拿起武器!……普鲁士人来了。'先头部队的四个轻骑兵可以看见,在那上面,在阳台上,一位高个子的老人两臂挥舞着,摇摇晃晃,直愣愣地突然倒了下去。这一次,茹伏上校真的死了。"

刘　方　译

---

① 叶那,德国东部城市,乐器之乡。

糟糕的佐阿夫兵①

那天晚上,圣玛丽矿区的大个儿铁匠劳利很不高兴。

通常,炼铁炉一灭,太阳一下山,他便坐在门前的一张长凳上,慢慢品味这一整天紧张工作下来感到的疲乏。而且,在打发徒弟们回家之前,他总要同他们一道喝几杯斟得满满的鲜啤酒,同时观看周围工厂员工下班的情景。然而,这天晚上,这位仁兄却一直待在铁匠铺里,直到吃晚饭的时刻,而且上饭桌也好像非常勉强。劳利大妈看着自己的男人心想:

"他遇上什么事儿啦?……他兴许得到军队里什么坏消息,不愿告诉我?……老大没准儿病了……"

但她什么也不敢问,只顾招呼三个焦黄色头发的娃娃别闹,娃娃们围着桌布边嬉笑边嚼着脆生生的奶油拌黑皮白萝卜。

末了,铁匠怒气冲冲地推开盘子:

"啊!这帮无赖!啊!这帮流氓!"

"喂,你都指谁呀,劳利?"

他气炸了:

---

① 佐阿夫兵,法国佐阿夫团的士兵,佐阿夫团是创建于1830年的法国轻步兵团,原由阿尔及利亚人组成,1841年起全部由法国人组成。

"我指那五六个坏蛋,今儿一早,就看见他们穿着法国士兵的服装在大街上荡来荡去,还跟巴伐利亚人臂挽着臂……我还指那些……他们怎么说来着?……那些想选择普鲁士国籍的家伙……说说看,我们每天都看见他们跑回来,这些假阿尔萨斯人!……他们都喝错了什么酒啦?"

大妈尝试着替那些人说说话:

"有啥办法,我可怜的男人?这也不能全怪那些孩子……把他们派到非洲的阿尔及利亚,好远啊!……他们在那边思念家乡呢;而且实在顶不住回家的诱惑,不愿再当兵了。"

劳利使劲捶了一下桌子:

"住嘴,孩儿他妈!……你们这些女人,啥也不懂。你一天到晚和孩子们搅在一起,就知道有他们,到头来你看啥事儿眼光都跟小东西们一般短浅了……哼,我可不一样,我告诉你,那些人都是无赖,是叛徒,是卑怯的人渣。万一我们的克里斯提安不幸做出那样无耻的事,真的,跟我叫乔治·劳利,跟我当了七年法国轻骑兵一样真,我一定拦腰砍他一刀。"

他显得挺吓人,稍稍抬起身子,指指挂在墙上的长长的轻骑兵军刀,军刀挂在他儿子的肖像下边,那是一幅佐阿夫士兵的肖像,是在那边,在非洲照的。然而,一看见这阿尔萨斯年轻人老实正直的、被太阳晒得黑里透红的脸庞——肖像在强光里显得颜色鲜艳,明暗互衬——他突然冷静下来,笑笑说:

"我这人就爱冲昏头脑……就好像我们的克里斯提安会想到变成普鲁士人似的,他在战争期间可没少南下!……"

这个想法让他恢复了好情绪,于是,这位仁兄总算高高兴兴吃完了晚餐,在喝了两大杯啤酒之后,他立即去了"斯特拉斯堡城"。

这时,就剩下了劳利大妈一个人。她照顾三个小黄头发去睡了之后,现在还能听见他们在隔壁房间里呀呀唔唔的,有如一窝小鸟正在睡过去。她捧起针线活,去园子那边的门前开始缝补。她不时叹一口气,心里琢磨:

"没错,我很愿意这么说。他们都是些可耻的胆小鬼,是些叛徒……但是,那也一样!他们的母亲再看见他们时会很快乐。"

她回忆起那个时刻,那时,她的孩子还没有出发去军队,就在这个时辰,他正在拾掇小园子。她看看那口井,那时,他正前来灌注几个洒水壶,穿着工作服,头发很长,那漂亮的头发是在他进佐阿夫团时才剪掉的……

突然,她哆嗦了一下。院子深处那道小门,就是面向田野的那道门打开了。狗没有叫,然而,刚进来的人却像小偷一样顺着墙根走路,在蜂箱之间钻来钻去……

"你好,妈妈!"

她的克里斯提安就站在她面前,虽然穿着军装,却衣冠不整,显得羞愧,局促不安,说话时连舌头都迟钝了。这可怜虫是同别人一起回到家乡的,他在自己住宅周围徘徊了一个小时,就等着父亲出门,才敢进来。她很想责备儿子,但她没有这份勇气。她有多长时间没有看见过他,没有拥抱过他了呀!而且,他还对她讲了那么充分的理由,他想念故乡,想念铁匠铺,对远离家人的生活感到厌烦,此外,军队的纪律也变得更加严酷了,他的伙伴们还冲着他的阿尔萨斯口音管他叫"普鲁士人"。他说的一切她都相信。她只要看着他,就能相信他。他们一直谈着走进了低矮的厅堂。小弟弟们醒来以后,赤着脚,穿着衬衣就跑过来拥抱他们的大哥哥。她想让他吃饭,但他不饿。不过,他感到渴,一直感到渴,他大口大口喝水,尽管他上午在小酒店里买来喝了那么多啤酒和白酒。

可是,这时有人在院子里走路,是铁匠回家了。

"克里斯提安,你父亲回来了。快,藏起来。我好有时间跟他说,跟他解释……"

于是,她将他推到大彩陶取暖炉后面,自己也开始缝补起来,双手却有些颤抖。可惜,佐阿夫兵戴的小圆帽还留在桌子上,而且,这正是劳利进屋时第一眼看见的东西。母亲惨白的脸色,她的尴尬……他明白了一切。

"克里斯提安在这里!……"他用令人毂觫的声音说道。

他取下挂在墙上的大刀,动作显得疯狂,然后朝取暖炉那边奔过去,佐阿夫兵在那里缩成一团,脸色煞白,酒也醒了,他紧靠在墙上,生怕倒下去。

母亲狂奔到他俩之间:

"劳利,劳利,别杀他……是我写信叫他回来的,我说你在铁匠铺里需要他……"

她紧紧抓住丈夫的手臂,在他身边艰难地拖着走,同时嘤嘤啜泣着。孩子们在黑暗的屋里大叫,因为他们听见了隔壁充满愤怒和眼泪的声音,这声音变得那么厉害,他们再也辨认不出来……铁匠停下来,他看着自己的妻子:

"哦!是你让他回来的……那么,很好,让他去睡觉吧。我得考虑考虑明天我该做些什么。"

翌日,克里斯提安从噩梦缠绕而又充满无名恐惧的沉重睡眠中醒过来,他发现自己睡在他儿时睡过的房间里。透过带铅框的小窗户,透过爬满窗户的盛开的啤酒花,只见太阳已经老高而且灼人了。下边,铁锤在铁砧上敲得丁当响……母亲正在他枕边,她一整夜没有离他一步,因为她男人的怒气让她感到恐惧。老铁匠也整夜未眠。他在住宅里走来走去,哭泣着,叹息着,一会儿开橱柜,一会儿关橱柜,直到清晨。现在,他来到儿子的房间,神情庄重,一身旅行装束,戴着高高的护腿套,宽边帽,还握着头上包了铁皮的结实的山用棍。他径直走到床前:

"喂,起来!……起来!"

男孩有点内疚,想穿自己的佐阿夫军装。

"不,别穿那个……"父亲严厉地说。

母亲则诚惶诚恐:

"可是,我的朋友,他没有别的衣服可穿。"

"把我的行头给他……我呢,我不需要那些了。"

在孩子穿衣服时,劳利细心地叠着军装,短上衣,红色的长裤,行李包打好后,他把白铁匣子挂在脖子上,里面装着军用路条。

"现在,我们下去。"他随后说。

他们三人下到锻铁铺时一直没有说话……锻铁炉里炉火呼呼响着,所有的人都在工作。重见这大开着的厂棚,他在那边如此思念的厂棚,这个佐阿夫兵忆起了他的童年,当年,他在这里,在锻铁炉黑灰里闪亮的火星和道路的热浪之间玩过那么长时间。他突然感到一阵亲情的冲动,一种热切希望得到父亲原谅的冲动,然而,他抬眼看时,遇到的却仍然是那毫不容情的眼神。

铁匠终于决定开口说话了:

"孩子,"他说道,"这是铁砧,工具……这一切都属于你……还有这一切!"他边补充说,边指着院子深处的小园子,从烟雾缭绕的门框看过去,园子在那边敞开着,阳光灿烂,蜜蜂飞舞……"蜂箱,葡萄,住宅,一切都属于你……既然你为这些东西牺牲了你的荣誉,你至少应该留住它们……你现在是这里的主人了……我自己这就启程……你欠法国五年的兵役,我去为你偿还。"

"劳利,劳利,你要去哪儿?"可怜的老妇人叫道。

"父亲!……"孩子恳求着。

然而,铁匠已经动身了,他迈着大步往前走,没有回头……

在西迪-贝尔-阿拜斯,在第三佐阿夫团的兵站,前几天,来了一位五十五岁的志愿兵。

刘　方　译

保卫塔拉斯贡

谢天谢地！我终于有了塔拉斯贡的消息。五个月以来，我简直没法过日子，我那份焦虑哟！我了解这个可爱的城市有多么狂热，它的居民生性如何好战，我当时想："谁知道塔拉斯贡又干了些什么？塔拉斯贡人是否成群地向蛮子兵冲了过去？这城市会不会已经像斯特拉斯堡那样听任他们轰炸，像巴黎一样饿得坐以待毙，像沙托丹①一样被他们活活烧毁，或者，在拼命爱国主义的冲动之下，像拉翁②和它勇猛的城堡那样自我炸毁了？……"这一切都没有发生，朋友们，塔拉斯贡没有被烧毁，塔拉斯贡没有被炸掉。塔拉斯贡一直待在原来的地方，它宁静地坐落在葡萄之乡，和煦的阳光洒满它的街道，一个个地窖洋溢着麝香葡萄酒醉人的芳香，流经这个可爱去处的罗讷河像往常一样，把这样一个幸福的城市形象带到大海，连同它那些绿色百叶窗和平整的花园，那些身穿新制服上装沿着码头操练的民兵的倒影。

您可得小心，别以为塔拉斯贡在战争中什么也没有干。恰恰相反，它的行为可圈可点，它英勇的抵抗活动一定会作为

---

① 沙托丹，法国巴黎西南卢瓦尔河岸上的城市，普法战争期间，在当地军民的英勇保卫战失败后于1870年被敌人烧毁。
② 拉翁，法国莱斯讷省首府，以多处宏伟的教堂建筑著称。

地区性抗战的典范,作为南方保卫战鲜活的象征而在历史上占有一席之地,我这就试着给您描绘一番。

合 唱 团

我要对您说的是,在色当战役之前,我们勇敢的塔拉斯贡人一直在家里安安稳稳待着。对于阿尔平高地①骄傲的子孙来说,在北边正在完蛋的并不是祖国,而是皇帝的士兵,是帝国。然而,到九月四日②,一旦成了共和国,阿提拉在巴黎南边扎了营,这一下,成了!塔拉斯贡醒过来了,这才看得出什么叫国民战争……当然,这一切都得从合唱团大巡游开始。您也知道,在南方,他们对音乐狂热到什么程度。尤其在塔拉斯贡,那简直就是风靡。在街上,您只要经过那里,所有的窗户都在唱歌,所有的阳台都在您头上用抒情歌曲让您感到震撼。

不管您走进哪一家店铺,在柜台上总摆有一把吉他,药店里的伙计为您服务时,自己也会哼着《夜莺》——还有《西班牙诗琴》——特拉拉拉——拉拉拉拉。除了这些私人音乐会,塔拉斯贡人还有城市铜管乐队,中学铜管乐队,以及难以计数的合唱团。

正是圣克里斯多夫合唱团以及它那令人赞叹的三人小合唱《拯救法国》推动了国民运动。

"是的,没错,拯救法国!"善良的塔拉斯贡人在窗前挥舞

---

① 阿尔平高地,位于法国南部罗讷河口。
② 1870年9月4日,法兰西第三共和国于战火中诞生。

着手绢叫道。男人们鼓着掌,女人们向动作十分协调的部队送去飞吻,部队正排成四行纵队穿过大河,军旗开路,脚步声响亮而自豪。

已经冲出了第一步。从这天开始,整个城市改变了面貌:再也看不见吉他,再也听不到威尼斯船歌。在四面八方,《西班牙诗琴》已让位给了《马赛曲》,而且,每礼拜两次,广场上挤得水泄不通,大家都来听中学的铜管乐队演奏《出征歌》。座位的价钱涨到发疯的程度。

然而,塔拉斯贡人可不会到此为止。

骑 马 巡 游

各个合唱团的示范表演之后,开始了为伤员募捐的历史性骑马巡游。看起来并不雅观,那是在一个艳阳高照的礼拜天,这群雄赳赳的塔拉斯贡年轻人,身穿浅色紧身衣,脚踏软底长筒靴,挨家挨户上门募捐,手握长戟和捕蝴蝶网,在各家阳台下骑马转悠。不过,活动中最令人称道的首推那次爱国主义表演——帕维亚战役中的弗朗索瓦一世①——俱乐部的先生们在广场连续献演了三天。谁没有观赏这次表演算白活了。戏装是去马赛剧院借来的:金饰、丝绸、天鹅绒、绣花军旗、盾牌、鸡冠状盔顶饰、马铠、各色饰带、结、扣、小丝带结、矛和甲胄将广场装饰得流光溢彩,令人眼花缭乱,活像一面诱捕鸟的反光镜。接着,一股西北风刮得流光乱晃,看上去可谓壮

---

① 弗朗索瓦一世(1494—1547),法国国王,一生好战,但在帕维亚战役中吃了败仗,帕维亚是意大利城市。

观。只可惜,在一阵鏖战之后,弗朗索瓦一世——由俱乐部经理邦帕尔先生扮演——发现自己被一大群大兵包围了时,那倒霉的邦帕尔为了交出自己的利剑,竟做了一个耸肩动作,那动作是如此让人莫测高深,让他显得不像是在说"荣誉扫地"①,倒像是在说"等着我报仇吧,伙计!"但塔拉斯贡人并没有看得那么仔细,只见爱国主义的眼泪在每一双眼睛里闪闪发光。

突 围

这些场面、这些歌声、阳光、罗讷河上广阔的天空,无须别的,这一切已足够煽动人们的热情。而政府的公告更让他们的激奋之情达到了高潮。在广场上,大家见面攀谈无不气势汹汹,牙关紧咬,咬文嚼字时仿佛嘴里在嚼着枪子儿。所有的交谈都充满火药味。空气里也弥漫着硝石的味道。尤其在剧院的咖啡馆,早上用餐时,您该听听他们在说些什么,这些火炮性子的塔拉斯贡人:"哎呀!那些巴黎人和他妈的特罗胥将军都在干什么?他们没完没了地往外跑……好家伙!这要是塔拉斯贡!……特灵灵!……早就突围了!"正当巴黎人吃燕麦面包噎得喘不过气时,这些先生却在吞着可口的山鹑,喝着美味的佳酿,他们酒足饭饱,满面红光,却像聋子一样敲着桌子大叫:"你们该去干呀,去突围呀……"的确,他们很有道理!

---

① 弗朗索瓦一世在帕维亚被西班牙人打败并成为俘虏之后,曾写信给他的母亲,信中有"夫人,荣誉扫地了"。

保卫俱乐部

不过,蛮子兵的入侵日益逼近南方了。第戎已经投降,里昂也受到威胁。罗讷河河谷芳香的青草正在让普鲁士的良种牡马垂涎欲滴,大声嘶鸣。"组织我们的保卫战!"塔拉斯贡人你一言我一语。于是,老少爷们一起行动。转瞬间,全城上下齐装甲,大街小巷筑街垒,修掩体。每座住宅都成了要塞。军火商科斯特卡德家的铺面门前筑了一条至少二米宽的战壕,战壕上还有一座吊桥,看上去煞是赏心悦目。在俱乐部,防御工事的工程如此之浩大,人们出于好奇,都前往观看。俱乐部经理邦帕尔先生站在梯子的上端,手握军用步枪,正对女士们做些解释:

"假如他们从这边来,砰,砰!……假如,与此相反,他们从那边上来,砰,砰!……"

此外,在街道的每个角落都会有人拦住您,神秘兮兮地对您说:"剧院的咖啡馆坚不可摧。"或者还会说:"有人刚刚在暗中炸毁了广场!……"着实有理由让蛮子兵思量思量。

游 击 队 员

与此同时,一连一连的游击队狂热地组织起来。"死神兄弟会""纳邦人之豺""罗讷河短铳枪手连",各种名号,各种特色,应有尽有,与燕麦地里的矢车菊好有一比,外加各种翎饰,雄鸡羽毛,巨型礼帽,腰带之宽哟!……为了让自己看上去更可怕,每个游击队员都听任胡须和小翘胡子往长里长,以至于在散步时,谁都不认识谁了。您在老远看见一个阿布卢兹①的强盗朝您走过来,小胡子两端往上翘,目光如炬,大刀、转轮手枪、土耳其弯刀忽悠忽悠抖个不停。随后,走近一看,原来是税务员佩古拉德。还有几次,您在楼梯上碰见了鲁滨逊本人,戴着他那顶尖顶帽,握着锯齿状的大弯刀,左肩右肩各挎一支长枪,说来说去,原来是武器商科斯特卡德,他在城里晚餐后刚打道回府。见鬼,为了让自己的举止显得格外凶狠,塔拉斯贡人最后搞得一个个互相让对方害怕,紧接着便再也没有人敢出门了。

穴兔和家兔

波尔多的一道组建国民自卫军的政令结束了这种难以容忍的局面,在古罗马政治三巨头的劲冲击波,噗嗤!冲击下,雄鸡羽毛飞了,塔拉斯贡所有的游击队员——豺、短铳枪手等等——解散之后合并成了一个正正派派的民兵营,接受原装备上尉好人布拉维达将军的号令。这里又出现了新的纠纷。众所周知,波尔多的政令在国民自卫军中牵涉两个方面:流动国民自卫军和常驻国民自卫军,"穴兔和家兔",税务员佩古拉德常常有点滑稽地这么称呼他们。在组建之初,穴兔国民自卫军军人自然摊上了好差使。每天清晨,好人布拉维达将军把他们带到广场上进行实弹射击训练。"卧倒!起立!"以及后续的动作。这类小小的战争动作总会吸引许多人。塔拉斯贡的女士们一个不少,连博凯尔的女士们有时也

---

① 阿布卢兹,意大利中部山区。

过桥来这边欣赏我们那些兔子。在此期间,可怜的家兔国民自卫军军人只好在城里适度服点役,在博物馆门前站站岗,博物馆里没有别的东西可守卫,除了一只干苔藓填就的硕大的蜥蜴标本和两门贤国王勒内①时期的小型轻炮。您想想,博凯尔的女士们总不能穿过大桥来看这么点东西吧……不过,经过三个月的实弹训练,当大家发现穴兔国民自卫军始终待在广场不动,热情就开始减退了。

好将军布拉维达一个劲儿对他那些兔子吼叫"卧倒!起立!"也白搭,没有人再看他们一眼。那些小打小闹的战斗竟成了市里的笑料。不过,只有上帝知道,如果人家没有让那些可怜的兔子出发,这可不是他们自己的过错。他们自己为此已气愤得够意思了。甚至有一天,他们竟拒绝了训练。

"别再表演了!"他们趁爱国热情的兴头大叫道,"我们是流动兵,让我们出征!"

"你们一定得出征,要不,我会毁掉我家的名声!"好将军布拉维达对他们说。

于是,他气冲牛斗,去要求市府做出解释。

市政府回答说,它没有得到命令,此事牵涉到省政府。

"去省政府!"布拉维达说道。

这不,他搭上去马赛的快车启程去找省长,这可不是件小事,因为在马赛向来就有五六个常务省长,却没有任何人对你说其中哪一个是好人。幸好,一次难得的机遇让布拉维达立即找了个正着。那是在省政府开会正酣时,好将军代表他的士兵,并以原服装装备上尉的权威发话。

---

① 勒内(1409—1480),勒内一世,因爱好艺术而较受百姓欢迎。

他一发言,省长就打断他的话说:

"抱歉,将军……您的士兵怎么会对您要求出征,而对我却要求留下?您最好读读这个。"

于是,他面带微笑,递给将军一份读来令人心酸的请愿书,那是两个穴兔——两个最狂热要求行军的穴兔——适才交给省政府的,还附有医生、本堂神甫和公证人签署的处理意见,他们在申请里要求因残疾而调到家兔国民自卫军里。

"这类请愿书,我收到不止三百份,"省长补充说,始终面带微笑,"您现在明白了,将军,为什么我们不急于让您的士兵行军。可惜我们已经让太多愿意留下的人出征了。再也不能……在这当儿,愿上帝拯救共和国吧,还有,向您的兔子们问好。"

告别潘趣酒会

没有必要叙说将军返回塔拉斯贡时是否非常尴尬,但这里还有另一个故事。在他去省里时,塔拉斯贡人怎么可能不考虑大家凑份子为即将出征的兔子们组织一场告别潘趣酒会呢!好将军布拉维达说没有必要,谁也不会出征,那也白说,潘趣酒会的份子已经凑好了,酒会也预订了,剩下的就是喝酒,大家干的也就是这个……因此,一个礼拜天晚上,在市政府的几个大厅里举行了这次告别潘趣酒会的感人仪式。直到次日黎明时分,祝酒声,欢呼声,演讲和爱国歌声把市府的窗玻璃震得簌簌作响。当然,人人对这场告别潘趣酒会都心中有数,知道该怎么对付。为酒会买单的家兔国民自卫军官兵坚信他们的伙伴不会出征,而受邀喝酒的穴兔国民自卫军官兵也坚信如此。那位可敬的将军副手虽然用激动的声音向全体勇士发誓说,他准备带领他们行军,他却比任何人都清楚,谁都不会行军。不过,那也无所谓!这些南方人是那样非同寻常,在告别潘趣酒会结束时,所有的人都哭了,大家互相拥抱,更有甚者,所有的人都很真诚,连将军也如此!……

　　在塔拉斯贡,跟在法国整个南方一样,我经常观察到这种海市蜃楼效应。

刘　方译

贝利赛尔的普鲁士人

下面是这个礼拜我在蒙玛特高地的一家小酒馆听到别人讲述的一件事。为了给您讲得有声有色,我必须借用贝利赛尔师傅那近郊居民惯用的词汇,还有他那细木工的长围裙,以及两三杯醇美的蒙玛特白酒,喝了这种白酒,人们说话就可能有一口地道的巴黎腔调,哪怕你是马赛人呢。这样,我才有把握让您体会到从里到外浑身战栗的滋味,这正是我在某个行业工会会员的饭桌上听贝利赛尔讲述这个凄惨而又真实的故事时尝到的滋味:

"……那是大赦①(贝利赛尔想说的是停战协议)后的第二天。我老婆打发我和孩子去加莱河畔的维尔纳夫那边,关系到我家在那条河的河岸上搭的一间破房子。自打围城开始,我们就没了它的消息。我呢,要带上那调皮猴真让我伤脑筋。我明白,我们会遇上普鲁士人,我可从来没有面对面见过他们,我害怕招来什么麻烦,但孩儿他妈坚持她的想法:

"'去吧!去吧!让孩子呼吸点儿新鲜空气。'

"事实上,他还真需要空气,这可怜的小家伙。围城五个月了,长了五个月的霉呀!

---

① 法语中大赦和停战发音相似。

"这么着,我们俩就动身穿过一片片田地。这娃娃,我不晓得他高不高兴看见还有树木,还有鸟儿,喜不喜欢在犁过的泥地里走路。我自个儿倒并不那么情愿往那边走:一路上,尖顶头盔太多了。从运河到岛上,见到的全是那玩意儿。还特放肆!得使出吃奶的劲儿控制自己,才不至于上去扇他们耳光……但是,最让我气愤的地方,是那儿,真的!是我进入维尔纳夫那一刻。我看见我们那些可怜的园子全都完蛋了,家家的房屋都敞开着,全都被洗劫一空,那些强盗竟在我们那里安了家,他们还打开窗户,互相打招呼,还在我们的百叶窗和栅栏上晾晒毛衣!幸亏孩子紧挨着我走路,每次,我的手痒得太厉害时,我就眼看着他心想:'光火到此为止,贝利赛尔!……小心,别让娃娃倒霉。'就这个想法阻挡了我干蠢事。到这会儿我才明白为什么孩儿他妈要我带上孩子。

"我们的板儿房在那地方的紧那头,是右首的最后一座,就在码头上。我发现它跟别家的房屋一样从上到下被抢个精光。再也找不到一个家具,再也没有一扇玻璃。只剩下了几捆干草和大扶手椅最后一条椅腿,这椅腿正在壁炉里噼噼啪啪烧着呢。到处都有普鲁士人味儿,但哪里都见不到一个普鲁士人……不过,我觉得地下室里好像有点动静,我在那里安了一个工作台,每个礼拜天我爱在那里修修弄弄。我叫孩子等等我,便走下去看看。

"门刚一打开,就见一个又高又胖的普鲁士大兵从刨花上站起身来,他朝我这边走过来,两眼瞪得鼓出了眼眶,还骂骂咧咧说一大堆我听不懂的粗话。应该认为他醒得很不是时候,这畜生,因为,我刚设法跟他说第一句话,他就开始抽他的大刀……

"我一下子火冒三丈,我这一个钟头堆积起来的肝火全上了我的脸……我抓起工作台上的铁钳就打……伙伴们,你们了解平时我贝利赛尔的手劲儿是不是很厉害,但是,那天,好像我的手腕子得到了雷霆万钧的力气……我敲他第一下,那普鲁士人便装蒜,摊手摊脚倒在地上。我以为他只是晕过去了。噢!好呀,没错……扫除掉了,伙计们,好得不能再好,就跟大扫除一个样。用钾碱清污,咋!

"我这个人可是一辈子啥也没杀过,连云雀都没杀过。再怎么说,眼看这么老大一个尸体躺在我面前,也觉得怪怪的……是个漂亮的金黄头发的家伙,真的,还有一缕卷曲的小胡子,就像白蜡树刨花一样。看着他时,我两条腿直哆嗦。就在那一刻,小皮猴在那上面待腻了,我听见他扯着嗓子在叫:

"'爸爸!爸爸!'

"几个普鲁士人正在公路上走过,我从地下室的通风窗口能看见他们的大刀和长腿。我一下子想起来:'他们万一走进来,孩子就要完蛋……他们会毁掉一切。'这一闪念过去后,我再也不哆嗦了。快,我把普鲁士人塞到工作台下边,再把我能找到的所有木板、刨花、锯末堆在他身上,然后走上去找小家伙。

"'我来了……'

"'出什么事啦,爸爸?你脸色好白!'

"'走吧,走吧。'

"我向你们保证,那些哥萨克可以推搡我,可以斜眼看我,我不会抗议的。我觉得有人好像一直在我们背后跑,在我们背后叫。有一次,我听见一匹马冲我们飞跑过来,我相信我马上要吓得倒下去。不过,过了桥之后,我开始清醒了。圣德尼门那边人山人海,在一大堆人当中抓住我们,不存在这样的危险。到这时我才想起我们那可怜的木板房。普鲁士人找到他们的伙伴时,为了报仇,他们肯定会放火烧木屋,还不算我的邻居,渔警雅各,他是那一带唯一的法国人,这事儿可能让他遭殃,那大兵是在他旁边被杀的嘛。说实在的,用这种办法溜掉实在不算好汉。

"我起码应该想办法让他逃得没影儿……我们越走近巴黎,这个想法越让我烦恼。不行,让那普鲁士人待在我的地窖里,这实在让我不舒服。因此,走到城根儿时,我忍不住了:

"'你前边走,'我对娃娃说,'我在圣德尼还有个顾客要看。'

"说罢,我抱抱他,便往回转。我真有点心跳,但那也没啥,身边没了孩子,我感觉轻松得很。

"我赶回维尔纳夫时,天正在黑下来,我睁大眼睛,你们想想呀,我那是在紧赶慢赶呢。不过,那地方看上去还挺安静。我看见我那木屋还在那里,还待在原地儿,周围有雾。在码头边上,有一排长长的发黑的篱笆,那是普鲁士人在点名。好机会,房屋是空的。我顺着栅栏走得飞快,我瞥见雅各大爷正在院子里摊开他的渔网。可以肯定,他们还啥也不知道……我走进我们家。我往下走,用手探着路。那普鲁士人还待在刨花下面,甚至有两只大老鼠正在啃他的头盔。眼看头盔的护颏动来动去,这让我感觉又自豪又恐惧。一时间,我以为那死人就要醒过来……但是,没那回事!他的头很重,而且发凉。我像孵小鸡似的蹲在一个角落,我等着,我有意等别的人都睡了就把他扔进塞纳河……

"我不知道是不是因为邻近死人,反正我觉得那晚普鲁士人的归营显得特凄惨。响亮的军号三声一停,三声一停:嗒!嗒!嗒!真是癞蛤蟆音乐。我们那些步兵才不会听见这调调就愿睡觉呢……

"有五分钟,我听见他们拽着大刀走路的声音,还有敲门声。接着,几个大兵走进了院子,他们开始叫:

"'霍夫曼!霍夫曼!'

"那可怜的霍夫曼正躺在他的刨花下面心安理得呢……但受煎熬的是我!……我时时刻刻都预料会看见他们下地窖。我早就拾起了死者的军刀,我待在那里,一动不动,心里琢磨:'你这次要逃得掉,小子……你就该去贝尔维尔给圣让-巴蒂斯特献上一支上等的蜡烛!……'

"我那些房客叫霍夫曼叫够了,总算决定回房。我听见他们的大皮靴踩在楼梯上的声音,不一会,整个木板屋鼾声大作,活像一台乡村的大钟。我就等着这个,才好走出去呢。

"河岸上没有人影儿,所有的房屋都熄了灯。好事儿。我急急忙忙又下到地窖,把我那霍夫曼从工作台下拽出来,我让他站着,然后将他背在背上,像脚夫背货架一样……他实在太重了,这强盗!除了这些,还怕得很,从上午起就没个好汉样……我以为我再没有力气走到那里。随后,来到码头中央时,我忽然觉得有一个人在我背后走路。我一转身,啥人也没有……是月亮升起来了……我对自己说:'当心,一会儿……站岗的大兵就要开枪。'

"真要命,塞纳河水位那么低。我要是把他扔在那里,扔在水边,他就像待在脸盆里一样……我下到水里,往前走……一直没多少水……我吃不消了:我的关节都在抽筋……末了,我认为走得够远了时,我把这老兄放下来……滚吧,这不,他陷进了淤泥。再没有办法移动他。我推呀,推呀……吁,走哇!……所幸吹来了一阵东风。塞纳河水翻腾起来,我感觉那尸体在慢慢启动。一路平安!我吞下几大口水,然后快快上岸。

"我再经过维尔纳夫桥时,看见一个黑乎乎的东西躺在塞纳河中间。从远处看,那就像一条平底船。那就是我那普鲁士人,他正朝着阿让特伊的方向顺流而下。"

刘 方译

巴黎的农夫

围城期间

在尚普罗塞,这些人十分快活。他们的家禽饲养棚恰巧在我的窗下,他们的生活在一年中竟有半年和我的生活有些瓜葛。天亮之前很久,我就听见男人进了牲口棚,他将大车套上牲口就动身去了考贝伊,他去那里卖自己种的蔬菜。接着,他的女人起床,给孩子们穿上衣服,叫唤母鸡,挤奶。整个早上都能听见大小不等的木屐从木楼梯上嗒嗒嗒走下去的声音。中午过后,一切归于平静。父亲在田间劳作,孩子们上了学校,母亲静悄悄地在院子里忙着晾晒衣物或者在她房门前缝这缝那,同时照看最小的孩子……时不时有人在路上走过,她就一边飞针走线,一边同过路人聊天……

一次,那是八月末的一天,又是八月!我听见那女人对一位女邻居说话:

"得啦,普鲁士人!……难道他们已经在法国了?"

"他们在沙隆,让家大妈!"我从窗口对她叫道。

这话竟让她大笑了好一阵……在塞纳河上卢瓦兹辖区这个偏僻地方,农夫们根本不相信有外敌入侵。

不过,每天都能看见装满行李的车子经过这里。城里有钱人住这里的房屋始终关着门,在这日照极长,令人愉快的月份,花园里的花却已经凋谢,整个园子在关闭的栅栏后面显得荒凉而又死气沉沉……渐渐地,我的邻居们开始惊慌不安了。住当地的外来人每次开始动身他去,当地的人都感到悲伤,他们觉得自己被抛弃了……随后,一天清晨,村里各个角落竟都响起了擂鼓的声音!村政府的命令下来了。必须去巴黎卖掉母牛、饲料,不给普鲁士人留下任何东西……我邻家的男人动身去了巴黎,这次旅行很凄凉。在大路的路面上,沉重的搬家车络绎不绝,同一群群的猪、羊混杂在一起,猪、羊在车轮间惊恐万状;被绳索拴住的耕牛在大车里哞哞叫着;在大路边上,穷苦的人们在自己的小推车后,沿着路沟步行,小车上装满了昔日的旧家具,有褪了色的软垫圈椅、帝国时期的桌子、饰有擦光印花布的镜子。谁都能感到,挪动这些尘封的珍贵圣物,把它们堆起来并在大路上拖走,这会给每个家庭带来怎样的悲痛呀。

巴黎的各个城门都拥挤得令人窒息。必须等待两个小时……在这期间,那可怜的男人被挤得紧贴着自己的奶牛,惊恐地看着大炮的炮眼、灌满了水的壕沟、修得越来越高的防御工事和被砍倒的意大利杨树,杨树树叶已经干枯,躺在路边上……晚上,他像惊弓之鸟一般回到家里,向他的妻子叙述了他看见的一切。那女人害怕了,很想在翌日动身出走,然而,一个翌日接着一个翌日,启程老被推迟……原来是因为他们需要收割一些东西,还得耕一块土地……谁知道是否来得及收藏葡萄酒?……再说,他们在心底里还抱着一线模糊的希望,也许普鲁士人不会经过他们那里呢。

一天夜里,他们被一声可怕的爆炸巨响惊醒了。考贝伊桥刚被炸断。在村里,男人们边走边敲一家一家的大门:

"普鲁士枪骑兵来了!枪骑兵来了!逃吧!"

快,快,他们连忙起床,套上大车,给睡眼惺忪的孩子们穿上衣服,然后跟几个邻居一起抄近道逃走。他们刚爬完小山坡,就听见钟楼的大钟敲了三点。他们最后一次转身看看。牲畜饮水槽、教堂广场、他们熟悉的道路、那条下塞纳河的小路,还有那条穿插在各葡萄园之间的路,一切似乎都让他们感到陌生了。在白色的晨雾中,被抛弃的小村庄仿佛将村里的房舍一座接一座紧紧拥抱在一起,都在颤抖地等待着什么可怕的事情。

如今,他们已在巴黎安顿了下来,在一条阴沉凄凉的街上住两间五楼的楼房……那男人还不算太倒霉,他找到了一份工作,而且,他还成了国民自卫军的成员,他要筑防御工事,要出操,他尽量麻醉自己,以便忘记他空了的粮仓,还未下种的牧场。那女人性情更孤僻些,她感到忧伤,烦闷,不知道自己会怎么样。她让两个大女儿上了学,那是一所阴暗的走读学校,没有花园,小姑娘们一想到她们漂亮的乡村修道院女子寄宿学校就感到气闷,寄宿学校里嗡嗡的人声,快活的气氛,就像一个蜂巢,还有每天早晨上学时穿过的那段半里尔长的林中小路。母亲看见女儿们不快活,自己也很痛苦,但是,让她最担心的是她的小儿子。

在那边,孩子走过来走过去,到处都跟着她,院子里、房间里,她上台阶走几步,孩子就跳几步。他还会将发红的小手伸进浆洗小木桶,当她织毛活儿休息时,他就坐在门边。而在这里,得爬四层楼梯,楼梯很暗,上楼经常失足。窄窄的壁炉火太小,窗户又太高,远处灰烟蒙蒙,灰色的石板瓦湿漉漉的……

的确有一个院子,孩子可以玩耍,但门房不愿意。这些门房,也算是城市里的又一大发明吧!在那边,村子里,人人都是自己家的主人,每家都有自己的小天地,自己守卫自己。家家户户成天开着大门,到了晚上,插上木头的大门插闩,全家人便安安心心地进入乡村漆黑的夜晚,睡得好香啊!狗在月光下会不时叫上几声,但没有人在意……在巴黎,在穷人住的楼房里,门房才是真正的房东。男孩不敢一个人下楼,他好害怕那可恶的女门房,那女人借口他们的山羊老带些草和果皮烂菜到院子的地面上,要他们把这牲畜卖了。

为了让烦闷的孩子开心,可怜的妈妈真不知道该想些什么办法。一吃完饭,她便将孩子穿得严严实实,好像他们要去田间玩耍似的,然后牵着他的手去街上散步,沿着大马路走。孩子突然感到害怕,又被碰来碰去,弄得失魂落魄,几乎看不见周围的一切。让他感兴趣的只有马匹,那是他能识别而又能让他解忧的唯一东西。母亲也跟他一样,对什么都不感兴趣。她走得很缓慢,一边想着她家的财产,她家的房屋。如果有人看见他俩一道走过去,她,一副老实相,衣着整洁,头发光滑;小孩,圆脸,穿一双厚木底高帮鞋,他一定会猜想他们母子俩在这里很不自在,像被流放似的,他俩一定从心底里想念新鲜的空气和乡村公路那份清静。

刘 方译

在前哨阵地

围城回忆录

大家即将读到的笔记是笔者在跑前哨阵地时日复一日记录下来的。这是在巴黎围城正酣期间我从我的旅行日记里抽出来发表在报刊上的一部分。里面的一切都断断续续,文笔生硬,马马虎虎,像是在膝头上写就;支离破碎,像炮弹弹片,但我仍然照原样发出去,没有丝毫修改,甚至没有再读一遍。我太害怕自己有意编造,故作趣味,把一切弄糟。

在库尔纳夫,十二月的一个早晨

那是一片寒冷而发白的平原,土地崎岖,白垩质,到处有响动。一营一营的部队带着大炮,在公路的冻土上乱糟糟地成纵队走过去。行军既慢又令人伤感。就要打仗了。士兵们低着头,走得跟跟跄跄,冻得浑身发抖,背着弩炮样的枪,双手放在他们的毛毯里,就像放在手笼里一样。还有人不时喊一声:"停下!"

马匹惊吓得嘶鸣。辎重车也跟着颠簸。炮手在马鞍上站立起来,忧心忡忡地察看布尔热高大的白色墙壁那边的情况……

"能瞧见他们吗?"士兵们边跺脚取暖边问道……

接着,前进!……暂时停止的人浪又流动起来,永远缓慢地,永远静静地。

在地平线上,银白色而又无光的朝阳照耀着冰冷的天空,要塞司令和他的参谋部人员,小小的一群精英,清楚地显现在奥贝尔维利叶要塞的前哨阵地上,远远看去,就像出现在日本螺钿上一样。在离我更近的地方,一大群停在路边的黑色小嘴乌鸦嗖地飞了起来,那是野战医院亲爱的医护人员兄弟。他们站在那里,双手抄在短披风下面,注视着这些炮灰走过去,神态显得谦卑、忠实而又伤感。

同一天。——废弃的村落,荒凉,宅门大开,屋瓦破裂,没有挡雨披檐的窗户像死人眼睛一样看着你。有时候,在某一个处处有响声的废墟上,可以听见什么东西在动,脚步声,开关门的嘎吱声。你走了过去,一个步兵便来到门前,他眼窝深陷,满脸的怀疑——是在农家翻箱倒柜的小偷,抑或设法挖地三尺藏起来的逃兵……

接近中午时分,走进一座类似的农家房舍。房屋空空如也,像被指头刮过一样。下边的房间,是个无门无窗的大厨房,面朝家禽饲养棚。在院子紧里头,有一道绿篱,绿篱后边是一望无际的乡野。在一个角落有一个石质的螺旋梯。我坐在一个梯级上,在那里待了很长时间。这阳光,这宁静,多好。春末夏初的两三只大苍蝇在日光照耀下活跃起来,紧贴着楼板的小梁嗡嗡叫着。在还能见到火痕的壁炉前,一块石头被业已冰冻的血染红了。灰烬尚热的这个角落里竟有这样血淋淋的部位,这说明昨夜这里是多么惨不忍睹。

沿着马恩河

十二月三日从蒙乐依门出城。天低云暗,北风凛冽,雾霭重重。

蒙乐依杳无一人。门窗紧闭。听得见鹅群在一道栅栏背后乱叫。这里,农夫并没有走,他藏起来了。稍远一点,发现一家开着的小酒馆。这里很暖和,火炉在呼呼作响。三个省里的国民别动队队员几乎扑在火炉上吃午餐。可怜的别动队员们不言不语,眼皮浮肿,面孔发红,双肘放在桌上,他们在吃饭,同时也在睡觉……

出了蒙乐依门,便穿过万森讷森林,篝火的炊烟使林子变成了蓝色。迪克罗[①]的队伍就驻扎在这里。士兵们砍树取暖。眼看着他们把山杨树、桦树、小白蜡树树根朝天运走,细细的金色根须拖在他们身后的公路上,真是心痛。

在诺让,仍旧到处是兵。炮兵穿着大氅;诺曼底的别动队员脸颊胖乎乎的,全身滚圆,活像苹果;佐阿夫兵戴着风帽,动作灵活;步兵弯腰驼背,军帽下,蓝色的头巾围着双耳。所有的人都挤在各条街道上闲逛,在仅存的两家开着的食品杂货店门前推来操去。简直就是一个阿尔及利亚小城。

终于来到乡间。一条长而荒凉的道路直下马恩河。珍珠色的天际令人赞叹,光秃秃的树木在雾霭中簌簌颤抖着。深

[①] 奥古斯特·迪克罗(1817—1882),法国将军,在巴黎围城期间表现突出。

入下去是铁路的高架桥,断裂的桥拱活像人缺了牙,看上去阴森恐怖。在穿过勒佩乐时,见路边有些小别墅,那里的花园已被蹂躏,房屋也劫掠一空,显得死气沉沉。在一栋这样的小别墅里,发现栅栏后边有三朵幸免于被屠杀的硕大白菊花开得十分茂盛。我推开栅栏走进去,但菊花那么美丽,我竟没敢摘下它们。

穿过田野,下到马恩河。我来到河边时,摆脱了雾气的太阳正好烤着河水。真来劲。对面,是佩提-布里,昨夜,那里的战事多么激烈,如今,它那些白色的小房舍宁静地在葡萄丛里一层一层展现在河岸上。河这边,一条小船停靠在芦苇丛中。河岸上,一小群男人边聊天边观看对面种植葡萄的小山坡。那是派到佩提-布里看萨克逊人是否已回到那里的侦察兵。我同他们一道过了河。在平底小渡船穿过河道时,其中一个坐在后面的侦察兵悄悄对我说:

"您如果需要军用步枪,佩提-布里乡政府多的是。他们还扔下了一个前线的上校,金黄头发的大个子,皮肤白得像女人,穿一双全新的黄靴子。"

是死人的靴子让他印象最深刻,他老回到这个话题:

"天啊!好漂亮的靴子!"

他对我说话时,两眼闪闪发光。

在进入佩提-布里时,只见一个穿绳底帆布鞋的水手,抱着四五支步枪从一条小巷子像滚一般冲下来,他一边朝我们跑过来一边叫:

"当心,普鲁士人来了!"

大家躲到一个矮墙后边,观察着。

在我们上面,葡萄园顶上,首先出现的是一个骑兵,他的剪影很富戏剧性:他坐在马鞍上,身子往前倾,头戴钢盔,手握短筒火枪。别的骑兵也跟着来了,接下去是步兵,他们在葡萄园中间匍匐着分散开去。

其中一个——离我们很近——在一株树后摆好了架势,便再也不动了。这高大的家伙穿一身带风帽的褐色长大衣,头上缠着带色的头巾。从我们所在的位置,放一枪肯定命中。然而,那又何苦?……侦察兵很清楚他们需要的是什么。现在,必须赶快上船。那船老大开始说粗话了。我们再渡马恩河十分顺利……但刚上岸,便听见对岸有人压低声音在叫我们:

"哦嘿！船!……"

那是刚才那个皮靴爱好者和三四个他的同伴,他们曾尝试深入到乡政府,但很快就跑回来了。可惜,没有人去接他们。船老大已经没影儿了。

"我不会撑船。"同我一起躲在水边一个洞里的侦察兵中士可怜巴巴地对我说。

在这期间,对面的人不耐烦了。

"快来呀！你们快来呀!"

必须过去。艰难的差事。马恩河水深而湍急。我使出全身力气划桨,时刻感觉在我背后,上面那个萨克逊人正在看着我,一动不动地站在树后……

到了岸边,一个侦察兵跳上船时动作太猛,小船进了很多水。根本不可能把他们都带过去而不翻船。最勇敢的一位留在岸上等待,那是游击队的一个下士,很好的小伙子,穿一身蓝色衣服,鸭舌帽帽檐上绣着一个小鸟。我很愿意回去接他,但当时两岸已经开始互相射击。他等了一会儿,什么也没有说,然后就贴着墙根往尚匹尼方向跑。我不知道他后来怎么样了。

　　同一天——当悲惨与滑稽相互参半时,无论于人于事,都会产生强烈到罕见程度的恐惧或激动效应。巨大痛苦的表情在一张可笑的脸上出现难道不比在其他地方出现更深切地感动您?您能不能想象一个多米叶的市民在死神面前的恐惧状态,或者他在被杀死的儿子的尸体面前呼天抢地号哭的情景?那里面难道没有什么格外令人心碎的东西?……好吧,马恩河沿岸所有那些城里人的别墅,有色彩艳丽滑稽可笑的乡间木屋,粉红色、苹果绿、鹅黄色;还有锌屋顶的中世纪小塔,假砖头的亭子,洛可可①式的小花园,花园里白色的金属球迎风摆动。如今,我看见它们在战争的硝烟中屋顶被炮弹炸裂,风向仪被炸碎,大小墙壁都筑了雉堞,到处是草和血,透过这一切,我看见的就是上边说的这副令人觳觫的面孔……

　　为了擦干自己身上的水我走进一个住宅,这座房舍正是上述房屋的典型。我上二楼,走进一间金红色的小客厅。屋主人还没有糊完墙纸。地上还摆着一卷一卷的糊墙纸和一段段的金黄色小棍。此外,这里连家具的影儿也没有,只有一些玻璃瓶的碎片,和睡在墙角一个草垫上的穿工作服的男人。在这一切之间,隐隐有一种火药、酒、蜡烛和发霉的麦秸味……我用壁炉前一张独脚小圆桌的桌腿烤火,粉红色的壁炉显得很傻。我不时看看壁炉,我觉得自己好像正在乡下某个不错的小市民家里度过周日的下午。在我背后,在客厅里,

---

① 洛可可,指18世纪欧洲盛行的华丽繁琐的建筑装饰和艺术风格,起源于法国。

是否有人在玩掷色子跳棋？……不，那是一些游击队员正在装枪弹或射击。除去爆炸声，那完全是玩双陆棋的声音……每放一枪，对岸都要还击。枪声在水面上弹跳着，在丘林间无休无止地回响。

从客厅的枪眼里看出去，可以看到马恩河波光粼粼，河岸上洒满阳光。一些普鲁士人像大猎狗一般，在葡萄架支柱间逃得飞快。

回忆蒙鲁日要塞

要塞最高处，在棱堡上，在一个个土袋之间的射击孔里，海军长长的大炮骄傲地，几乎挺直地支在炮架上，以抗击沙提雍①方面的敌人。如此这般瞄准那边，炮口朝上，两边的把手活像两只耳朵，看上去真像一些大猎狗朝月亮狂吠，向死神怒吼……稍低一些，在炮台垒道上，就像在军舰的一角，水兵们为了消遣，造了一个微型英国花园。里面有一条长凳，一个棚架，有草坪，有假山，甚至有一株香蕉树。不是很高大，比如，几乎不比风信子高，但那又何妨！它毕竟长得很好，在大堆的土袋和炮弹之间，它那绿色的羽冠看着很凉爽。

啊！蒙鲁日要塞的小花园！我多么希望看见它围上一个栅栏，再在那里竖一块纪念石碑，刻上卡尔维斯、戴斯伯雷、塞赛和所有勇敢水兵的姓名，他们都是在那里，在光荣的堡垒上倒下的。

~~~~~~~~~~~~~~~~~~~~

① 沙提雍，此处指马恩河附近的一个地名。

在拉富耶兹

一月二十日清晨。

温和而雾蒙蒙的天气。耕过的大片土地在远处起起伏伏,有如大海。左边,高高的沙质丘陵可算是瓦勒里安山的山梁分支。在右边,有吉百磨房,小石磨的风车两翼都已破碎,平台上还有一个炮台。顺着通向磨房的长壕沟走一刻钟,可以看见壕沟上飘着河上那样的薄雾。原来是篝火的炊烟。士兵们蹲在那里煮咖啡,用嘴吹着还在发绿的木头,木头让他们睁不开眼睛,而且咳嗽。从壕沟这头到那头,都能听见一片沉闷的咳嗽声。

拉富耶兹。一个两边被小树林包围的农庄。我到达时正好看见我们最后防线上的部队撤退。那是巴黎第三国民别动队。部队全副武装,络绎不绝,秩序井然,指挥官走在前面。昨晚以来,我一直参与了那场难以理解的溃退,眼下的情景使我稍微恢复了勇气。在部队后面,两个骑马的人在我旁边走过,一个是将军,另一个是他的副官。两匹马都以平常的步子走着,两个男人则聊着天,声音很响亮。可以听见副官的声音,嗓子很年轻,有点阿谀奉承的味道:

"对,将军……哦,不,我的将军……当然,将军……"

将军的语气却显得温和而痛心:

"怎么!他被杀了!哦!可怜的孩子……可怜的孩子!……"

接下去是一阵沉默和马匹踩在泥泞土地上的声音。

我一个人停下来看一会这广袤而忧郁的景色。这里有一丁点类似谢里夫平原或米提佳平原①。一队队穿灰色工作服的担架兵从低矮的道路走上来,举着白底红十字旗帜。大家还以为自己在巴勒斯坦,在十字军东征②的时代呢。

刘　方译

---

① 两个平原都属于阿尔及利亚。
② 十字军东征,指11世纪到13世纪基督教欧洲人进行的八次远征,目的是从穆斯林手中夺回圣墓,即耶路撒冷的耶稣墓。

渡 船

战前,那里有一座漂亮的吊桥,两个白色石头桥墩和几根涂沥青的缆绳,绳子在塞纳河的天际慢慢放出来,那轻飘飘的模样,使河上的气球和船只显得何等美丽。在桥中部的大拱形桥洞下,船队一天两次在一团团黑烟中通过,甚至不需要放低烟囱管。两边是洗衣妇女的板凳和洗衣棒,还有被链条固定的小渔船。草地间有一条杨树蔽日的小径好似一幅绿色的大帘,在水上吹来的微风中摇曳,小径通向那吊桥,真是赏心悦目……

今年,一切都变了。杨树还一直站在那里,却通向虚无。桥已没有了。两个桥墩已被炸掉,朝周围乱飞的石头还留在原地。收过桥税的白色小屋受到震动毁了一半,看上去像一片崭新的废墟,街垒或残砖碎瓦。那些绳子、铁索悲哀地泡在水里;倒塌在河沙里的桥面,在水中仿佛形成了一块巨大的遇难船只的残骸,上面插了一面红旗,以提醒路过的船老大。塞纳河水带来的所有断草、发霉的木板都停在那里,形成了一个水坝,充满波浪和旋涡。风景画里有一处撕裂的地方,某种裂开的东西,散发出灾难的气味。为了让视野彻底凄凉,直通吊桥的小径干脆变亮了,因为过去那么浓密的杨树被虫子啃得精光,直到树顶——树木也惨遭侵略了——树枝变得很细,没有叶芽，七零八落。大街已变得无用而荒凉，肥大的白蛾笨重地飞着……

在等待修复吊桥的同时，在那附近起用了一条渡船，是那种巨大的木筏，连套了马的马车，带犁的耕马都可以上船，还有奶牛，牛们看见河水流动，安静地睁大了眼睛。牲口和套车在中间，船两边是乘客，有农人，有孩子，他们去镇上上学，还有去乡间度假的巴黎人。面纱，饰带在马缰绳之间飘舞。看上去与遇难船只好有一比。渡船走得很慢。渡过塞纳河原本需要很长时间，此刻，这条河显得比平时更宽。在吊桥的废墟后边，在几乎互不相识的两岸之间，地平线显得越来越宽广，还透着几分庄严和悲怆。

这天清晨，为了过河，我到得很早。河滩上还空无一人。渡船艄公的小屋是一个固定在湿漉漉的河沙里的废旧火车车厢，此刻还房门紧闭，浸在晨雾里。可以听见屋里有孩子在咳嗽。

"喂，欧仁！"

"来了，来了！"渡船工艰难地走过来。

这是一个英俊的船老大，还相当年轻，但在最近这次战争中已经服过役，当过炮兵。他退役时腿部受伤得了风湿病，因而行走困难。弹片也毁了他的容颜。这好人看见我时微笑着说：

"今儿早上我们可以无拘无束，先生。"

的确，只有我一个人在渡船上，然而，在他解开缆绳之前，已经有人上船了。首先是一个眼睛明亮的胖胖的农妇，她去考贝伊的市场，两只手臂各挽了一只大篮子，使她那村妇特有的体态显得笔直，走路也步伐坚定，从不歪斜。在她背后，几

个旅客在低凹的道路上行走,但在浓雾中只能模糊看见他们的身影,听见他们的声音。说话的是一个女人,嗓音温和,但很激动:

"啊!煞西尼奥先生,我求求您,别让我们太为难……您也看见了,他现在在工作……给他点时间再付款……这是他唯一的要求。"

"时间嘛,我给他够多了……多得有点过分,"一个老农回答道,这缺牙的农夫显得很冷酷,"现如今,这事儿已经跟执达吏连上了。他想怎么干就怎么干……喂!欧仁!"

"那就是煞西尼奥,一个无赖,"渡船工低声对我说……"来啦!来啦!"

这时,我看见一个高大的老头来到河滩上,他身穿一件粗毛呢礼服,头戴一顶崭新的丝制大礼帽。这个皮肤晒得黝黑而且龟裂的老农,干瘪的双手因握锄头而变了形,穿上这套可笑的大礼服,显得更黑,更枯槁。固执的额头,阿帕切①印第安人的鹰钩鼻,紧闭的嘴唇,满脸狡猾的皱纹,这一切使他的面孔凶恶的程度,正符合他的姓氏:煞西尼奥。

"喂,欧仁,快上路!"他说着跳上渡船,他气得嗓音颤抖。

在渡船工解缆绳时,那农妇走近他:

"您这是怨恨谁呀,煞西尼奥大爷?"

"哦!是你呀,白嫂子?……别提了……我气得发疯……都怪马兹利叶家那几个恶棍!"

他扬起拳头指指正沿着低凹道路走上来的一个瘦小的人影,那人正在哭泣。

---

① 阿帕切,为美国西南部一印第安族。

"这几个人,他们哪儿对不起您啦?"

"他们对不起我,拖欠了我四个季度的租金,还有我的酒,我一个子儿也拿不到!……所以我这就去执达吏那里,让他命人把这些讨饭的都给我赶到大街上去。"

"这马兹利叶可是个老实人。他不付房租兴许不是他的错……有那么多人在战争期间受了损失。"

那老农气炸了:

"他是个糊涂虫!……他本来可以跟普鲁士人一起发财的。可就是他不愿意……那些人一到,他就把小酒馆关掉了,还摘下了招牌……别的咖啡馆老板在战争期间生意做得红红火火。他可好,连一个子儿的东西也没卖出去……比这还要糟呢,他竟蛮横无理到让人家把他抓了去坐牢……我告诉你,他是个糊涂虫……他,最近发生的一连串麻烦事跟他有啥关系嘛?他难道是军人?……他只管把葡萄酒和烧酒供给顾客就行了,要那样,他如今就能付给我钱……恶棍,等着瞧!我得教教你怎么装着爱国!"

他气得脸发红,在他那大礼服里扭来扭去,粗鲁的手势正是习惯于穿短工作服的乡下人所特有的。

随着老头讲下去,那农妇起初对马兹利叶一家还充满同情的明亮的眼睛变得冷漠,几乎很蔑视他们了。她也是个农人,而这类人对拒绝赚钱的人向来是不尊敬的。她先说:"他妻子够倒霉的。"过一会,又说:"这个!倒是那么回事……不该不理睬运气……"她最后的结论是:

"您说得对,老爷子,欠了钱就该还。"

煞西尼奥,他呢,只一个劲儿咬牙切齿地重复说:

"他是个糊涂虫!他是个糊涂虫!……"

渡船工边听他们说话边沿着渡船撑篙,这时,他认为应该介入了:

"别这样装恶人了,煞西尼奥大爷……去找执达吏对您有啥好处呢?……您出卖了那些可怜人,您就能讨便宜啦?您既然有办法,就再等等吧。"

老头转过身来,好像有人咬了他似的:

"你这家伙,我劝你说话啦?没用的东西!你也是那些爱国者当中的一个……不让人可怜才怪呢!五个娃,一个子儿没有,却跑去放炮闹着玩儿,又没人强迫你……我倒要问问您,先生(我相信他是冲着我来的,这无赖!),这一切对我们有啥好处?比如说,他,他赚回来的是脸破了相,还丢掉了他原有的好工作……如今,瞧他住得像吉卜赛人,住一个四面透风的破木板房,孩子都生了病,女人洗衣服累得精疲力竭……他不也是个糊涂虫吗,这家伙?"

渡船工在刹那间很是气愤,在他苍白的脸上我看见那刀伤发白而且变深了,但他竭力控制住自己,将他的狂怒发泄到船篙上,把篙使劲插到沙里直到扭曲为止。他多说一句话就可能再让他丢掉这份工作,因为煞西尼奥先生在当地有权有势。

他是市议会议员。

刘　方译

旗　手

一

军团在铁路的一个边坡上战斗,成了聚集在对面树林里的普鲁士全军的靶子。双方互相在八十米的距离间射击。军官们大吼:"卧倒!……"但没有一个人服从命令,骄傲的军团仍然屹立在军旗周围。在夕阳西下、麦子秀穗、牧草青青的广袤天际,这群焦虑万分、硝烟围绕的士兵看上去好像一群在旷野里被初到的暴风雨袭击的畜群。

因为雨点般的钢铁正向边坡这边倾泻下来!只听见互相射击的劈劈啪啪的爆裂声,金属饭盒在路边排水沟里滚动的沉闷的声响和战场上子弹从这头到那头长时间震动发出的呼啸声,有如一把不祥的乐器上的众弦发出的振响。时不时,在战士们头上迎着射击旋风飘扬的军旗会在硝烟中倒下去,于是,一个庄重而骄傲的声音升起来压倒枪击声、伤员嘶哑的喘气声和咒骂声:

"去举旗,孩子们,去举旗!……"

一位军官立即飞跑过去,在红色的浓雾中模糊得像影子,紧接着,那面重新活跃起来的英雄的军旗又开始在战场上飘扬。

这面军旗倒下了二十二次！……二十二次，它那余热尚存，从正在死亡的手中滑落下去的旗杆又被抓住，再一次立起来。夕阳西下时，当军团仅存的——只有几个人——战士慢慢往后撤退时，军旗已成了一张破布片，掌握在奥尔尼中士手中，这位中士是当天的第二十三位旗手。

二

奥尔尼中士是一个有三条杠的头脑简单的老好人，他只会签自己的姓名，花了二十年才挣得这士官的三条杠。一个捡来的孩子所有的苦难和使人愚钝的军营生活，都在他那低矮而又固执的额头，他那被口袋压弯的脊背和职业大兵那毫无判断力的举止上刻下了烙印。除了这些，他还有点结巴，不过，当一名旗手可不需要流利的口齿。就在那场战事的当晚，他的上校对他说：

"我的勇士，军旗到你手里了，好，你就管军旗吧。"

于是，在军中卖小食品的女人立即在他那件久经风吹日晒火烤的军大衣上缝了一个少尉的金色丝带。

这是他谦卑的一生中唯一的骄傲。这老兵一下子就直起了腰。这习惯于弯着腰低着头走路的可怜人从此有了一张自豪的脸，一双随时抬头观看那片破布迎风飘扬的眼睛。旗帜在他手里总是直立着，高高飘扬着，傲视着死亡、背叛和溃败。

在战斗的日子，当他双手握着旗杆，旗杆在皮套里立得更稳当时，您从没有见过天下有比他更幸福的人。他不言语，他不动，严肃得活像一位教士，好像他手头握的是什么圣物。他整个的生命,他全部的力量都集中在他那十个紧紧捏住这面漂亮而又弹孔累累的金色破布的手指上,以及他那双充满挑战、紧盯着普鲁士人的眼睛里,看他的神气,仿佛在对对面的敌人说:"你们试试,看敢不敢过来抢我的旗!……"

没有人前来试试,连死神也没有来。波尔尼和格拉夫罗特战役①是两个最血腥的战役,战役之后,军旗仍然所向披靡,虽被打得千疮百孔,伤痕累累,旗手却永远是老奥尔尼。

三

接着,九月到了,军队开到梅斯城下,接下去便是封锁,在泥淖里长期停留,大炮也生了锈,于是世界上这支一流的军队便被无所作为、缺乏给养、缺乏消息弄得士气低落,在他们架起来的枪束下发烧、烦闷得死去活来。无论头头还是士兵,谁都失去了信心,只有奥尔尼还初衷未改。他那破旧的三色布片就是他的一切,只要他感觉到它在身边,他就认为什么也没有丢失。可惜,因为不再打仗,上校把军旗保存在自己家里,在梅斯的一个近郊区。老实的奥尔尼便几乎成了送自己孩子去奶妈家住的母亲,他无时无刻不想念着这面旗帜。于是,当他烦闷得受不了时,他就一口气跑到梅斯,只要看见它还待在原地,安安稳稳地靠着墙壁,他就勇气百倍、耐心十足地回到他那浸在水里的帐篷,重又做起打仗的梦,进军的梦,带着尽情展开的三色旗,让旗帜飘扬在那边,在普鲁士人的战壕

---

① 波尔尼和格拉夫罗特都属于法国东北部梅斯地区。波尔尼战役发生在1870年8月14日,格拉夫罗特战役在1870年8月16—18日进行。

上空。

巴赞元帅当天的一道命令使他这些幻梦成了泡影。一天清晨,奥尔尼刚醒过来,就看见军营闹闹嚷嚷,一群群被激怒的士兵显得极为冲动,他们狂怒地吼着,举起拳头朝城里的方向挥舞着,他们的愤怒好像都指向同一个罪犯。大家叫道:"咱去把他抓走!……枪毙他!……"

军官们则听任他们说下去……他们走到一边,埋着头,仿佛他们在自己的士兵面前很羞愧。的确很可耻。有人适才向十五万士兵,装备精良,身体强壮的士兵,宣读了元帅的命令,元帅不战而退,将他们出卖给了敌人。

"那么,军旗呢?"奥尔尼问,脸色煞白……

军旗也出卖了,同其他东西一道,同枪支,同装备,同一切……

"天……天……天杀的!"这可怜的人结结巴巴地说,"他们休想得到我那一面……"

他开始朝城里的方向飞跑。

四

城里也一样,群情激愤。国民自卫军军人、市民、别动队队员,全都心神不定,大叫大嚷。一些激动得发抖的代表团成员走过去,他们要去找元帅。奥尔尼,他,却什么也看不见,什么也听不见。他自言自语地在近郊那条街道上走着。

"抢我的旗帜!去他的!这可能吗?他们有这权力吗?让他把自己的东西给普鲁士人好了,他那些漂亮的四轮镀金马车,还有他那些从墨西哥带回来的金银餐具!可这个,那属于我……那是我的荣誉。我禁止谁碰它。"

这一段段的话语都被奔跑和结巴割得七零八碎,然而,实际上,他有自己的主意,这老头!一个很明确的主意,一个拿定了的主意:取回军旗,在军团当中举着它,同所有愿意跟着他的人一道去打败普鲁士人。

当他来到那边时,人家甚至不让他进门。上校也在气头上,根本不愿见任何人……然而奥尔尼并不买这个账。

他咒骂着,吼叫着,推搡着值勤的警卫兵:

"我的军旗……我要我的军旗……"

最后,一扇窗户打开了:

"是你吗,奥尔尼?"

"是我,上校,我……"

"所有的军旗都在军械库……你去那里吧,他们会给你一张收条……"

"一张收条?干什么用?……"

"是元帅的命令……"

"可是,上校……"

"让……我安静!……"

窗户又关上了。

老奥尔尼踉踉跄跄,像个醉汉。

"一张收条……一张收条……"他不由自主地重复着说……最后,他开始往前走,心里只明白一件事,那就是,军旗在军械库,必须不惜一切把它要回来。

五

为了让在院子里排队等候的普鲁士军用货车进去,军械库的门大开着。奥尔尼往里走时心里咯噔一下。所有的旗手都在那里,五六十位军官,全都一言不发,痛心疾首。还有那些在雨中显得颜色灰暗的车子,和聚在后边光着头的士兵,看上去就像在举行葬礼。

在一个角落,巴赞部队所有的军旗都乱七八糟地堆在泥泞的地面上。颜色鲜艳的丝制物碎片,金色流苏的残骸,做工精致的旗杆,这一切光荣的配备物竟被扔在地上,被雨水和污泥糟践,世上还有比这更悲惨的事情吗!一个管行政的军官把那些东西一样一样捡起来,每个旗手在听到叫自己兵团的名字时,都站到前面取回一张收据。两个普鲁士军官,态度生硬,面无表情,监视着装载的过程。

啊,神圣而光荣的破旧布片,你们就这样走了,摊开你们的裂口,悲哀地扫着地面,有如一群折断翅膀的小鸟!你们是带着美丽事物被玷污的耻辱走的,你们当中的每一面旗帜都带走了一小点法兰西。长途征战的阳光还留在你们昔日的皱褶里,在一个个弹痕里你们还保留着对无名死者的记忆,他们是在被瞄准的军旗下应声倒下的……

"奥尔尼,轮到你了……他们在叫你……快去拿你的收条……"

还真有收条!

军旗就在那里,在他面前。真的是他那一面,所有军旗中最漂亮,最残缺的一面……在他重新见到军旗时,他以为自己还在高地上,在那个铁道边坡上。他听见子弹的呼啸,金属饭盒撞击的声响,以及上校说话的声音:"去举旗,孩子们!……"他的二十二个同伴都倒在了地上,他,是第二十三个,他也飞跑过去把可怜的军旗扶起来,把这面缺了手臂支撑而摇摇欲坠的军旗支撑下去。啊!就在这一天,他发誓要保卫这面军旗,要誓死保存到底。而现在……

一想到此,他胸中的全部热血都涌上了头。他像喝醉酒一样狂乱地冲向普鲁士军官,从他手上抢过他心爱的旗帜,紧紧捧在双手里,然后试图把军旗升起来,升得很高,很直,同时叫着:"举……"然而,他的声音骤然停止在他的喉咙深处。他感觉旗杆在颤抖,并从他的手上滑落下去。在这不再抵抗的氛围里,在这沉重笼罩着投降城市的死亡氛围里,军旗是不可能再飘扬了;任何令人自豪的东西都不可能存在下去……老奥尔尼突然倒地毙命了。

刘　方译

肖万之死

那是八月的一个礼拜天,那时,所谓的西班牙-普鲁士事变①刚刚开始,我就是在这样的时刻在火车车厢里第一次见到了他。此前,我从未见过此人,但我立即认出了他。高大、瘦削、灰白头发、红脸颊、鸢嘴鼻、圆眼睛,那对眼睛显得随时都在生气,惟独对角落里那位佩戴勋章的先生和蔼可亲。他额头低矮,狭窄,显得执拗,这样的额头里,同一个思想,在同一个地方不停地反复琢磨,最后竟刻下了唯一一条极深的皱纹。他外表显得老实巴交,最主要的是他发小舌弹音的可怕方式,说"法国"和"法国国旗"总要把弹音拖长……我心想:"这就是肖万!"

果然是肖万,风头上的肖万,夸张的文笔,指手画脚,在报纸上鞭挞普鲁士,去过柏林,手杖举得很高,像醉汉,什么也听不进,什么也看不见,像狂热的疯子。不能拖延,也不可能调停。战争!他不惜一切需要战争。

"假如我们还没有准备好呢,肖万?……"

"先生,法国人时刻准备着!……"肖万挺直身子说。

---

① 为了争夺莱茵河沿岸的土地,反对霍亨索伦家族在西班牙即位,抵制以普鲁士为首的德意志统一行动,拿破仑三世决定诉诸战争,于1870年7月19日向普鲁士宣战。

在他翘起来的小胡子下面,小舌弹音冲出来几乎振动了窗玻璃……一个惹人生气而又愚蠢的人物!我多么了解围绕他的姓氏流行已久的那些讥讽和歌曲,那些讽刺老歌曲已经让他拥有了滑稽的名声。

初次见面以后,我发誓今后要躲开他,然而,一种奇怪的宿命几乎老把他安排在我的道路上。首先在参议院,那天,德·格拉蒙①先生前去向元老们庄严宣布法国已经宣战。在那一片颤颤抖抖的欢呼声中,从议会大厅旁听专席那边突然发出一声大得吓人的"法兰西万岁!"我看见在那上边,肖万正在铁蒺藜后面挥动着他的长胳膊。过些时候,我在歌剧院又看见了他,他站在吉拉尔丹的包厢里,正要求演员唱《德国的莱茵河》,他对当时还不知道他的歌唱家们叫道:"学唱《德国的莱茵河》比夺取德国的莱茵河花的时间会更长!……"

很快,他成了我摆脱不开的烦恼。到处,在街角,在林荫大道角,他永远站在长凳上,桌子上;这荒谬绝伦的肖万总在鼓声中,在国旗迎风飘扬时,在《马赛曲》的歌声中出现在我的视野。他给出征的士兵散发雪茄烟,向抬担架的人们欢呼喝彩;在人群中,他那激动得满脸通红的头永远居高临下,而且那样吵闹,那样夸张,那样咄咄逼人,就好像巴黎有六十万个肖万似的。真的,这简直让人想闭门不出,想把门窗关得紧紧的,以便逃避这让人受不了的怪现象。

然而,在威森堡、福尔巴克和那一系列的惨败之后,还有

---

① 德·格拉蒙(1819—1880),法兰西第二帝国向普鲁士宣战时期任法国外交部部长。

什么办法能坐得住？要知道,那些惨败使哀伤的八月变成了刚刚结束的漫长的噩梦,变成了焦躁不安、沉闷难熬的夏日噩梦！怎能不参合到这现时现刻的忧虑中去,去打听消息,阅读公告,整夜领着害怕得不知所措的人们在路灯下走来走去？也就是在那些夜晚,我又碰见了肖万。在林荫大道上,他从这群人当中走到那群人当中,在默默无言的群众面前夸夸其谈;他满怀信心,满嘴好消息,对胜利有十二万分的把握;他不顾一切,对你重复说二十次:"俾斯麦的白脸重骑兵已经一个不剩,全部被消灭了……"

真是咄咄怪事！我似乎已经不觉得肖万有那么滑稽了。我并不相信他说的任何一句话,但那又何妨,听他说话让我高兴。见他如此盲目,骄傲到如此疯狂的程度而又那样无知,你会感到在这家伙身上有一种生机勃勃而又坚忍不拔的力量,有如一种内在的火焰温暖着你的心。

在围城的漫长月份和吃狗食吃马肉的可怕冬季,尤其需要这样的火焰。所有巴黎人都过来这么说:没有肖万,巴黎坚持不了一个礼拜。围城一开始,特罗胥就说:

"只要他们愿意,就能进城。"

"他们进不来。"肖万说。

肖万有信心,特罗胥没有。肖万相信一切,他相信所有公证过的规划,相信巴赞,相信突围;每天夜里,他都能听见埃当勃那边尚兹[①]将军的大炮声,费德尔布[②]的狙击兵在昂吉安

[①] 阿尔弗雷德·尚兹(1823—1883),法国将军,普法战争期间任卢瓦尔省第12军司令。
[②] 路易·费德尔布(1818—1889),法国将军,普法战争中任北方军队司令。

后边战斗的声音,最惊人的是,我们也听见了,这个英勇的笨蛋,他的生命活力最终竟然传给了我们。

好人肖万!

下雪时,总是他首先瞥见在低矮发黄的天空里翱翔的鸽子小小的雪白的翅膀。冈柏达①将他的塔拉斯贡式的雄辩的爱国主义演讲稿寄给我们之后,是肖万用他响亮的嗓子在各级政府的门前进行朗诵。在十二月那些难熬的夜晚,当冷得发抖的人们在肉铺门前苦苦等待时,是肖万勇敢地带头排队。正因为有了他,那些饥饿的人才能找到力气去笑,去唱歌,去雪地里跳圆圈舞。

"乐,隆,拉,让他们过去,普鲁士人在洛林。"肖万唱起这支歌时,一双双厚木底高帮鞋便踏着节拍。在阔边女呢帽下,一个个苍白可怜的面庞短时间内总算有了点健康的颜色。可惜呀!这一切都无济于事。一天晚上,在经过德鲁奥街时,我看见一群忧心忡忡的人静静地挤在市政府周围。于是,在这没有车辆,没有照明的偌大的巴黎,肖万的声音便显得格外响亮格外庄严:

"我们占领了蒙特杜高地。"

一周以后,完了。

从那一刻起,我发现肖万每每在很长时间的间隔之后才出现。有两三次,我瞥见他在林荫大道上,仍然指手画脚地谈论着报仇的事——仍然拖长小舌弹音,但是,再没有人听他说话了。臭美惯了的巴黎正焦急地等待着回归享乐的生活,工

---

① 雷昂·冈柏达(1838—1882),法国律师和政治家。普法战争期间,他的爱国热情和口才曾鼓舞法国人民。

人的巴黎则怒气未消。可怜的肖万再挥舞他的长手臂也白搭,人群不但不朝他靠过去,反而在他走近时散开了。

"讨厌的人!"一些人说。

"暗探!"另一些人说。

后来,骚乱的日子到了,红旗、公社,巴黎由黑人掌权。肖万成了可疑的人,再也不能走出家门。不过,在著名的下台那天,他肯定待在那里,在旺多姆广场的一个角落。大家推测他正在群众当中,流氓们没有看见他也在骂他。

"啊嘿,肖万!……"他们叫道。

当纪念圆柱倒下时,几个在参谋部窗前喝香槟酒的普鲁士军官举杯冷笑说:

"哈!哈!哈!肖凡先欣。"

直到五月二十三日,肖万都杳无音信。这倒霉蛋蜷缩在地窖深处,绝望地听着法国的炮弹在巴黎的屋顶上呼啸。终于有一天,在两次连续炮击的间歇,他大着胆子出了门。大街很荒凉,显得宽了许多。街的一头是气势汹汹的街垒和大炮、红旗;另一头有两个万森纳方面的轻装兵紧贴着墙根往前走,他们弯着腰,端着枪:凡尔赛的部队刚进入巴黎①……

肖万的心狂跳起来:"法兰西万岁!"他边叫边冲出去迎接进城的士兵。他的声音却在双方的枪战中消失了。由于可悲的误会,这不幸的人竟陷入双方的仇恨之间,两种仇恨互相瞄准时将他杀死了。有人看见他滚到没有铺路石的马路上,

---

① 1871年3月18日巴黎公社起义后,驻扎在凡尔赛的、由梯也尔领导的政府军在5月下旬进入巴黎,于5月28日推翻了公社政权,镇压了巴黎公社运动。

在那里躺了两天,双臂摊开,面孔毫无表情。

肖万就这样死了,成了我们内战的牺牲品。他是最纯粹的法国人。

刘　方译

我的军帽

这天清晨,我找到了我的军帽,它在衣柜的紧底下被我遗忘了,灰尘使它褪了色,帽檐有镶边,姓名起首的字母却锈迹斑斑,看不出颜色,连帽子的形状几乎都不存在了。一看见它,我忍不住笑起来……

"瞧!我的军帽……"

我立即回忆起秋末的那一天,太阳高照,热情似火的一天,我走到街上,为我的新帽子很是自豪。我背着枪,紧贴着橱窗走,为的是重返街区的部队,以尽民兵的义务。啊!谁对我说,我不可能一个人去拯救巴黎,解放法兰西,这个人肯定会遭我当胸一刺刀……

大家多么相信国民自卫军呀!在公共花园里,在广场中心的小花园,在大街上,在十字路口,连队排班、报数;工作服跟军服,鸭舌帽跟军帽排成一行,因为实在太匆忙了。我们这些人,每天早上,我们都要去一个广场集合,广场有低矮的连拱廊,有宽大的门,到处是晨雾和穿堂风。点名之后,几百个奇里古怪的姓氏串在一起,操练便开始了。两肘紧贴身子,咬紧牙关,各排开步跑:"左,右!左,右!"所有的人,高个子,矮个子,装腔作势的人,残疾人,带着安毕居纪念品的穿军装的人,紧束着蓝色宽腰带,活像唱诗班孩童的头脑简单的人……我们齐步走,围着小广场左转弯右转弯,那个干劲儿,那份认真……

如果没有大炮发出的深沉的男低音,这一切都会非常滑稽,因为这种持续不断的低音伴奏丰富了我们的操练,使它显得更自如,也使那尖声尖气的口令变得更浑厚一些,同时也能缓解我们脑子的不灵活和动作的笨拙,而且,在巴黎围城期间演出的这场离奇的大戏里,它还可以充当戏剧音乐的角色,给演出场景增添悲怆的情调。

最成功的是我们登上防御土墙那一刻……我此刻仿佛还看见自己在那些雾霾笼罩的清晨,自豪地走过七月纪念柱并向纪念柱行军礼:"持枪!……"还有沙罗纳那几条熙熙攘攘的街道,路面是那样滑,我们在那里原地踏步非常困难。在接近防御据点时,鼓手敲起冲锋鼓。咚!咚!……那情景还历历在目……多么动人心魄呀,巴黎的边界,那些绿色的边坡,或挖低了以安放大炮,或撑开帐篷,使那里显得格外热闹;还有篝火上升起的烟雾,以及在高处走来走去的变小了的人影,人影的军帽帽顶和刺刀刀尖高过堆积的沙袋。

啊!我的第一次上夜岗,在漆黑的夜里,在雨中摸黑奔跑,连续不断地巡逻,沿着湿透的边坡赶路,别人一个接一个往前走,我自己却掉在最后,停在蒙乐依城门之上,好高呀。那天夜里天气糟透了!在城市和乡村的一片寂静里,只听得朔风绕着城根横冲直闯,吹得哨兵弯下了腰,吹散了口令,连下边要塞巡查道上的一盏旧路灯的玻璃也被吹得咔咔作响!这鬼路灯!每次我都以为那是普鲁士枪骑兵的军刀碰撞声,我站在那里,举起武器,"口令!"停在嘴边……突然,雨变得更冷了。巴黎的天空在发白。塔楼和圆顶一个个显现出来。一辆公共马车在远处滚动,有一座教堂响起了钟声。巨人般的城市正在苏醒,在它清晨的初次战栗中可以感受到它周边有些许生气。一只雄鸡在边坡那头啼叫……在我脚下,巡查道还很黑,却已经有了脚步声,和铁器清脆的撞击声。我用吓人的声音叫"站着别动!口令?"时,一个胆怯而发抖的细嗓音在晨雾中传了过来:

"咖啡小贩!"

有什么办法!当时正在围城初期,在我们的想象里,可怜而又天真的民兵!普鲁士人在要塞的火力下,会立即冲到防御土墙墙根,然后,在某个晴朗的夜晚,搭上他们的云梯,在黑暗中高喊"乌拉!"并挥舞着枪尖攀登上来……有这样的想象,您想,他们能不提高警惕吗……几乎每天夜里都能听见:"拿起武器!拿起武器!"再三惊醒,不停地推推搡搡,枪架也打翻了,吓坏了的军官们冲我们叫:"冷静点!冷静点!"同时自己也尝试着冷静点。后来,天亮了,大家发现有一匹逃逸的倒霉的马,正在要塞蹦蹦跳跳,吃边坡上的草,它万万没想到,它自个儿就代表了普鲁士一个重骑兵队的兵力,而且成了拿起武器的整个防御据点的射击靶子……

这便是我的军帽让我想到的一切,多么惊心动魄,多少偶发事件和风光、景观。南代尔、拉古尔纳夫、萨凯磨房,还有马恩河上那一隅,第九十六军在那里第一次,也是最末一次见到了战争。普鲁士各炮台就在我们对面,架在一个小树林后面的一条公路边上,看上去就像一个个宁静的小村庄,透过树枝可以看见那里的炊烟。在毫无遮拦的铁路线上,我们的长官把我们忘记在那里,敌人的炮弹雨点似的洒过来,带着响亮的撞击声和凶险的火花……啊!我可怜的军帽,你在那天不算太勇敢,你还行过多次军礼,恭敬到不适当的程度。

那又何妨！那毕竟是些亲切而有趣的回忆,有点滑稽,但仍然有一丁点英雄主义。你要是不让我想起别的事情该多好……可惜,还有在巴黎值勤的那些夜晚、在待租的店铺里设的岗哨、那令人窒息的火炉、漆过的长凳、在各级政府门前放哨的单调日子,政府门前的广场被冬天的污泥弄得湿漉漉的,把城市倒映在它的一条条路边排水沟里;还有街上的警察,在一摊摊水洼里走动的巡逻队,被找回来的酩酊大醉的游荡士兵,妓女,小偷,那一个个灰暗的早晨,人们带着一脸的灰尘和疲劳,带着烟斗味,石油味,和粘在衣服上的陈海藻味走回家。那些漫长而又糊涂的日子,那些争吵不休,小圈子讨论没完没了的官员的选举,告别酒会,轮番的请客喝酒,在咖啡桌上用火柴进行的作战计划的讲解,投票,政治和与政治同生共长的鬼混,不知该怎样打发的无所事事的日子,以及荒废在空虚里的百无聊赖的时间,让人坐立不安,渴望行动的时间。还有抓奸细、荒谬的怀疑、夸张的信任、集体出走、突破缺口,总之,一个被围困的民族所有的荒唐和谵妄。

可恶的军帽,以上就是我注视你时回顾的往事。你也一样,这些荒唐事你都见过。如果布曾瓦尔战役的第二天,我没有把你扔到衣柜的顶上,如果我跟其他许多人一样,坚持把你保留下来,给你戴上不朽的光环,给你佩上金线饰带,继续参演那些分散的不成套的战斗大戏,谁知道你会把我拖进哪个街垒里……啊！显而易见,爱造反的军帽,不守规矩的军帽,懒惰的军帽,醉酒的军帽,爱玩俱乐部的军帽,啰嗦的军帽,打内战的军帽,你甚至不配待在我家那个废弃的角落。

滚到背篓里去吧！……

刘　方译

小馅儿饼

一

那天早上,那是一个礼拜天,图莱纳街糕点铺老板许罗叫来他的小伙计,对他说:

"这是波尼卡尔先生的小馅儿饼……你去送一下,送完赶快回来……凡尔赛人好像已经进巴黎了。"

小家伙对政治一窍不通,他把热乎乎的馅儿饼装进糕点模子里,再把模子放进一张白毛巾里,然后将这一切端到自己的无边软帽上放稳,便动身往圣路易岛跑去,波尼卡尔先生就住在岛上。那是一个天气晴朗的清晨,五月的阳光点缀着水果店里一束束丁香花和樱桃。尽管远处有枪声,街角有军号声在召唤,这玛勒老街区仍然保持着宁静的面貌。这里也有一点礼拜天的气氛,一群群孩子在院子里玩,也有大姑娘在大门外打羽毛球,还有这个矮小的白色人影带着热馅儿饼的香味在荒凉的马路上小跑,竟给这个战争的早晨带来了几分天真,几分节日的喜庆。街区的热闹似乎散发到利沃里大街上了,有人在拖大炮,有人在筑街垒,每走一步都会遇到人群和忙碌的国民自卫军。然而,糕点铺的小伙计并没有被吓昏头,这类孩子多么习惯在人群和街道的喧哗声中行走！正是在节日,在大家兴冲冲的日子,在每年开头最拥挤的日子和不忌斋的礼拜日,他们跑的路最多,因此,对革命活动他们已见惯不惊。

看见那白色的无边小软帽在众多军帽和刺刀当中穿行,那真好玩！小软帽竭力避开碰撞,乖巧地保持着平衡,时而走得风快,时而勉强放慢脚步,在慢步当中你也能感到他想疯跑的强烈愿望。打仗,打仗跟他有什么关系！最要紧的是在午祷钟敲响的时刻到达波尼卡尔家,然后迅速取完小费就走人,小费总放在候见厅的搁板上。

突然,在人群中出现了可怕的推推搡搡,原来是共和国收养的孤儿在唱着歌成纵队游行。那都是些十二到十五岁的孩子,身背步枪,腰缠红色腰带,脚蹬大统靴,看上去十分可笑。他们为自己扮成大兵感到自豪,就跟他们在封斋前的礼拜二①,戴着纸帽,撑着滑稽的粉红破阳伞在林阴大道的泥泞中奔跑一样。这一次,糕点小伙计在拥挤的人群中却很难保持平衡,不过,尽管他的糕点模子和他自己在冰冻的地面上滑了那么多次,在人行道中间玩了那么多次跳房子游戏,小馅儿饼总算平安无事,无须害怕。倒霉的是,那欢乐场面,那些歌子,红腰带,小伙计的仰慕之情和好奇心最终使他产生了同这么好看的队伍一道走一段路的愿望。他不知不觉走过了市政厅和圣路易岛的几座桥,在灰尘和一阵风似的疯跑中,被队伍带到了不知什么地方。

---

① 指狂欢节的最后一天。

二

至少二十五年以来,波尼卡尔家就习惯在礼拜天吃馅儿饼。中午十二点整,全家——大人和孩子——聚集在客厅里,这时,活泼轻快的门铃声一响,大家便齐声说道:

"哦!糕点师傅来了。"

于是,响起了搬动椅子的声音,节日盛装的窸窣声,孩子们在摆好的饭桌前表露快乐的笑声。这个城市中产阶级幸福家庭的所有成员都围着银暖锅坐下来,暖锅上匀称地码着小馅儿饼。

这一天,门铃却一直哑着。波尼卡尔先生感到气愤,他瞧瞧挂钟。那是一只旧挂钟,钟上站了一只稻草填塞的鹭鸟,这个挂钟有生以来还从来没有走快或走慢过。孩子们在玻璃窗前打哈欠,守候着街角,那小伙计通常都从那里朝这边拐弯。大家聊天时显得无精打采,而午祷钟反复敲响的十二下又增进了食欲,于是,饥饿使饭厅显得格外宽大,格外凄凉,尽管古老的银器在亚麻花缎的桌布上闪闪发光,餐桌周围雪白的餐巾叠成直挺挺的圆锥形。

老保姆已经多次来到主人耳边说话……烤肉烤焦了……青豌豆煮得太烂……然而,波尼卡尔先生仍顽固坚持没有小馅儿饼不上餐桌。他对许罗极为生气,便决定亲自去看看如此闻所未闻的迟到意味着什么。当他气冲冲地挥动着拐杖走出大门时,一些邻居提醒他说:

"小心点,波尼卡尔先生……听说凡尔赛人已经进入巴黎了。"

他什么也听不进去,甚至不愿听从纳伊那边齐河面传来的枪弹射击声,和市政厅发出的震动了街区所有窗玻璃的示警炮声。

"啊!这个许罗……这个许罗!……"

他走得起劲时,竟开始自言自语,他看见自己已经到了那边,站在糕点铺中央,用他的拐杖敲着地砖,连窗玻璃和盛满婆婆蛋糕的盘子都抖动起来。这时,路易-菲利普桥上的街垒将他的愤怒砍成了两段。有几个面貌凶恶的巴黎公社战士在除去铺路石的地上四仰八叉地晒太阳。

"公民,您去哪儿?"

公民说明了情况,然而,小馅儿饼的故事似乎可疑,因为波尼卡尔先生穿着漂亮的节日大礼服,戴着金边眼镜,整个一个老反动派的模样。

"他是个暗探,"公社战士们说,"得把他送到李戈①那边去。"

说罢,四个乐得离开街垒的男人诚心诚意用枪托推着恼怒的可怜人走在他们前面。

我不知道他们究竟怎么搞的,半个钟头以后,他们五个人突然被前线的队伍逮捕,去和一长列正准备去凡尔赛的俘虏会合。波尼卡尔先生抗议之声越来越大,还举起拐杖,上百遍讲述自己的故事。可惜,他编造的小馅儿饼故事在这场大动乱里显得那么荒谬,那么不可思议,军官们便一个劲儿地笑。

"好的,好的,老兄……到了凡尔赛再解释吧。"

---

① 拉乌尔·李戈(1846—1871),巴黎公社中央委员,后被凡尔赛分子杀害。

爱丽舍田园大道还硝烟弥漫,在两列轻装兵押送下,俘虏纵队就在那里启程。

三

俘虏们五个一排往前走,互相挤得紧紧的,为了防止队列走散,还强迫他们手挽着手走路。于是,这一群人脚踩在道路上的尘埃里,发出了暴风雨一般的声音。

倒霉的波尼卡尔以为自己在做梦。他满头大汗,气喘吁吁,被害怕和疲劳弄得近乎麻木;他艰难地走在队伍的最后,两边是两个发出石油和烧酒臭味的老婆子。在他骂骂咧咧的话语里老听见"糕点师傅,小馅儿饼"几个字,他周围的人心想,他一定成了疯子。

事实上,这可怜的人的确吓昏了头。在上坡、下坡时,队伍会松散一点,他是否想过,会在那边,在尘埃飞舞的空旷地带看见许罗老板的小伙计身上那件白色上衣和糕点模子?而一路上,这情况发生过多次!这小小的白色亮点在他眼下一闪,就好像专为嘲弄他似的,接着就在军装、工装和破衣烂衫组成的长浪中消失了。

末了,在夜幕降临时,他们到达凡尔赛。当人群看见这个上了年纪的戴眼镜的城里有钱人衣冠不整,满身尘土,惶恐不安的样子,所有的人都一致同意给他配一个坏人的嘴脸。他们说:

"他是菲利克斯·比亚①……不对!是德莱斯克鲁兹②。"

押送他的轻装兵费了好大劲才把俘虏群安全送到橙园,可怜的俘虏们到那里才得以解散,躺到地上,喘口气。有人睡着了,有人诅咒发誓,有人咳嗽,有人哭泣。波尼卡尔呢,他既不睡觉,也不哭泣。他坐在一个台阶上,双手捧着头,又饿,又羞愧,又疲倦,真是死去活来。他在脑子里回顾着这倒霉的一天,他从那边动身出门的情景,他家人的担心,那副放在餐桌上恐怕此刻还等着他的刀叉,然后是屈辱,挨咒骂,挨枪托,这一切都只为一个糕点师的不准时。

"波尼卡尔先生,这是您的小馅儿饼!……"突然有人在他身边这么说。

这位仁兄抬起头,看见许罗店里的小伙计,好不诧异。孩子是同共和国收养的孤儿们一道被抓起来的。这时,他亮出藏在白罩衫底下的糕点模子,交给了他。就这样,尽管发生过骚乱,又曾被俘,这个礼拜天跟其他礼拜天一样,波尼卡尔先生仍然吃了小馅儿饼。

刘　方译

---

① 菲利克斯·比亚(1810—1889),法国作家,曾参加巴黎公社起义。
② 沙尔·德莱斯克鲁兹(1809—1871),法国记者,政治活动家,他领导反正规军的战斗时,在街垒上牺牲。

法国的仙女

神怪故事

"被告,站起来!"庭长说道。

在女纵火者①坐的肮脏长凳上有了动静,只见一个显得很笨重而又哆哆嗦嗦的什么东西过来靠在旁听席前的栏杆上。那是一包破衣烂衫,一包窟窿、补丁、细绳、旧花和旧羽毛饰品,而在那些东西下边,是一张可怜的面孔,憔悴,龟裂的褐色皮肤上皱纹密布,脸上一对黑色的小眼睛,眼睛里狡黠的亮光在皱纹当中跳动,俨如老墙裂缝里的一只蜥蜴。

"您叫什么名字?"有人问她。

"梅吕西娜。"

"什么名字?……"

她十分认真地再说一遍:

"梅吕西娜。"

庭长在他那浓密的龙骑兵上校小胡子下边笑了笑,但他仍泰然自若地继续问下去:

---

① 此处专指巴黎公社运动时期,一批用火油纵火的女激进分子。

"您的年龄？"

"记不起来了。"

"您的职业？"

"我是仙女！……"

一下子，听众、法院成员，还有政府特派员本人，所有的在场的人都大笑起来，但这一点没有让她发窘，这老婆子用她清脆而又颤抖的尖细嗓音继续说话，那声音在大厅的高处回荡，有如梦幻里的声音：

"啊！法国的仙女，她们在哪里！全都死了，慈悲的先生们。我是最后一个，就剩下了我一个人……其实，这很可惜，因为法国还有仙女时，这国家漂亮多了。当时，我们是国家的诗，是国家的信义、纯真、青春。我们经常出入的所有地方，荆棘丛生的公园深处、喷泉的假山石之间、老城堡的小塔上、池塘的浓雾里、遍布沼泽的大荒原上，所有那些地方都因为我们的出现而得到一种不知什么样的魔力和壮大。在神话故事的奇光异彩照耀下，人们看见我们到处走动，在月光下拖着长裙，或在草地的草尖上奔跑。农夫们热爱我们，尊敬我们。

"在天真幼稚的想象里，我们戴着珍珠的额头，我们的魔棍，连我们充满魔力的纺纱杆都使人又爱又怕。因此，我们的泉水一直很清亮。我们看守的道路，连步犁都要停下；我们，世界上最古老的女人，因为我们尊重所有古老的东西，在法国，从这头到那头，人们无不听任森林成长，石头自个儿垮下来。

"可是，时代在前进，有了铁路。还挖了隧道，填了池塘，砍了那么多树，我们马上就不知道该去哪里安身立命了。农夫也逐渐不信任我们，晚上，我们敲罗班的护窗板时，罗班说：

'那是风。'又睡了过去。女人们来我们的池塘洗衣服,从那一刻起,对我们来说,一切都完了。我们是靠老百姓的信任过日子,失去他们的信任,我们就丧失了一切。我们的魔棍已经失去了功效,我们从昔日权力无穷的皇后,变成了今天的老妇人,满脸皱纹,像大家遗忘的仙女那样凶狠,除此之外,还得挣钱吃饭,而我们的双手又什么也不会干。有段时间,人们在森林里碰见我们正拖着干树枝,或在公路边上看见我们正在拾落穗。然而,管森林的对我们很不客气,农夫也向我们扔石头。于是,跟在本地无法谋生的穷人一样,我们也去大城市谋事求生存。

"有些人进了纺织厂,有些人冬天在大桥角落里卖苹果,或者在教堂门外卖念珠。我们推着装橙子的大车,我们给过路人递过去不值钱的花束,却没有人愿意买。小孩子嘲笑我们抖动的下巴,警察赶得我们到处跑,公共马车将我们撞倒在地。接着是疾病,缺衣少吃,头上盖一块收容所的白布……法国就这样听任它的仙女们死去。它已经受到了惩罚!

"好,可以,你们笑吧,善良的人们。在此期间,我们已看到了一个国家没有仙女是什么模样。我们看见那些脑满肠肥一脸傻笑的农人如何给普鲁士人打开他们的面包箱,如何给他们指路。就这么回事!罗班不再信任魔法,但他也并不更信任祖国……噢!我们这些人,假如我们当时在那里,所有进入法国的德国人,没有一个能活着走出去。我们的龙头船,我们的磷火会把他们引到泥坑里去。我们会在那些以我们的名字命名的清泉里掺一些施了魔法的饮料,让他们变成疯子。在一些集市里,我们借着月光,我们略施魔法就能将公路和河流混淆起来,让他们经常藏身的树下长满杂草,荆棘,让冯·

摩尔特克①先生永远认不出地点。与我们一起,农夫们一切都会更顺利。用我们池塘里长的大花,我们可以制作出伤员用的香膏,我们可以利用飘在空中的蜘蛛游丝当裹伤的纱团。在战场上,面临死亡的士兵可以看见他家乡的仙女俯身在他半闭的眼睛上,仙女会让他看到一小片树林,一条拐弯的路,某些能使他想起家乡的东西。应该像这样打国民战争,打全民圣战。但是,唉!在不信教的国家,在没有仙女的国家,这样的战争是不可能的。"

说到这里,那尖细的嗓音停了一会,庭长便说:

"这一切都没能说明,士兵逮捕您时,在您身上搜出了火油,您拿那些火油都干了什么。"

"我火烧巴黎,我的好先生,"老婆子平静地回答道,"我火烧巴黎,因为我恨它,因为巴黎蔑视一切,因为是它杀了我们。是巴黎派了学者去分析我们美丽神奇的泉水,准确说出那里面含铁和硫磺。巴黎在它的剧院里嘲笑我们。我们的魔法变成了什么手法,我们的奇迹变成了粗俗的玩笑,大家还看到好多一脸丑陋的人穿上我们的粉红袍子,在月光下坐上我们的飞车,以至于人们一想到我们就笑……有些小孩认识我们的名字,也很喜欢我们,也有点害怕我们,但,巴黎不给他们漂亮的金边画书,让他们了解我们的故事,反而让他们阅读儿童科学读物,偌大的书本释放出来的烦恼就像灰色的尘埃一样,马上在孩子的小眼睛里把我们的魔宫和神镜给抹去了……噢!没错,看见你们的巴黎燃烧起来,我很高兴……是

---

① 冯·摩尔特克(1800—1891),普鲁士元帅,在侵法期间,是他指挥了普鲁士军队。

我将放火女人的罐子里装满了火油,我还把她们引到最合适的地方,我说:'去吧,姑娘们,把什么都烧掉,烧,烧!……'"

"显而易见,这老婆子疯了,"庭长说道,"把她带下去。"

刘 方译

阿尔蒂尔

几年前,我在爱丽舍田园大道的黄道十二宫巷住一座独立的房屋。您可以想象,偏僻的近郊一个角落,夹在一条条贵族大道之间,街上那么冷僻,那么安静,好像一经过那里就得乘车似的。我不知道哪个房东的心血来潮,哪个吝啬鬼或老头子的怪癖促使他们把这块空旷的地皮,这些发霉的小园子,这些修建得横七竖八的低矮房屋留在那漂亮街区的核心地带。房屋的楼梯露在外面,木头平屋顶上挂满晾晒的衣物,上面有兔笼,有瘦猫,有家养的乌鸦。住在那里的有工人家庭,有领少量年金的人,还有几个艺术家——只要还有树木的地方,到处都能找到这类人——最后是两三间带家具出租的房屋,房屋面目可憎,仿佛被几代人的贫穷积攒下来的污垢塞满了似的。而在周围,却到处都是富丽堂皇和爱丽舍田园大道传来的市井的声音:有持续不断的车轮滚动声,有盔甲碰撞的丁当声和矫健的脚步声,还有车辆出入时大门开关的闷响,敞篷四轮马车震动朱门的声音,压低的钢琴声和小提琴声。远处是静静的大宾馆,圆圆的屋角,被鲜艳的丝绸窗帘装点成五颜六色的窗玻璃,被高大的无锡镜子映出来的镀金枝形大烛台和花架上珍贵的鲜花……

仅有巷口一盏路灯照明的黑黢黢的黄道十二宫巷,看上去俨如周边美丽布景的后台。构成那边奢侈豪华的所有衬片都躲避在这里:家丁号衣上的饰带、丑角的紧身衣,还有一大群过惯放荡生活的人,如英国马夫、马戏团的马术演员、两个跑马场的小马夫副手以及他们那对双生的小种马连同他们的广告、演山羊拉车的车子、布袋木偶、卖蛋卷的女小贩,以及一帮一帮的盲人,他们到晚上才带着折叠凳、手风琴、乞讨木钵回家。我住那条小巷期间,还有一个盲人结了婚。那一整夜,单簧管、双簧管、管风琴、手风琴声不绝于耳,音乐会上,不同的声调让人清楚看见巴黎所有的桥梁上一幅一幅的画面展现在眼前……不过,小巷通常是很安静的。那些在街上游荡的人总在晨雾中回家,而且,那么疲乏! 只有阿尔蒂尔领饷的礼拜六才有闹声。

这阿尔蒂尔是我的邻居。只有一道栅栏式的矮墙把我的住宅和他们夫妇租住的带家具的房屋隔开。因此,无论我愿不愿意,他的生活都跟我的生活搅在一起。每个礼拜六,我都一字不落地听见这对工人夫妇演出的令人恐怖的地道巴黎戏剧。戏剧总是以同样的方式开场。妻子在做晚饭,孩子们在她身边转来转去,她一边忙碌着一边温和地同他们谈话。七点了,八点了,没有人……随着时间流逝,她的声音也起了变化,里面好像滚着眼泪,变得有些烦躁。孩子们又饿又瞌睡,开始嘟嘟囔囔。男人仍然没有回家。大家便自己吃起来。吵吵嚷嚷的孩子们睡下之后,家禽也都睡着了,她便来到木头阳台上。我听见她哭着小声说:

"啊! 无赖! 恶棍!"

正回家的邻居们发现她在那里,都为她打抱不平。

"还是去睡觉吧,阿尔蒂尔太太。您完全知道他不会回来,因为今天是发饷的日子。"

接着又是劝导,又是流言蜚语。

"我要是您,我会这么干……为什么不去告诉他的老板?"

所有这些同情的表示都让她哭得更厉害,但她仍然坚持抱着希望,坚持等待着,烦躁着。各家的大门都关上了,小巷也再无声息,她相信只有她一个人没睡,便一直在那里支着臂肘,全身心集中在一个考虑里,并大声对自己述说着悲哀,却永远摆脱不掉半生都在大街上度过的老百姓那种因循苟且的习惯。她考虑的是迟交的租金,使她坐立不安的供应商,再不愿卖面包给她的面包铺老板……假如他回家时又两手空空,她怎么办?末了,这样守候迟到的脚步,这样数着钟点让她感到厌倦,她便抽身回去了。然而,过了很长时间,我以为一切都结束了时,竟有人在走廊上,在我的旁边咳嗽。原来她还在那里,那不幸的女人,忧虑又促使她回到了阳台。她竭力睁大眼睛张望着黑黢黢的小巷,但除了自己的困境,什么也看不见。

约莫一点钟,两点钟,有时更晚,有人在小巷那头唱歌。正是阿尔蒂尔回家了。他多半时间都会让人陪伴他,把同伴带到家门口,说:"来吧……进来吧……"到了门口,他还要闲荡,下不了决心回家,他心里明白在家里等着他的是什么……上楼梯时,睡意正浓的住宅的静谧使他的脚步显得更沉重,这让他感到不自在,似乎有些悔恨。他自个儿大声说着话,在每间陋室前停一下:"晚安,韦柏太太……晚安,马蒂约太太。"假如没有人回答他,他就会来一阵大骂,直到所有的门窗都打开,还他一片咒骂为止。这正是他需要的。他酒性发作就喜欢热闹,喜欢吵架。而且,这一闹,他可以激动起来,到家时便怒气冲冲,用这样的方式回家可以减轻他的恐惧。

他这次回家的确很吓人。

"开门,是我……"

我听见他老婆走在方砖地上的脚步声,划火柴的声音。丈夫一进门就试图结结巴巴讲那老一套的故事:伙伴们拉他去……某某人,你知道……在铁路上干活的某某人。女人可不听他说话:

"钱呢?"

"我没钱了。"是阿尔蒂尔的声音。

"你撒谎!……"

他的确在撒谎。哪怕在酒劲的冲动中,他也总给自己留几个子儿,因为他想到的是礼拜一的酒瘾,而妻子要夺取的,正是他薪饷的这部分剩余。阿尔蒂尔挣扎着:

"我对你说过,我把钱全喝酒了!"他吼着。

她没有回答他,只借助自己全部的愤怒和力气抓住他不放,使劲摇他,搜他的全身,将他的衣兜翻个底儿朝天。不一会,我听见钱币在地上滚动的声音。女人带着胜利的大笑扑到钱币上。

"噢!你看清楚了。"

接下去是骂人的粗话,打人的沉闷声响……那是醉汉在报仇。一旦打上了瘾,他就停不下来了。蕴涵在这可怕的酗酒过程中的所有邪恶和破坏性的东西都升到他的脑海里而且设法跑出来。女人嚎叫着,陋室里最后一批家具也碎片横飞,被惊醒的孩子都吓得又哭又叫。小巷里,各家的窗户都打开了。大家说:"是阿尔蒂尔!是阿尔蒂尔!……"

也有些时候,住在隔壁带家具出租房里的岳父赶过来救援他的女儿,他是一个捡破烂的老人,但阿尔蒂尔把门锁起来,以免他的作战行动受到干扰。于是,岳父和女婿之间的令人胆寒的对话便穿过锁孔进行起来。我们记得住其中最棒的:

"看来你坐两年牢还不够,强盗!"老头叫道。

醉鬼呢,口气傲慢:

"嘿,没错,我进去了两年……那又怎么样?……我起码还了社会的债,我……你也去想办法还你的债呀!……"

他觉得这再简单不过:我偷窃了,你们把我下了狱,我们就谁也不欠谁的了……但话说回来,如果老头在这方面太不依不饶,急红了眼的阿尔蒂尔就会打开门朝岳父、岳母和邻居们扑过去,见人就打,活像波利西奈尔①。

不过,这可不是个恶人。经常在礼拜天,就是那场杀戮的第二天,醉汉平静下来,身上也没钱再喝酒,便待在家里。大伙儿把椅子从房间里搬出来,坐在阳台上,韦柏太太,马蒂约太太,所有的房客,于是,大家开始聊天。阿尔蒂尔装成和蔼可亲、很有才气的样子,看见他你们也许会说他是一位每晚上夜校的模范工人。他用失真的令人肉麻的声音说话,还朗诵几段东拼西凑的理论,理论有关工人的权利,资本的专横。他可怜的妻子早被昨天那一顿打打软了,现在竟用赞赏的眼光注视着他,而她还不是在场唯一这样欣赏他的人。

"不过,这阿尔蒂尔,他要是愿意!"韦柏太太叹口气,喃

---

① 波利西奈尔,木偶戏中的一个搞笑的角色,他驼背,爱大喊大叫,爱打架。

喃说道。

接着,女士们要他唱歌……他唱了一支贝朗瑞①先生的《燕子》……啊!他那喉音,充满虚假眼泪的喉音,工人的愚蠢的感伤主义!……在发霉的柏油纸糊的走廊上,在晾晒破衣烂衫的绳子之间可以看到一角蓝天,而这一批放荡不拘的以自己的方式渴望着理想的人,竟在那上边转动着湿润的眼睛。

这一切都阻挡不住阿尔蒂尔在下一个礼拜六吃掉他的薪饷,狠揍他的妻子,而在那里,在陋室里还有一大堆别的小阿尔蒂尔,他们只等着长到父亲那样的年纪,好吃掉自己的薪饷,狠揍自己的妻子……就这一族人还想统治世界!……啊!有病!正如我小巷的邻居所说。

刘　方译

---

① 贝朗瑞(1780—1857),法国歌词作者,爱国者和政治活动家。

最后的书

"他死了！……"一个人在楼梯上告诉我。

已经好几天了，我一直觉得那不祥的消息会到来。我知道，我随时都可能在这个门前得知这个消息，但它仍然像某种突如其来的事情一样震动了我。我心情沉重，嘴唇也颤抖起来。我走进这文学家简陋的住所，住所里工作室占了最大的地盘，专横的自修室垄断了全家的舒适和光线。

他就在那里，躺在一张极低矮的小铁床上。他的桌子上还放着纸张，大量的写作戛然停在纸页中间，蘸水笔还插在墨水瓶里，这一切说明死神袭击他有多么突然。在小床后边有一个橡木衣柜，衣柜上摆满了手稿、无价值的文件，柜子几乎在他的头上半开着。周围全是书，没有别的，都是书，都是书：到处都有，书架上、椅子上、写字台上、地上各个角落也堆满了书，直堆到床脚。当他在那里写作时，坐在书桌前，这样拥挤杂乱而又一尘不染的堆积可能很悦目：在其中可以感到生命的活力和工作的快乐。然而，在人死后的这间住房里，这情景却显得很凄凉。所有这些一叠一叠塌下来的书看上去仿佛准备动身离开，去随便哪个书橱里打烂账，散落在货架上，码头旧书摊上，旧货摊上，任随河风与闲人翻来翻去。

我到他床前拥抱了他，然后站在那里注视着他，接触到这石头一般冰凉沉重的额头使我骤然感到恐惧。这时，门忽然打开了。一个气喘吁吁的书局伙计提着东西快活地走进来，将一包刚印制好的新书放在桌上。

"巴什兰发的货。"他叫道。

他随即瞧见了那张床，连忙往后退了两步，摘下帽子，然后悄悄退了出去。

书商巴什兰这次发货蕴涵着可怕的讽刺意味，发货推迟了一个月，病人那么急迫地等待着出书，而收到书的却是死人……可怜的朋友！这是他最后一本书，是他最寄予希望的一本书。他用那双因发烧而颤抖的手怎样小心翼翼地修改校样呀！他怎样飞快地抓住第一本样书！在最后那些日子，他已经不能说话，但他的眼睛仍然紧紧盯住房门。假如印刷工、印刷厂工头、装订工，所有参与印制这本书的人能看见他那忧心忡忡等待的眼神，他们的手也许会加快动作，文字排版，书页装订会干得更快更好，送书也会更及时，即是说可以早送来一天，给濒临死亡的人送来愉悦，在新书的馨香和清晰的文字里重新找到他焕然一新的思想那种愉悦，因为，他感觉他的思想已经在他身上变得模糊，而且消失殆尽。

即使在生前，作家在这方面也的确有他的幸福感，而且乐此不疲。打开自己作品的第一本样书，眼看这作品固定在文字上，就像生动的浮雕，再也不像从前那样在翻腾的脑海里模模糊糊，那是怎样美妙的感觉！在年少时，这情景就使你感到妙不可言，眼花缭乱：文字闪闪发光，在延伸中呈蓝色，呈黄色，仿佛脑海里洒满了阳光。后来，这种创造者的快乐又夹杂些许悲哀，即有话没有说尽的遗憾。自己心中的作品似乎永远比写出来的作品更成功。在从头到手的旅程中，有多少东西丢失了呀!从梦幻的深处看过去,书本的构思就像在地中海里经过的水母,漂浮的色调千变万化,一旦放在沙滩上,它就成了一摊水,成了立即被风吹干的无色水滴。

可惜!无论是上述这种快乐还是幻灭,这可怜的单身汉都未能从他最后这本书里领尝到。这沉重而又毫无生气的头,在枕头上睡了过去,旁边是这本崭新的书,这书即将出现在橱窗里,同大街上的各种声音,同当天的生活混在一起,行人会无意识地看看书名,在记忆里,在眼睛里把书名连同作者的名字带走,这同一个名字虽已在市政府死亡登记册里作了登记,在书本鲜艳的封面上,他却显得那么阳光,那么快活,看见这种情景真令人心碎。灵魂和躯体的问题仿佛全都摆在这里了,摆在这即将被掩埋、被遗忘的尸体与这本正从他身体剥离出来的新书之间,这本书有如一个看得见的鲜活的灵魂,也许是不朽的灵魂……

"他曾许诺送我一本……"一个唉声叹气的声音在我身边悄悄说。

我转过身来,看见金边眼镜下一双炯炯有神的酷爱搜寻的小眼睛,是我一个熟人的眼睛,也是你们的熟人,你们所有的人,作家朋友们。他是一位爱书者,只要你们中谁宣布要出书,他就会在你的门上敲两下,敲门声有点胆怯,但非常坚持,真是声如其人。他走进来,笑眯眯的,弯着腰,在你周围转来转去,叫你"亲爱的大师",不得到你最近出版的那本书是不会走的。就要最近出版的那本!其他的书他都有,只缺这一本。你有办法拒绝吗?他来得正是时候,他非常善于在你处在刚才说过的那种愉悦心情之中时抓住你,在你正从容地收发书本,题词送书时抓住你。啊!这可怕的矮个儿男人,什么也不能使他灰心,敲门不应也好,接待冷淡也罢,他是风雨无阻,距离再远也不在话下。清晨,你在拉鹏勃街碰见他正在轻轻叩老帕西①家的门;晚上,他又从玛尔利回家,胳膊下夹着萨尔杜②的新剧作。就这样,他成天奔忙着,成天搜索着,生活充实却什么事不干,藏书充实却从不付钱。

当然,此人对书的爱好必然达到痴迷的程度,才会一直找到死人的床前。

"嘿!拿去吧,您要的书。"我不耐烦地对他说。

他不是在拿书,是在贪婪地吞书。将书深深放进衣兜之后,他仍然一动不动,也不说话,头偏在肩膀上,擦擦眼镜,很受感动的样子。他还在等什么?为什么他还留在这里?也许有点羞愧,不好意思马上就走,否则会让人以为他是专门为要书而来的?

唉!才不是呢!

他刚在桌上已撕去一半的包装纸里发现了几本珍藏本,书芯切口很厚,毛边,书页白边很宽,封面烫有花饰,也有尾花。尽管他的姿态是在默哀,他的眼神,他的思想却都在那里……他在贪婪地看着那些书,这疯子!

不过,这可真称得上是观察狂癖!我本人则听任自己从悲伤中分分心,我透过眼泪观看着这场令人痛心的小戏剧在死者的床头演出。那爱书人通过别人看不见的小动作悄悄走近桌子,他装出随便的样子将手放到一本珍藏本上,他将书翻过来,打开,摸摸正面,再摸摸反面。他的眼睛越发亮,他的血

---

① 老帕西(1793—1880),法国著名经济学家,他的侄子小帕西也是著名经济学家。
② 维克多利安·萨尔杜(1831—1908),法国剧作家,法兰西科学院院士。

液越涌向双颊。爱书的狂癖正在他身上起作用。最后,他实在控制不住自己,便拿了一本:

"这是给德·圣贝夫①先生的。"他悄声对我说。

他在狂热中,在局促不安中,在生怕别人把书夺走的恐惧中,也可能为了让我相信这的确是给德·圣贝夫先生的,他用难以言传的正经腔调非常严肃地补充说:

"他是法国科学院院士! ……"

说毕便消失了。

刘　方译

---

① 德·圣贝夫(1804—1869),法国作家,文艺批评家。

待售房屋

　　一扇合缝很差的木头大门,小园子里的沙子和公路上的尘土都通过门上一个很大的缝隙进入住宅。好久以来,这大门的上方就挂了一个牌子,牌子在夏天的阳光里一动不动,秋天的风却让它备受折磨,摇摇晃晃。牌上写着:"待售房屋",这几个字也仿佛在说那是被遗弃的房屋,因为周围实在太安静了。

　　不过,那里仍然有人住。一缕细而发蓝的炊烟从砖砌的烟囱袅袅升起,烟囱比围墙稍高,揭示出这里有人过着隐蔽的,谨慎的,有如那可怜巴巴的炊烟一样凄凉的生活。透过大门摇摇晃晃的木板,你看见的并不是遗弃、空旷,或门前那种售房的凌乱,以及人去楼空的情景,你看到的是一条条整齐的小径,一个个圆圆的棚架,水池边上的喷水壶,和靠在小房墙上的园丁用具。这是一座农人的住房,园子在斜坡上,一个小楼梯使二楼朝阴,一楼朝阳。朝阳这一面看上去像一个暖房。一些钟形玻璃罩一摞一摞放在楼梯上,还有一些翻倒的空花盆,另一些栽种了天竺葵、马鞭草的花盆则摆放在发白的热沙地里。此外,除了两三株梧桐树,整个园子都曝晒在阳光下。顺着铁丝排成扇形或贴墙栽种的果树都阳光充足,有些掉了叶子,正是掉叶子的地方挂了果。那里还有草莓和爬上大支架的豌豆,而在这一切当中,在这样的整齐和宁静的氛围里,一个戴草帽的老人每天都要沿着一条条小径走来走去,在凉快的时候给植物浇水,修剪树枝,整理园子和小径的边沿。

这位老人在当地一个人也不认识。除了面包铺老板的车在村里这唯一的一条街上停在每家每户的门口,从没有人造访过老人。这里地处半山腰,土地肥沃,可以培育很漂亮的果园,所以,有时候,某个希望买到这边一块土地的人看见门前那块牌子,也会来敲他的门。一开始,房舍装聋作哑;敲第二下时,只听见木屐走路的声音慢慢从园子深处接近大门,老人将门微微打开,气疯了似的说:

"您想干啥?"

"这房子要出售吗?"

"没错,"这位仁兄费劲儿地回答道,"没错……房子要卖,不过,话说在前头,卖房要价是很高的……"

他那只一直准备关门的手将来人挡在外面,他的眼睛也在赶走来人,因为那双眼睛显得那么愤怒,老头本人则站在那里,像龙一般死守住他那一方方的菜地和他铺满白沙的小院子。于是,过路人走自己的路,心里却在想,和他们打交道的人究竟是什么样的狂躁症患者,是什么样的精神病让他既想售房又想保留房屋。

我总算解开了这个谜。一天,我走过那幢小宅子的门前时,听见里面吵吵嚷嚷,十分热闹。

"必须卖,爸爸,必须卖……您答应过的……"

"可是,孩子们,我也巴不得卖掉……唔!既然是我挂的牌子。"

我这才明白,原来是他的儿子和媳妇们——几个巴黎的小店主——在迫使他摆脱他热爱的这一小块地方。有什么理由？我不知道。可以肯定的是，他们已经开始感到事情拖得太久，而且，从这天开始，他们每个礼拜日都要前来纠缠这不幸的老人，逼迫他信守诺言。每逢礼拜日，这里都格外安静，土地经过整整一周的耕耘、下种，正处在休憩状态，因此，我在公路上就能清楚听见里面的声音。小店主们一边玩投饼游戏①，一边聊天、争论，他们的尖嗓子说起钱这个字来十分清脆，就像金属圆饼碰撞的声音。到晚上，所有的人都走了，老人在公路上走几步送送他们，然后风快往回走，快乐地关上那扇粗糙的木门，因为他又有一个礼拜可以稍事休息。在这一个礼拜，宅子又变得静谧。在阳光灼人的小园子里，只有沉重的脚步踩在沙子上的咔咔声，或耙子耙沙的声音。

不过，日子一礼拜接着一礼拜过去，老人被逼得越来越紧，也越来越感到忧虑。小店主们使出了百般武艺，甚至把孙子们也带来诱惑老人：

"您瞧，爷爷，房子卖了，您就来和我们一道住，大家住一起好快活呀！……"

于是每个角落都有了私下的交谈，在小径上散步也没完没了，还有人大声计算着什么。有一次，我听见一个女人的声音：

"木板屋屁钱不值……就配推倒！"她叫道。

老人听着他们说话却一言不发。人家谈到他，就像他已经死去，谈到房子就像房子已经被推倒。他躬着背朝前走，满眼泪花，一路上习惯性地找个树枝来修剪，找个果子来照料。

---

① 木箱箱顶有槽口若干，分别标有分数，将金属圆饼投入槽口者得分。

谁都能意识到,他一生扎根在这块土地太深,他永远也没有勇气从这里挣脱出去。果然,无论大家对他说些什么,他总把动身的时间往后推。夏天,各种带点酸味的水果正在成熟,处于一年中最具活力的青春期,如樱桃、醋栗、黑茶藨子,他对自己说:"咱还是等到收成的时候吧……收获完了我马上卖。"

然而,收获完了,樱桃摘过,又轮到摘桃,然后是葡萄,葡萄摘过,又轮到美丽的褐色欧楂,欧楂几乎是在雪下采摘的。于是,冬季来临。田野发黑,园子变空。再没有过路人,也没有买家。小店主们连礼拜天也不来了。整整三个月的休息足够准备播种,修剪果树。在此期间,毫无用处的售房牌在路上被风雨吹打得翻来倒去。

时间一长,孩子们不耐烦了,他们相信老头子在想尽办法避开买家,便拿了一个大主意。媳妇当中的一个干脆来到他身边住下来,那是一个矮小的店铺老板娘,早上一起床就打扮得花枝招展,她还显得很讨人喜欢,装得很温柔,一副习惯做生意的人阿谀逢迎的模样。公路也好像属于她了,她把门大打开,跟别人大声聊天,对每个过路人笑容可掬,仿佛在说:

"进来吧……您瞧……这房子是要卖的!"

可怜的老人再也得不到一点缓冲的时间。有时候,他尝试着忘记媳妇在那里,去锄他那几块方菜地,重新撒下种子,正如那些即将死亡的人做出各种计划以麻痹他们的恐惧。他的媳妇却随时随地跟着他,折磨他:

"哎呀!何苦呢?……您这是为了别人这么辛苦哇?"

他不回答她,却拼命干活,固执得有些怪异。让他的园子无人照管,这无异于已经失去了它,无异于已经开始摆脱了它。因此,条条小径都干净得看不见一根草,玫瑰花树上也没有一个馋虫。

在此期间,却没有买主上门。正值战争时期,那女人无论怎样大开房门,怎样朝公路上递送秋波都白费力气,过路的只有搬家的人,进屋的只有灰尘。日子一天天过去,那位女士变得越来越尖酸刻薄,而她在巴黎的生意又需要她回去。我听见她对她的公公横加责难,还真的大动肝火,对老爷子发脾气,而且捶打房门。老人弯着腰,从不言语,但看见豌豆长出来了,那块"待售房屋"的牌子一直挂在那里,心中却得到了安慰。

……今年,来到乡村时,我又看见了那幢房屋,但是,很可惜!牌子已经不见了。撕碎的,发霉的广告倒还挂在墙上。完了,人家已经卖了房!原来的灰色大门已经让位给了新漆好的绿色大门,顶端还有一个三角楣,门上有一个装了栅栏的小透光孔,从那里可以看见里面的小园子。那已经不是昔日的果园,而是圆形花坛、草坪、瀑布……一大堆城市有产者造出的东西,而那一切都反映在一个偌大的金属球上,金属球在台阶前摇来摆去。那里面映出的小径看上去就像一条条艳丽的花绳,还映出来两张过分做作的宽脸:一个是胖胖的红脸男人,汗流浃背,躺坐在一把土制椅子里;还有一个又高又胖气喘吁吁的女士,她一边挥动喷水壶,一边叫道:

"我给凤仙花浇了十四次!"

他们又多建了一层楼,绿篱也更新了,在这块整治一新的土地上,还能闻到油漆的味道。有人正在随意地弹钢琴,弹的是著名的四对舞舞曲和群众舞会上的波尔卡。这些舞曲传到公路上,再和七月的灰尘混在一起,使听到的人感觉更热。舞曲、刺眼的大花、刺眼的胖太太、无边无际而又粗俗的快乐,这一切都让我感到揪心。我在想那可怜的老人,他曾在那里散步,那么幸福,那么安静。我在想象中看见他住在巴黎,还戴着他那顶草帽,躬着老花匠的背,在某个小店铺的后堂徘徊。他烦恼、胆怯、满眼泪花,而他的媳妇却在崭新的柜台里得意洋洋,那座小屋卖掉的钱币正在柜台里丁当作响。

刘　方译

小红山鹑的担惊受怕

你们知道,山鹑总是成群结队,在低洼的犁沟里筑窝,为的是一有警报就飞起来四散逃命,就像人们撒的一把种子。我们的同伴又多又快活,住在大森林边缘的空阔地带,从两边都能搞到吃的东西和漂亮的隐藏处。因此,从我学会奔跑以来,我羽毛丰满,吃得饱饱的,感觉生活很幸福。不过,有件事让我有点担忧,那就是路人皆知的开猎季节,妈妈们已经开始悄悄谈论这件事,我们这一伙里的一个前辈也老对我说起这个话题:

"别怕,红仔——都叫我红仔,因为我的嘴和爪子都是花楸果色——别怕,红仔。开猎那天我把你带在身边,我肯定你什么事也没有。"

他是只狡猾的公鸡,尽管他胸脯上有马蹄铁形状的伤疤,身上有些地方的羽毛也变白了,他仍然很警觉。他在很小的时候翅膀上就吃了铅弹,这让他动作不够灵活,每次飞起来之前都要看两次翅膀,再慢悠悠摆脱困难。通常都是他领着我进入树林,树林里有一个很奇特的小屋,小屋隐没在一片栗树丛中,像空洞穴一样没有声息,而且老关着门。

"仔细看看这小屋,小家伙,"老头对我说,"你要看见炊烟从那房顶升起来,门和窗也打开了,我们就该倒霉了。"

我呢,还真相信他,因为我知道他不是第一次遭遇开猎。

果然,另一天早晨,天刚麻麻亮,我就听见谁在犁沟里叫我……

"红仔!红仔!"

是那只老公鸡。他的眼神显得异乎寻常。

"快来,"他对我说,"我干啥你就干啥。"

我跟着他,还半睡半醒呢,我在土块间悄悄滑行,不飞,也几乎不跳,活像一只小家鼠。我们往树林的方向走,经过小屋时,我看见屋里的烟囱吐着烟,窗户也有光,在大开着的门前站着全副武装的猎人,猎狗在主人周围活蹦乱跳。我们正走过那里时,一个猎人叫道:

"今天上午去平原干,吃完午饭再整树林。"

我这才明白为什么我那老同伴先把我带到乔木林里去。不过,我的心还是跳得厉害,尤其在想到我们那些可怜的朋友时。

忽然,在到达树林边沿那一刻,猎狗开始朝我们这边疯跑……

"卧下!卧下!"老头说话时自己也趴下去。

与此同时,离我们十步远的地方,一只吓坏了的鹌鹑伸开翅膀,嘴张得大大的,恐惧地叫了一声便飞了起来。我听见一声巨响,我们立即被烟尘包围,烟尘的气味很奇特,纯白色,还很烫,尽管太阳才刚刚升起来。我太害怕了,根本无法再跑路。幸亏我们已经进入了树林。我的同伴躲藏在一株小橡树后面,我也来到他身边。我们便躲在那里,透过树叶观看着。

在田野上,那简直就是一场骇人听闻的大枪战。他们每放一枪,我就闭一下眼睛,吓得失魂落魄,然后,我下决心睁开眼睛时,看见大平原光秃秃的,猎狗奔跑着,搜索着,在草丛里,在晒庄稼的条堆里,他们像疯子一样自个儿转着圈。在他们后面,猎人们边咒骂边喊着他们,猎枪在阳光下闪着光。有一刻,我觉得我在一缕白烟中看见了像树叶一样的东西飞起来,尽管那边周围没有一棵树。我的老公鸡说那是羽毛。果然,在我们前面一百步远的地方,一只极漂亮的灰色小山鹑落在犁沟里,血淋淋的头歪在一边。

太阳升得老高,也暖和起来时,枪声戛然停止。猎人们朝小屋方向往回走,屋里发出烧树枝的劈啪声。猎人们聊着天,背着枪,讨论着开枪的得失,他们的猎狗走在他们身后,疲惫不堪,吊着舌头……

"他们要吃午饭了,"我的同伴对我说,"咱也吃,跟他们一样。"

于是,我们进入树林旁边的一片荞麦田,一大片黑白色相间的田地,荞麦开了花,也结了籽儿,闻起来像杏仁。一群金褐色羽毛的美丽野鸡也在那里啄食,他们害怕被看见,埋下了红色的鸡冠。啊!他们已经不像平时那样高傲了。他们一边吃一边向我们打听消息,询问他们当中的一员是否倒在了枪弹下。在此期间,猎人们的午餐一开始很安静,后来变得越来越闹,我们能听见碰杯和开瓶的声音。老头子认为现在回我们的避难所正是时候。

在这个时刻,树林仿佛睡着了。狍子常去喝水的小水塘眼下没有被任何舌头打扰。养兔林里的百里香丛中见不到一张兔子脸。只是谁都能感觉到,处处都有谁在发抖,又神秘又紧张,仿佛每一张树叶,每一根草都庇护着一条受到威胁的生命。森林里的猎物有太多藏身的地方,洞穴、矮树丛、柴捆、荆棘丛,还有沟渠,树林里的小沟渠雨后蓄水的时间可以很长很长。我承认,我更愿意待在这类窟窿的深处,但我的同伴更喜欢开阔的地方,那里视野更宽,看得更远,容易感觉到前面有什么情况。我们还算幸运,因为猎人们到林子里去了。

啊!森林中那第一声枪响,那枪声像四月的冰雹穿透了树叶,在树皮上留下累累伤痕,我永远不会忘掉这声枪响。一只兔子横穿过小路时,伸出的爪子拔掉了几簇草。一只松鼠从栗树上蹿下来时,掀掉了好些青栗子。还有两三只肥胖的野鸡吃力地飞起来;那一声枪响过后,较低的树枝和干树叶间一阵纷乱,枪声震动了,惊醒了,吓坏了所有生活在树林里的生物。田鼠悄悄溜进他们洞穴的深处;一只鹿角锹甲虫从我们藏身的树上的空洞钻出来,转动着愚蠢的吓得发呆的大眼睛。然后是蜻蜓、大黄蜂、蝴蝶,这些可怜的小虫子恐慌得往四面八方飞逃……连一只猩红色翅膀的蝗虫都飞到我的嘴边站定,可我自己已经吓得够呛,哪用得着分享他的恐惧!

老头呢,他仍然那么冷静。他非常注意狗的叫声和开枪的声音,当他们走近我们时,他向我示意,我们便走远一些,到一个猎狗察觉不到,又被树叶掩蔽得很严实的地方。不过,有一次,我仍然觉得我们完蛋了。我们应当穿过的那条小路,两头都被埋伏的猎人看守着。一头的看守是个蓄黑胡子的大个头壮汉,他每动一下,全身的铁器就响成一片,有猎刀、子弹夹、弹药盒,还不算那对扣得很结实的长护腿套,护腿一直扣到膝盖,使他显得更高。另一头的看守是个小个儿老头,他靠在一株树上,安静地吸着他的烟斗,还眯缝着眼睛,好像想睡觉似的。这个人倒不让我害怕,但我害怕那边那高大个儿……

"这类事儿你一窍不通,红仔。"我的同伴笑着对我说。

他啥也不怕,使劲张开翅膀,竟险些飞到凶猛的大胡子猎人脚下。

事实是,那可怜的人被他那一整套狩猎用具捆得紧紧的,他又忙着从头到脚欣赏自己,所以他用肩顶住枪托瞄准时,我们早飞到射程以外了。噢!要是猎人们知道就好了:每当他们自以为林子里某个地方就他们几个人时,有多少双小眼睛正在灌木丛里盯着他们,有多少张小尖嘴在他们的笨拙面前强忍着笑!……

我们走呀走,一直走下去。我没有更好的办法,只得跟着我的老伙伴,我随着他的翅膀扑打着我的翅膀,以便在他停下时立即收起翅膀,一动不动。我们经过的地方,到现在仿佛还呈现在我眼前:欧石楠丛生的粉红色养兔林,那里的黄色树林到处是兔穴;还有排成巨大帷幕的橡树林,我好像看见那里到处隐藏着杀机;还有那条绿色的小路,我的山鹑妈妈曾多少次带着她的小崽儿去那里散步,享受五月的阳光,我们边跳边使劲拍打爬到我们爪子上的红蚂蚁;我们还经常碰见神气活现的小野鸡,笨得像母鸡,还不愿跟我们玩。

我好像在梦里也能看见那条小路,一只母鹿正好穿过那里,他身高腿细,眼睛睁得大大的,准备跳起来。还有那水塘,我们只有一部分去那里,十五只或三十只,飞的姿势都一样,刹那间从平原飞起来,为的是去喝那里的泉水,水珠溅了一身,从光彩夺目的羽毛上滚下来。水塘中央有一丛浓密的桤木幼树林,我们避难的地方正是那个小岛。猎犬没有极灵光的鼻子是不可能去那里找我们的。一只狍子来到时,我们已经在那里待了一会儿,只见他拖着三只腿艰难地走着,还在他身后的青苔上留下了血迹。看上去好凄惨啊,我赶紧把头藏到树叶底下,但我听见受伤的狍子在喘着气喝水塘里的水,发烧太厉害了……

夜幕渐渐降临,枪声变得越来越远,越来越稀少。随后,一切都沉寂下来……结束了。于是,我们悄悄朝平原的方向往回走,以便得到我们那一伙的消息。经过木头小屋时,我看见了极其恐怖的情景。

在一个沟渠边上,几只红棕毛野兔和几只灰毛白尾家兔一个挨一个躺在那里。他们的小爪子被死神捆在一起,看上去好像在求饶,他们已经失去光泽的眼睛好像在哭泣;然后是红山鹑和栗胸斑山鹑,他们跟我的伙伴一样,也有马蹄铁样的烙印,今年出生的小家伙也跟我一样,羽毛下还长着绒毛。你们知道有什么比小鸟死亡更悲惨的事吗?多么活跃呀,他们的翅膀!看见翅膀收起来,变得冰凉,真让我不寒而栗……一只高大而美丽的狍子是那么安静,仿佛睡着了,他细小的粉红舌头伸出来,似乎还想舔点什么。

猎人们也在那里,他们在杀戮的地方俯身点着数目,并把血淋淋的爪子和撕碎了的翅膀提起来往猎袋里塞,对所有那些新伤口都毫无敬意。即将上路的猎犬被拴起来,他们好像看见了猎物似的撅着尖嘴,仿佛准备重新朝矮林冲过去。

啊!那边,太阳正在落山,他们也都走了,走路时,那些疲乏不堪的家伙将自己的影子投在土块上,投在被晚上的露水濡湿的小道上,这时,我在怎样诅咒他们,憎恨他们,人和兽,那一大帮!……我的同伴和我都没有勇气像平常一样唱别这正在逝去的一天。

一路上,我们遇见了一些不幸的小动物,他们被胡乱射击的铅弹射中,躺在那里任随蚂蚁摆布;其中有几只田鼠,满脸尘土;喜鹊和燕子则是在飞翔中被击毙的,他们背靠地躺着,向黑夜伸出他们僵硬的小爪子,黑夜像在秋季一样来得飞快,又清亮,又潮湿。但是,最让我们心碎的,是听见那一声声呼唤,在林边,在牧场,在那边河岸的柳林中,呼唤声焦虑,悲哀,分散,却得不到任何回应。

刘　方译

塔拉斯贡[1]人氏塔塔兰之惊险奇遇记[2]

赠友人贡扎克·普里瓦

"在法国,谁都与塔拉斯贡人有些许相似"

---

[1] 塔拉斯贡,位于法国南部,罗讷河边的城市。
[2] 本文原名《塔拉斯贡之巴巴兰》,曾以连载形式于1869年12月9日至19日发表在《小箴言报》上。稍后,于1870年2月至3月继续发表于《费加罗》报。《塔拉斯贡人氏塔塔兰之惊险奇遇记》成书后于1870年在当图书局出版。

第一回 在塔拉斯贡

一 猴面包树花园

我首次探访塔拉斯贡的塔塔兰那一天,始终是我一生中难以忘怀的日子。事情已经过去了十二年或者十五年,但彼情彼景历历在目,甚于昨日。勇士塔塔兰当时家住入城处的阿维尼翁路左手第三栋住宅。那是一座塔拉斯贡式的漂亮独家小宅院。宅前有花园,宅后有阳台,雪白的墙壁,碧绿的百叶窗。宅门口有一群萨瓦①小孩,有的玩跳房子,有的晒太阳睡觉,头枕在擦皮鞋的盒子上。

从外面看上去,那宅院并没有什么了不起的地方。

从来也没有人认为眼前的房屋是一位英雄的宅第。然而,只要你一走进去,好家伙!……

从地窖到顶楼,整个建筑都显出一派英雄气概,连花园都如此!

啊!塔塔兰的花园!在欧洲你找不出一座像这样的花园。没有一棵本地的树,没有一朵法国的花。那里只长着来

---

① 萨瓦,法国地区名,位于东南部与意大利交界处。

自异国的植物,橡胶树、加拉巴士木①、棉树、椰子树、芒果树、香蕉树、棕榈树,还有一棵猴面包树、各种仙人掌以及巴巴利亚②的无花果树。你简直以为自己身处非洲的腹地,离塔拉斯贡有万里之遥。当然,这里的一切都并非与天然植物一般大小,比如,椰子树几乎不比甜菜大;那棵猴面包树③(原意为巨大无比的树,arbor gigantea)也舒舒服服地坐在养木犀草的花盆里。不过,这些都无所谓!对塔拉斯贡来说,这已经相当不错了。礼拜天,城里人有幸前来观赏塔塔兰的猴面包树,回家时总是赞赏得五体投地。

想想,我在穿过这精妙绝伦的花园时,该怎样激情满怀呀!……当有人将我引进英雄的书房时,那又是一番景象了。

这间书房也是这座城市的奇珍异品之一,它坐落在花园的深处,一打开玻璃门,就是那株猴面包树。

你不妨想象一番,一间大厅堂的四壁挂满了枪支和大刀,从房顶到地上;世界各国的各种武器都囊括其中:卡宾枪、来复枪、喇叭口火枪、科西嘉④刀、加泰罗尼亚⑤刀、转轮手枪两用刀、匕首两用刀、马来人的波刃短剑、加勒比人的箭、燧石

---

① 加拉巴士木,生长在南美洲的树。
② 昔日统称非洲北部位于埃及以西的国家为巴巴利亚,如摩洛哥、阿尔及利亚、突尼斯等。
③ 猴面包树,生长在热带地区如非洲、澳大利亚等地的树,树干巨大,树围可达二十米。
④ 科西嘉,位于地中海的岛屿,是法国的一个海外省。
⑤ 加泰罗尼亚,位于西班牙东北部。

箭、铁拳头①、头上包铅的短棍、霍屯督人②的狼牙棒、墨西哥人的套马索,应有尽有!

此外,火热的阳光将各式双刃剑上的钢铁和枪托照得锃亮,仿佛要让你起更多的鸡皮疙瘩……不过,刀光剑影中透出的井井有序和一尘不染又让人多少消除点疑虑。这里的一切都摆放整齐,得到精心保养、擦拭,并贴上标签,像在药店里一样。每隔一段距离都可以看到一块善意的警示牌,牌上写着:

"毒箭,别触摸!"

或者:

"上膛武器,当心!"

如果没有这些警示牌,说什么我也不敢进屋。

书房的中央有一张独脚小圆桌。圆桌上放了一小瓶朗姆酒、一只土耳其烟袋、一本《库克船长游记》、几本库珀③和古斯塔夫·艾玛尔④的小说以及狩猎故事集,如猎熊、放隼捕猎、猎象等等。最后是一个坐在小圆桌前的男人。此人在四十岁到四十五岁之间,矮个儿,肥胖,粗壮,脸色红润。他单穿一件衬衫及法兰绒短衬裤,脸上蓄着厚密的短须,目光炯炯。他一只手拿着一本书,另一只手挥动着一只硕大的带铁盖的烟斗。他一边读着不知什么样的猎头族的精彩故事,一边努出下唇狠狠地撇着嘴,那撇嘴的模样给他那张塔拉斯贡领微薄年金者诚实的脸增添了又凶狠又憨厚的特色,这特色也正

---

① 铁拳头,美洲人使用的套在手指上的凶器。
② 霍屯督人,居住在西南非洲。
③ 库珀(1789—1851),美国惊险小说作家。
④ 古斯塔夫·艾玛尔(1818—1883),法国作家,擅长写美洲发生的事情。

在这座宅院里大行其道。

此人正是塔塔兰,塔拉斯贡人氏塔塔兰,塔拉斯贡城那位勇猛、伟大、无与伦比的塔塔兰。

二 塔拉斯贡市一瞥

猎 帽 者

我跟你谈到他时,塔拉斯贡的塔塔兰还不是今天的塔塔兰,还不是这位在法国南部如此众望所归的、伟大的塔拉斯贡的塔塔兰。不过,就在当时,他已经是塔拉斯贡之王了。

我们先说说他这王位从何而来。

你首先应该知道的是,在那边,人人都是猎人,从最显赫的大人物,到地位最低微的小人物。狩猎是塔拉斯贡人的嗜好,而这种嗜好从神话时代就开始了。那时,塔拉斯各龙在城市的沼泽地带兴妖作怪,当年的塔拉斯贡人便组织起来千方百计搜捕这个妖怪。你也知道,那是很久以前的事了。

因此,每逢礼拜天早上,塔拉斯贡便倾城出动,拿起武器,走出城墙,背上背包,扛起猎枪,身边有大群的猎犬和白鼬随行,身上还挂着猎号和号角。看上去煞是壮观……只可惜没有猎物,绝对没有。

你想想,禽兽们再愚蠢,久而久之,它们也会警惕起来的。

在塔拉斯贡城外方圆五里尔的范围,狐兔等等的洞穴是兽去穴空,鸟窝也都荒无一禽了。不见乌鸫,不见鹌鹑,连兔崽都杳无踪影,更别说最小的白尾鸟了。

可是,塔拉斯贡那些美丽的小山冈实在太诱人,漫山遍野的爱神木、薰衣草、迷迭香香气扑鼻；罗讷河边那层层叠叠布满山冈的麝香葡萄，子粒饱满，香甜可口，也令人馋涎欲滴……的确如此，然而，山冈后面就是塔拉斯贡城。在飞禽走兽的小世界里，塔拉斯贡早已声名狼藉。候鸟们主动在它们的路条上划个大叉，把这个城市记录在案。当大雁排成长长的人字形飞往卡马尔格时，它们只要远远望见这个城市的钟楼，领头雁便会扯开嗓子大叫："前面是塔拉斯贡！……前面是塔拉斯贡！"雁群随即调转方向。

总之，说到猎物，当地也就剩下了一只老不死的野兔，那家伙奇迹般躲过了塔拉斯贡的九月大屠杀①，而且顽固地在那里生活下去。这只野兔在塔拉斯贡城家喻户晓，人们给它起了一个名字，叫飞毛腿。谁都知道它的窝筑在邦巴尔先生的地里（顺便说一句，这件事把他那片土地的身价抬高到两倍，甚至三倍），但时至今日，还没有谁能抓住它。

如今，也只有两三个狂热分子还在对它紧追不舍。

其余的人已经死心了，而且，长久以来，飞毛腿已然变成了当地的迷信，尽管塔拉斯贡人天生不怎么迷信，他们一旦抓住燕子，也会串起来烤了吃。

噢！你们会问我，既然塔拉斯贡野物奇缺，那塔拉斯贡的猎人们每个礼拜天都干些什么呢？

他们干些什么？

唉，我的上帝！他们去离城两三里尔的乡野呀。他们五六成群，安安稳稳地躺在背阴的地方，井边、断垣残壁脚下或橄榄树下。他们从自己的小猎袋里取出一大块焖牛肉，几个

---

① 指1792年在法国发生的对政治犯的大屠杀。

生葱,一根粗大的红肠、几条海蜒鱼。于是,没完没了的午餐便开始了,席间,罗讷河的美酒醉得他们又笑又唱。

随后,酒醉饭饱了,大伙儿便站起身来。他们吹口哨叫来猎犬,上好枪膛,开始狩猎。即是说,每位先生各自摘下头上的鸭舌帽,使出浑身力气将帽子往空中一抛,紧接着向空中的帽子开枪,开五枪,六枪或两枪——按事先相约而定。

射中帽子最多的人被宣布为狩猎之王。傍晚时分,他以凯旋者的身份在狗吠和猎号声中回到塔拉斯贡,枪尖上挂着布满窟窿的鸭舌帽。

在城里,猎人帽生意兴隆,那是不言而喻的。有些帽商甚至专卖一些事先捅了窟窿并撕碎了的帽子给那些笨手笨脚的人使用。不过,人们几乎只知道药剂师贝祖盖常去买这种帽子,这毕竟不大体面!

要说猎帽者,塔拉斯贡的塔塔兰可算是天下无双。每个礼拜天清晨,他总是戴一顶崭新的猎帽出发;每个礼拜天晚上回家时,帽子已经成了破片。在他那座猴面包树小宅第,几间顶楼都塞满了这些荣耀的战利品。因此,塔拉斯贡市民无一例外,都认他为师。而且,由于塔塔兰对狩猎法典造诣颇深,又读破了五花八门的狩猎专论和手册,从猎帽到猎缅甸虎,无不涉及,城里的先生们便尊他为伸张正义的狩猎大裁判,凡遇争端,都请他仲裁。

每天,从三点到四点,在武器商人科斯特卡德家里,人们都能看见一个肥壮的汉子正襟危坐在一把绿皮圈椅里,嘴里含着烟斗。他坐在店铺的正中央,周边围满了猎帽者,他们正站在那里争吵不休呢。此人正是塔拉斯贡人氏塔塔兰,他正在进行审判,俨然是宁录①加所罗门②在世。

三 嚷!嚷!嚷!

塔拉斯贡市一瞥续篇

塔拉斯贡这强势一族岂止热衷于狩猎,他们还对另一件事情有独钟:那就是抒情歌曲。在这个小城里,为抒情歌曲花费的时间和精力之多,简直令人难以置信。所有那些束之高阁已经发黄的老情歌歌篇,在塔拉斯贡都青春常在,光彩照人。而且非常完整,无一缺失。每家每户都有自己的一首,而且每一首都在全城家喻户晓。比如,谁都知道药剂师贝祖盖家的情歌是:

你,我所钟情的洁白的星星;

武器商科斯特卡德家的是:

你愿意来小茅屋之乡吗?

税务员家的是:

假如别人看不见我,谁也看不见我。

(滑稽小调)

以此类推,全塔拉斯贡都如此。每个礼拜两三次,大家在这家聚会,或在那家聚会,然后互相唱歌。奇怪的是,他们唱

---

① 宁录(Nemrod),传说中的迦勒底国王。圣经称他为强有力的狩猎者。
② 所罗门,以色列国王,约公元前973年到公元前930年在位。以擅长管理国家著称。

的永远是那些歌,塔拉斯贡这些善良的人唱了多少年,却从来没有变一变的愿望。家家户户都是父传子承,从没有人稍加触动。那是神圣不可侵犯的。甚至从没有人互相借鉴、模仿。科斯特卡德家的人永远想不到去唱贝祖盖家的歌,贝祖盖家的人也永远不会想到去唱科斯特卡德家的歌。但你一定以为,他们互相唱了四十年的歌,肯定已经把所有的歌记得滚瓜烂熟了。才不呢!人人都只记自家那一首,个个都十分满足。

抒情歌曲跟猎帽活动一样,全城坐第一把交椅的仍然是塔塔兰。他压倒乡亲们的优势在于:塔拉斯贡的塔塔兰没有自己的情歌,因而拥有全部情歌。

全部!

不过,要让他唱那些歌却难上加难。每天早早地从沙龙载誉而归之后,这位塔拉斯贡英雄总喜欢一头扎进狩猎书籍里,或去联谊会度过夜晚,他才不愿意站在尼姆制造的钢琴前面,在塔拉斯贡制造的两支蜡烛照耀下,装模作样地唱歌呢。这种炫耀音乐的活动似乎太不在他的话下了……不过,有时候,当他听见药剂师贝祖盖家传出音乐声时,他也会像不期而至似的走进去。在让别人再三邀请之后,他会同意来一段二重唱《魔鬼罗贝尔》,与他搭档的是贝祖盖老夫人……谁没有听过他们的歌,就等于什么也没有听过……至于我,就算我活一百岁,他唱歌的情景也会一辈子浮现在我的眼前:伟人塔塔兰一本正经地走近钢琴,将臂肘支在琴上,撇着嘴,在铺面那些大口玻璃药瓶的绿色反光里,试图让自己那张不错的脸显出穷凶极恶的魔鬼罗贝尔凶残的表情。他刚摆好姿势,全沙龙立即震颤起来:大家预感到要发生什么非同小可的事儿了……这时,贝祖盖老夫人在片刻肃静之后,开始自己伴奏着唱道：

> 罗贝尔，我热爱的你，
> 你，曾接受我山盟海誓的你，
> 你已看见我多么恐惧（重唱）。
> 饶恕吧，为你自己，
> 饶恕吧，也为我自己。

唱毕，她低声说道："塔塔兰，该您了。"这时，塔拉斯贡的塔塔兰伸出手臂，捏紧拳头，鼻翼颤动，用大得吓人的声音连叫三声，像阵阵雷鸣，滚进钢琴的深处："侬（不）！……侬！……侬！……"用地中海一带的发声就成了"曩！……曩！……曩！……"这时，贝祖盖老夫人再唱一遍：

> 饶恕吧，为你自己，
> 饶恕吧，也为我自己。

"曩！……曩！……曩！……"塔塔兰叫得越发起劲了，随即打住……时间并不长，你也看见了；但他吼得如此之有劲，表情如此之丰富，如此之凶神恶煞，药铺里的人顿时吓得哆嗦，却硬要他再把他的"曩！……曩！……曩！……"连续叫四五次。

叫毕，塔塔兰擦擦额头，对女士们笑容可掬，对男士们挤挤眼，之后，便得胜将军似的告辞了。他来到联谊会，装出无所谓的神气说："我刚才在贝祖盖家唱了二重唱《魔鬼罗贝尔》！"

而最过分的是，他对此竟深信不疑！

四 "他们"！！！

正是这些五花八门的才能使塔拉斯贡的塔塔兰在城里得到如此显赫的地位。

再说，这家伙善于笼络全城的人心，这也是一件值得肯定的事。

在塔拉斯贡，军队拥护塔塔兰。已退休的服装装备上尉，好司令布拉维达谈到他时，说："是个能干的家伙！"你想想，司令用服装装备过那么多能人，他对能人该有多内行。

司法界拥护塔塔兰。有两三次，在公开审判时，老庭长拉德维兹谈到他时，说："他是个刚强的汉子！"

最后，老百姓也拥护塔塔兰。他宽阔的外形，他走路的步态，他的神气，那种闻声不惊的号角手坐骑的神气，还有不知从何而来的，他那英雄的美誉，以及他对躺在他家门前的擦鞋娃娃时而布施铜板时而饱以老拳的做派，都使他成了当地的西摩爵士①，成了塔拉斯贡城的市井之王。每逢周日晚上，塔塔兰狩猎回来，破猎帽盖住猎枪的枪口，身子裹在紧身绒线外衣里，罗讷河码头的脚夫一见，便毕恭毕敬地弯腰行礼，并用眼角互相示意，看他手臂上鼓出的大块肌肉动来动去。他们还赞叹不已地交头接耳：

"这人好壮实呀！……他有'双层肌肉'！"

---

① 英国有两位姓西摩的爵士，一位是托马斯·西摩（1508—1549），外交家，军人和行政官员。另一位是爱德华·西摩爵士（1633—1708），为英国政治家。还有一位名叫亨利·西摩的英国爵士（1805—1860），据说以一生举止古怪而闻名于世。不知此处指哪一位。

"双层肌肉!"

只有在塔拉斯贡才会听到这样的事!

然而,尽管他才华横溢,拥有双层肌肉,还得到老百姓的厚爱,以及原服装装备上尉、好司令布拉维达如此难能可贵的器重,塔塔兰仍然郁郁寡欢。小城的生活让他难以忍受,让他感到窒息。塔拉斯贡的伟人已然在塔拉斯贡城烦恼不堪了。事实是,像他那样的英雄气质,像他那样酷爱冒险、狂热难驭的性格,他朝思暮想的是去战斗、去潘帕斯草原①狂奔、去猎杀猛兽;他在梦中看见的是广袤的沙漠、飓风、台风;而每逢周日他去捕猎的却是鸭舌帽,余下的时间又是去武器商人科斯特卡德家搞审判,这也太……可怜的伟人!时间一长,他恐怕难免未老先衰,一命呜呼吧。

他试图扩大自己的眼界,把联谊会和商埠广场略微抛在脑后,但白费力气!他在身边全种上猴面包树和别的非洲植物,那也白费心机!他堆积武器,枪重枪,短剑重短剑,都白费了苦心!他传奇小说读得再多,也枉费精神,尽管他像不朽的堂吉诃德那样,凭梦想的力量千方百计把自己从无情现实的魔爪里拽出来……唉!他为了缓和自己对冒险的渴望而做的一切,反倒加剧了这种渴望。每当他看见他那些武器,他都会陷入持续不断的愤怒和冲动状态。他的来复枪、他的箭和套索都在向他呼喊:"战斗!战斗!"在他那株猴面包树的枝叶间,吹拂着远途旅行的风,风儿也在给他出着坏主意。末了,就是古斯塔夫·艾玛尔和库珀……

啊!在夏日沉闷的午后,当他独自坐在武器堆中看书时,

---

① 潘帕斯草原,位于南美洲。

有多少次,他站起身来仰天长啸;有多少次,他扔掉手中的书籍,奔向墙壁,取下他的全副武器!

这可怜的人忘记了,他身在塔拉斯贡自己的家里,头缠丝绸巾,身穿短衬裤。他这是在把阅读付诸行动,而且,他听见自己的声音竟兴奋起来,挥舞着斧头或印第安人的战斧,大叫道:

"现在,让'他们'都来!"

"他们"?谁是"他们"?

对此,塔塔兰自己也不太清楚……"他们"!是指一切在进攻的,一切在战斗的,一切在撕咬的,一切在抓搔的,一切在割带发头皮的,一切在嗥叫的,一切在狮吼的……"他们"!那是印第安苏人①,他们正围着战争木桩跳舞,木桩上捆着倒霉的白人。

那是洛基山上的灰熊,它正在蹒跚地走路,用血淋淋的舌头舔着自己的身子。那是大漠里的图阿雷格人②、马来海盗、阿布鲁齐③人……"他们",归根到底,就是"他们!"……即是说战争、旅行、奇遇、光荣。

然而,唉!这位塔拉斯贡勇士无论怎么呼唤"他们",向"他们"挑战,都枉费心机……"他们"永远不会来……哎呀呀!"他们"来塔拉斯贡干什么?

可是塔塔兰却一直在等待"他们"——尤其在晚上去联谊会的当儿。

---

① 苏人,北美印第安人的一个部族。
② 指撒哈拉沙漠地区的游牧民族。
③ 阿布鲁齐,意大利中部的山区,在亚平宁半岛。

五 塔塔兰赴联谊会之际

神庙的骑士准备出征讨伐围困庙宇的非基督教徒,中国虎全副武装即将投入战斗,科曼契将士①正奔赴沙场,这一切与塔拉斯贡人氏塔塔兰相比简直等于零。武装到牙齿的他正在往联谊会进发,时间是晚上九点,吹响归营军号一个钟头之后。

准备战斗!水手们如是说。

塔塔兰左手握一只带铁尖的铁拳头,右手持一柄剑杖,左衣兜里揣一根铁头短棍,右衣兜里放一杆左轮手枪。胸前有一柄马来波刃短剑躺在毛呢外衣和法兰绒衬衫之间。相反,他从不带毒箭,这类武器太不光明正大了!……

出征之前,他在静穆、阴暗的书房中先练了一阵,冲刺,往墙壁开枪,鼓鼓肌肉。之后,他拿上自己的万能钥匙,穿过花园,煞有介事,不慌不忙,——英国式的,先生们,英国式的!这才是地道的勇气呢——,到达花园尽头时,他打开沉重的铁门。他开得那么突然,那么猛,铁门险些碰到外边的山墙……如果"他们"藏在门后,你可以想象那会被压成怎样的肉酱!……可惜,"他们"没有在门后。

门开了,塔塔兰走出来,飞快地看一眼左边,再看一眼右边,迅速将门锁牢。随即上路。

在阿维尼翁路上,连猫都见不到一只。家家户户大门紧闭,窗户无光。一切都沉浸在黑暗里。每隔一段距离就有一

---

① 科曼契人,美国印第安人。

盏路灯在罗讷河的夜雾中闪烁。

塔拉斯贡的塔塔兰就这样傲气而又冷静地在夜色中行走着,他的鞋跟敲出有节奏的哒哒声,他的剑杖带铁的杖头在地上砸出了火星……无论是林阴大道,还是大街或小巷,他都小心翼翼地走在道路的中央,这绝好的防范措施可以让他预知危险如何降临,尤其可以避开塔拉斯贡沿街窗户里有时在夜间会掉下来的什么东西。看见他如此小心谨慎,你起码不应该认为塔塔兰害怕什么……不!他只不过有所警惕罢了。

塔塔兰无所畏惧的最好佐证,是他去联谊会并不走林阴大道,而是穿城而过,即是说,走最长、最黑暗的路线,一路上尽是些肮脏险恶的小街道,小街道尽头还有罗讷河水闪着阴森森的微光。这可怜的汉子总希望在他转到其中的某个可能遭到暗算的危险小街时,"他们"突然从暗处跳出来,直扑他的后背。"他们"完全可能遇上劲敌,被打得落花流水,这点,我可以保证。可惜呀!由于命运的捉弄,塔拉斯贡的塔塔兰从来,绝对是从来,没有运气遇上这种暗藏杀机的情况。甚至没有遇上一只狗,一个醉汉。什么也没有!

不过,有时也会虚惊一场。脚步声、压低的说话声……"小心!"塔塔兰自言自语。于是,他就地站定,仔细观察暗处,窥测情况,用印第安人的模式把耳朵贴在地上……脚步走近了。话音变得清晰……再也不必怀疑!"他们"正走过来……"他们"到了。塔塔兰两眼发红,气喘吁吁,身子已经缩成一团,活像一只美洲豹。他正准备像在战场一样大吼一声蹦跳起来……却猛然听见黑暗深处有一个塔拉斯贡亲切的声音在叫他,声音平静而安详:

"是你吗!……是塔塔兰……再见,塔塔兰!"

真倒霉！是药剂师贝祖盖和他的家人，他们在科斯特卡德家唱了自己那首歌之后刚走出来。——"晚安！晚安！"塔塔兰没好气地咕哝道。他为自己的误会气冲牛斗，狠狠地举起剑杖，朝夜色深处走去。

来到联谊会所在的街道，这位塔拉斯贡勇士在走进去之前，还在大门外踱着方步等了一会……末了，等"他们"等得好生厌烦，塔塔兰肯定"他们"不会露面，这才往黑暗处轻蔑地瞪了一眼，愤怒地喃喃说道："没有！没有！……永远没有！……"

这之后，好人塔塔兰才进屋去和司令一起玩纸牌。

六　两位塔塔兰

塔拉斯贡人氏塔塔兰如此狂热地爱好惊险奇遇，又那样渴求强烈的刺激，还疯狂偏爱旅行、竞赛，出远门，那他怎么从没有离开过塔拉斯贡呢？

这是事实。这位塔拉斯贡勇士年届四十有五还不曾有过住宿本城之外的记录。他甚至没有做过名声在外的马赛之游，而本分的普罗旺斯人在成年时却都曾破费去那里游玩过。说他了解博凯尔就算到顶了，可博凯尔离塔拉斯贡并不远，因为去那里只需过一座桥。倒霉的是，这该死的桥经常被风刮走，桥又那么长，那么不牢固，而罗讷河在这个地段又那么宽，的确是，你该理解了吧……塔拉斯贡的塔塔兰还是宁愿在牢靠的陆地上待着。

因为必须向你承认的是，在我们的英雄身上存在着两种截然不同的天性："我感觉我身上有两个人。"不知哪位神甫这么说过。放到塔塔兰身上,他说得确实不错。塔塔兰具有堂吉诃德的灵魂,同样的骑士式冲动,同样的英雄主义理想,对崇高伟大和浪漫传奇同样疯狂的癖好。可惜,他没有那位闻名遐迩的西班牙贵族的体态,那瘦骨嶙峋的身体可以提供机会,一旦物质生活缺了支撑,他可以二十天过夜不解开甲胄的扣子,也可以四十八小时只吃一撮米……塔塔兰的体态却恰恰相反,那是壮汉的身体,又胖,又重,既好色,又娇弱。他喜欢唉声叹气,对布尔乔亚的生活胃口很大,对家庭生活也要求颇高。他大腹便便,五短身材,活像不朽的桑丘·潘沙①。

集堂吉诃德和桑丘·潘沙于一身!你该明白这两人在他身上相处是怎样地不和谐!怎样地互相撕打!怎样地互相诋毁!……啊!吕西安②或圣·埃伏雷蒙③可以写出多么漂亮的对话作品呀!两个塔塔兰之间的对话,塔塔兰-吉诃德与塔塔兰-桑丘的对话!塔塔兰-吉诃德在阅读古斯塔夫·艾玛尔的故事时万分兴奋,大叫道:"我要出发!"

塔塔兰-桑丘只考虑自己的风湿病,说:"我留下。"

塔塔兰-吉诃德,激昂慷慨:穿上光荣战袍吧,塔塔兰。

塔塔兰-桑丘,十分冷静:塔塔兰,穿上绒衣吧。

塔塔兰-吉诃德,越来越兴奋:啊!连发两弹的来复枪!啊!短剑,套索,鹿皮鞋!

塔塔兰-桑丘,越来越冷静:啊!柔软的毛线坎肩!暖和的护膝!啊!带护耳的好帽子!

---

① 桑丘·潘沙,西班牙小说家塞万提斯的名著《堂吉诃德》中游侠骑士堂吉诃德的侍从。
② 吕西安(125—192),希腊作家,《死人的对话》的作者。
③ 圣·埃伏雷蒙(1615—1703),法国作家,作品以幽默辛辣著称。

塔塔兰-吉诃德,大怒:来一把板斧!给我拿一把板斧来!

塔塔兰-桑丘,打铃叫女佣:让内特,把巧克力端上来。

于是,让内特端着一杯上等的巧克力出现了,巧克力热气腾腾,香甜可口,还闪着波纹,同时端上来的还有香料烹制的鲜美无比的烤肉,让塔塔兰-桑丘开怀大笑,也堵住了塔塔兰-吉诃德的叫喊。

以上的情节可以说明塔拉斯贡的塔塔兰缘何从未离开过塔拉斯贡。

七 欧洲人在上海。高档贸易。鞑靼人。

塔拉斯贡的塔塔兰会是骗子吗?海市蜃楼。

不过,有一次,塔塔兰差点启程做一次长途旅行。

在上海定居的塔拉斯贡生意人加西奥-加缪三兄弟聘请他去那边担任一间商行的经理。那,嘿,才是他应该过的生活呢。大宗的买卖,一大群由他管理的伙计,同俄罗斯、波斯、亚洲土耳其的商贸关系,一言以蔽之,高档贸易。

在塔塔兰嘴里,高档贸易几个字显得多高呀!……

此外,加西奥-加缪兄弟的公司还有另一个优越之处:有时鞑靼人会光顾店堂。一见他们就得赶快关上大门,所有的伙计会立即拿起武器,升起领事旗。接着,砰!砰!从窗口射出去,射击目标是鞑靼人。

我没有必要向你描述,塔塔兰-吉诃德以怎样的热情向这个建议扑了过去。可惜,塔塔兰-桑丘对此却并不以为然,而且,因为他占上风,这件事便泡了汤。在城里,大家议论纷纷。他会去吗?他不会去吧?咱打赌,他会去,咱也打赌,他不会去。那简直是件大事……到头来,塔塔兰还是没有去,不过,这个故事却使他身价百倍。差点去上海,或已经去上海,在塔拉斯贡人眼里完全是一回事。谈塔塔兰的上海之行谈得太多,到头来大家竟相信他是从上海回来的。晚上,在联谊会,相信的先生们便向他打听有关上海的生活、风俗、气候、鸦片、高档贸易。

塔塔兰早已心中有数,便十分乐意给他们提供他们需要的细节。久而久之,这位好汉自己也不能肯定他没有去过上海了。这一来,在上百次描述鞑靼人如何光顾店堂时,他竟然毫不做作地说:"于是,我命伙计们拿起武器,我自己去升起领事旗。接着,砰! 砰! 从窗口射出去,射击目标是鞑靼人。"联谊会的全体成员听见他的故事都吓得哆嗦……

"这么说,您那塔塔兰只不过是个可恶的大话王。"

"不! 绝对不是! 塔塔兰不是大话王。"

"可是,他应该知道,他并没有去过上海!"

"当然,他知道这点,不过……"

不过,请好好听听这点:是时候了,应该一劳永逸地就北方人强加给地中海沿岸居民的"大话王"的声誉问题达成共识了。南方没有说谎的人,马赛没有,尼姆也没有,图卢兹也没有,塔拉斯贡也没有。南方人不说谎,他们只弄错。他们并非随时都说真话,但他们以为自己说了真话……他们特有的谎话,那不是谎话,那是某种海市蜃楼……

是的,是海市蜃楼! ……你要想真正理解我,你就去南方走一趟,那时你就会看个明白。你会看到,在这个怪地方,太阳让一切都变了样,让一切都显得比天然的更大。你会看到,普罗旺斯的小丘陵本不比蒙马特高地高,可那些丘陵却显得高大无比。你会看到,尼姆的方形教堂本是一座小巧玲珑的木板房,但看上去仿佛跟巴黎圣母院一般高大。你会看见……噢!南方如果有一个说谎者,那就是阳光,阳光是唯一的说谎者……凡是阳光接触到的东西,阳光都会将它夸大!……鼎盛时期的斯巴达①是什么?一个小镇……雅典又怎么样?最多是一个县……然而在历史上,它们给我们的印象好像是广大无比的城市。这就是阳光造成的……

你了解这些之后,还会对下面的情形感到奇怪吗:同样的阳光照到塔拉斯贡,就能使昔日的服装装备中尉布拉维达之流变成好司令,就会把一个萝卜变成一棵猴面包树,就会使差点去上海的人变成去过上海的人?

八 米泰讷动物园。阿特拉斯雄狮在塔拉斯贡。

令人胆寒而又庄严的会见

我们既然已经展示了塔拉斯贡人氏塔塔兰在他誉满天下、功成名就之前的私人阅历,我们既然已经叙述了他在一个相对低微的圈子里的传奇生活,他的欢乐、他的痛苦、他的梦想、他的希望,现在,让我们赶紧进入他历史的辉煌篇章和一桩离奇的大事吧,这桩大事将会使他那无与伦比的命运得以

---

① 斯巴达,古希腊多利安人依宪法建立的一个共和国,曾征服整个伯罗奔尼撒并战胜雅典,约公元前404年在与雅典的战争中衰落。

飞跃。

一天晚上,在武器商科斯特卡德家里,塔拉斯贡的塔塔兰正在向几个业余爱好者表演枪法,撞针枪在当时还是全新的东西……这时,大门突然打开,一个猎帽人闯进了店铺。他满脸惊恐,大声嚷道:"一头狮子!……一头狮子!……"众人震惊,一片恐惧,一片混乱,一阵推搡。塔塔兰拼着刺刀。科斯特卡德跑去关上大门。大伙儿遂围住猎帽人,询问他,催促他,下面便是他们得知的情况:米泰讷动物园从博凯尔集市回家途中,答应在塔拉斯贡停留几天,刚在城堡广场安顿下来。随行的动物一大堆,有蟒蛇、海豹、鳄鱼和一头极漂亮的阿特拉斯①雄狮。

一头阿特拉斯雄狮在塔拉斯贡!有史以来,这样的事情见所未见。因此,瞧瞧我们那些猎帽好汉是怎样自豪地你看着我,我看着你吧!在他们那男子气十足的脸上焕发着怎样的光彩!在科斯特卡德店铺的各个角落,人们在怎样安静而又激动地互相握手呀!太激动,太想不到了,所以谁也说不出一句话……

连塔塔兰也如此。他脸色苍白,全身微微颤抖,双手一直握住那杆带刺刀的枪,他站在柜台前想着心事……一头阿特拉斯雄狮,就在那里,很近,就两步之遥!一头雄狮!也就是说,一头极其英武又极其凶暴的野兽,猛兽之王,他梦想的猎物,一种类似最优秀的歌舞团中的首席演员那样的角色,而在他浮想联翩时,这个歌舞团为他演出了多少动人的悲喜剧……

---

① 阿特拉斯,位于非洲北部的山脉。

一头雄狮,诸神啊!……

而且还是阿特拉斯的!!!这已经超出伟人塔塔兰能够承受的范围了……

忽然,他的脸一下子变得通红。

他的双眼火一般发出亮光。他像抽搐一样把那杆撞针长枪挂到肩上,转身面对着昔日的服装装备上尉,好司令布拉维达,用雷鸣般的声音说道:"走,去看看,司令。"

"嘿!别!……嘿!别!……我的枪!……您带走了我的长枪!……"谨慎的科斯特卡德胆怯地冒险叫道。然而塔塔兰已经转到别的街上了,跟在他身后的是那些猎帽人,他们正在豪迈地亦步亦趋。

他们来到动物园时,那里已经人山人海了。塔拉斯贡人本是英雄一族,但他们有太长的时间没有观看轰动场景了,所以,他们一冲进米泰讷临时搭建的木房,便攻而占之。这一来,米泰讷胖太太感到格外得意……她身穿卡比利亚①民族服装,两臂袒露到肘部,脚踝戴着铁镯,一只手握一根马鞭,另一只手抓住一只活小鸡,尽管小鸡已经拔了毛。这位小有名气的太太正殷勤地接待着塔拉斯贡人,由于她也有一身"双层肌肉",她的成功与她那些动物演员的成功几乎同样辉煌。

肩扛长枪的塔塔兰一闯入,原有的观众着实吓了一跳。

那些老实的塔拉斯贡人原本在各个兽笼前面走来走去,神态安详,手无寸铁,毫不提防,甚至没有任何面临危险的概念。他们一见伟人塔塔兰闯进木板房,还带着吓人的战争工

---

① 卡比利亚,阿尔及利亚山区名,卡比尔人指居住在阿尔及利亚的柏柏尔人。

具,不禁恐慌得哆嗦了一下。看来,的确有什么东西让人害怕,既然他,这位英雄都……转瞬间,兽笼前面便杳无一人了。孩子们恐惧地哭叫着,太太们注视着大门。药剂师贝祖盖借口取枪,溜掉了。

不过,塔塔兰的态度逐渐使大家消除了疑虑,找回了勇气。只见这位塔拉斯贡的勇士神态冷静,昂首慢步,绕木板房缓缓走了一圈。他在海豹的池子前走过时并不停步;他不屑地看了一眼长长的装满麸皮的箱子,那条蟒蛇正在里面消化它的生鲜小鸡;他来到狮子笼前面时终于驻足!……

令人胆寒而又庄严的会见!塔拉斯贡的雄狮和阿特拉斯的雄狮互相面对面……一边是塔塔兰,他挺立着,两腿笔直,两臂靠在来复枪上;另一边是雄狮,一头伟岸的雄狮,它伸开四肢卧在干草上,眼睛眨个不停,神态呆钝,长着黄毛的大嘴放在两个前爪之间……他俩都很冷静,互相端详着。

真是咄咄怪事!或许因为那杆撞针长枪让狮子生气,或许因为狮子嗅出了面前是与自己同类的敌手,它一反此前对待塔拉斯贡人轻蔑到冲他们鼻子打哈欠的王者风度,竟突然暴怒起来。它先用鼻子吸气,低沉地嗥叫几声,张开爪子,伸伸腿,然后站起身,抬起头,摇摇狮鬣,张开血盆大口,冲塔塔兰咆哮一声。

一声惊恐的叫喊回应了狮子的咆哮。吓疯了的塔拉斯贡人朝大门冲了过去。所有的人,妇女、儿童、脚夫、猎帽人,还有好司令布拉维达自己……只有塔拉斯贡的塔塔兰纹丝不动……他站在那里,坚强、果敢,在狮笼前面,他目光炯炯,轻蔑地撇撇嘴,这个动作是全城的人都熟悉的……片刻之后,他的态度和牢固的铁栏杆使那些猎帽人略微放心了些,他们回头再往他们的领袖身边靠拢,这时,只听得塔塔兰看着狮子喃喃说道:"这个,对了,是一次狩猎。"

这天,塔拉斯贡的塔塔兰再没有多说一句话。

九　海市蜃楼的奇特效应

这天,塔拉斯贡人氏塔塔兰再没有多说一句话,然而,这倒霉的人就这样已经说得太多了。

翌日,城里谣传四起,谈的尽是塔塔兰近期将启程赴阿尔及利亚猎狮。亲爱的看官,你们都可以作证,这好人从没有提及过此事,然而,你们也知道,这海市蜃楼……

总而言之,全塔拉斯贡谈的都是这次启程的事。

在林阴大道上,在联谊会里,在科斯特卡德家,人们一见面都面有惧色地问:

"另外,您知道那消息吧,至少?"

"另外,什么?……塔塔兰要启程,至少?"

在塔拉斯贡,每一句话的开头都要加一个"另外",而且发音都是"另万",每一句话的末尾都要加一个"至少",而且发音都是"至善"。不过,这一天比哪一天都厉害,这"至善"和"另万"响得玻璃窗都震动了。

在得知他即将奔赴非洲时,全城最感到吃惊的人竟是塔塔兰自己。但是你最好见识见识什么叫虚荣心!可怜的塔塔兰非但没有简单明了地回答说,他根本就不会动身,他从来没有打算去那里,他在别人第一次同他谈及此次旅行时,竟做出支吾搪塞的模样说:"嘿!……嘿!……也许……我还不能肯定。"第二次谈及此事时,他对赴非的想法已经稍微习惯了些,便回答说:"有这种可能。"第三次回答时,他竟说:"这是肯定的!"

末了,晚上在联谊会和科斯特卡德家,倒霉的塔塔兰在鸡蛋潘趣酒①、捧场的欢呼声和灯光的驱动下,在被自己宣布赴非而轰动全城的业绩陶醉得飘飘然时,他竟明确宣布,他对猎帽已感到厌倦,他在不久的将来要去捕猎阿特拉斯的大雄狮。

他的宣言赢得了一片震耳欲聋的欢呼。之后,是新端上来的鸡蛋潘趣酒,是握手、拥抱和猴面包树小宅第大门前举行到半夜的火炬小夜曲晚会。

只有塔塔兰-桑丘不高兴!非洲之旅和捕猎狮子的想法本身早已让他嗷辣不已,后来,在回到宅第时,光荣小夜曲虽在窗下演奏正酣,他仍然冲着塔塔兰-吉诃德大吵大闹起来。他管塔塔兰-吉诃德叫疯子、想入非非的家伙、冒失鬼、地道的精神病患者。还白纸黑字一项项给他描述了这次远征必然遇到的所有灾难:海上失事、风湿病、疟疾、痢疾、黑死病、象皮病以及其他疫病……

尽管塔塔兰-吉诃德赌咒发誓说他不会轻率大意,他会穿戴暖和严实,他会带足所有的必需品,还是白费劲!塔塔兰-桑丘仍是油盐不进。这可怜的人已经看见自己被狮子们撕得粉碎,看见自己被大漠的黄沙吞没,有如已故的冈比西斯②。塔塔兰-吉诃德对他解释说,出征并不会马上成行,时间长着呢,说到底他们还没有动身嘛,这才让塔塔兰-桑丘稍微平静了些。

～～～～～～
① 潘趣酒,酒加糖、红茶、柠檬等调制的饮料。
② 冈比西斯(约前530—前522年在位),伊朗阿黑门尼德国王,曾征服埃及。

其实，很明显，为这样一次长征而上路，谁也不会不采取一些预防措施。你得明白是去哪儿，见鬼！总不能像鸟儿一样说飞就飞走了吧……

别的事情都在其次，这塔拉斯贡人首先要做的是阅读伟大的非洲旅行家的故事，如芒戈-派克①、卡叶②、利文斯通③博士、亨利·迪韦里埃④的游记。

在书本里，他发现这些英勇无畏的旅行家在穿上他们的凉鞋准备做长途旅行之前，已经做了长期的准备以忍受饥饿、口渴、强迫步行以及各种各样的缺吃少穿。塔塔兰也愿意照他们那样行事，于是，从那天开始，他就只吃"开水"——在塔拉斯贡，所谓的开水，就是几片面包放在开水里，再来一瓣大蒜，一点百里香，一丁点月桂。这样的饮食制度是够严酷的，你可以想象那可怜的桑丘会怎样地叫苦不迭……

在开水饮食的锻炼之外，塔拉斯贡的塔塔兰还做一些别的周到的练习。比如，为了习惯于长时间的步行，他强制自己每天早晨连续绕城走七八圈，时而加快脚步，时而以体操的步伐行走，两肘贴身，口含两块白色的小石头，那是古代时兴的办法。

此外，为了适应夜间的凉意、雾气和朝露，他每天晚上都来到他的花园，一待就是十到十一个钟头，就他一个人带着长

---

① 芒戈-派克(1771—1806)，苏格兰医生和探险家。
② 勒内·卡叶(1799—1838)，法国旅行家，第一个探访并描述马里的通布图的法国人。
③ 大卫·利文斯通(1813—1873)，苏格兰探险家，曾走遍中、南非洲，并与贩卖奴隶作斗争。
④ 亨利·迪韦里埃(1840—1892)，法国探险家，以探险撒哈拉沙漠而出名。

枪,潜伏在猴面包树后边……

最后,在米泰讷动物园停留塔拉斯贡期间,猎帽人只要在科斯特卡德家待得较晚,出门后经过城堡广场时,总能看见黑暗处有一个神秘的人在木板房后踱着方步。

那是塔拉斯贡的塔塔兰,他正在习惯让自己在黑夜里听见狮吼而不心惊胆战。

十 动身之前

在塔塔兰利用各种各样充满英雄气概的方法进行如此这般的锻炼时,全塔拉斯贡的市民都在注视着他,大家再也不关注别的事了。猎帽活动大伤元气,几乎处于停滞状态;抒情歌会也已偃旗息鼓。在贝祖盖的药房里,钢琴躺在绿罩布下无精打采;连斑蝥也萎靡不振,四仰八叉地躺在钢琴上面……塔塔兰的远征使一切都停顿了。

真该看看这位塔拉斯贡好汉在各沙龙里如何大获成功。有人硬把他拉到自己沙龙里去,有人为抢夺他还你争我斗,有人将他暂借了去,还有人将他骗到自己家里。对女士们来说,最大的荣耀就是挽着塔塔兰的手臂去米泰讷动物园,在那里的狮笼面前请他讲解如何着手捕猎这类大野兽,应该从哪里瞄准,必须距离多少步,事故是否频仍……

塔塔兰总是有求必应,做出各种说明。他曾经读过于勒·热拉尔①的书,对捕猎狮子了如指掌,犹如自己亲自干过一样。因此,他谈论这类事情有如悬河泻水,应对如流。

---

① 于勒·热拉尔(1817—1864),法国军人,以在非洲猎狮而闻名遐迩。

然而,最成功最让他满意的是他去拉德维兹庭长家或原服装装备上尉,好司令布拉维达家赴宴的晚上,在咖啡端上饭桌,所有的椅子都向他靠拢后,大家便请他谈谈他将来的狩猎……

于是,两肘支在桌布上,英雄边喝木哈咖啡①,边激动地讲述他在那边将会遇到的各种危险。他谈到在无月的夜晚长时间的潜伏等待、恶臭的沼泽、被欧洲夹竹桃毒害过的河流、大雪、烈日、蝎子、雨点般袭来的蝗虫。他还谈到阿特拉斯大狮子的习性、它们争斗袭击的方式、它们非凡的力气和它们在发情期的凶残……

接着,他竟被自己讲的故事激动得坐不住了,他从桌边站起来,一下子蹦到饭厅的中央。他模仿着雄狮的咆哮和卡宾枪的射击声,砰!砰!和子弹爆炸后的声音,嘶!嘶!他边做着狮吼,边指手画脚,把好些椅子都掀翻了。

围桌而坐的所有在场人都吓得脸色发白。男人们面面相觑,摇摇头;女士们惊恐地小声叫着,闭上眼睛;老人们挥舞着他们的长拐杖,同仇敌忾。被大人早早哄到旁边卧房里睡觉的娃娃们被狮吼和枪击声惊醒,吓蒙了,吵着要亮灯。

在此期间,塔塔兰却始终没有动身。

十一 用剑击,先生们,用剑击!……但别用针刺!

他是否真心诚意想动身呢?……这可是个微妙的问题,恐怕连研究塔塔兰生平的历史学家都难于回答。

---

① 木哈咖啡,原产于阿拉伯的上等咖啡。

不过，米泰讷动物园已经离开塔拉斯贡三个月了，而狮子的杀手却一点动静都没有……总而言之，这老实的英雄又被什么新的海市蜃楼蒙蔽了，他也许真心诚意认为自己已经去过了阿尔及利亚。或许，他一而再，再而三地讲述自己未来的狩猎活动，他便在想象中认为自己已经狩猎过了。由衷的程度就跟他相信自己已经在上海升起了领事旗，而且曾向鞑靼人开火，砰！砰！一样。

不幸的是，如果说，这一次塔拉斯贡的塔塔兰又成了海市蜃楼的牺牲品，塔拉斯贡的市民却并没有受骗。当三个月的等待过去之后，大家发觉猎人还没有整理行装，便开始嘀咕起来。

"这次又会跟上海一样！"科斯特卡德微笑着说。于是，这武器商人的微词一下子传遍了全城：因为没有人再相信塔塔兰了。

天真的人、怯懦的人、像贝祖盖那样见跳蚤都会吓跑而且开枪一定闭眼睛的人，这类人尤其铁面无情。无论在联谊会还是在广场，他们只要过去和可怜的塔塔兰攀谈，就会摆出不屑而嘲弄的架势：

"另外，旅行定在什么时候啊？"

在科斯特卡德的店铺里，他发表的意见也没人相信了。猎帽人竟然不认他们的头头！

后来，连讽刺短诗也掺和进来了。拉德维兹庭长向来就喜欢在闲暇时向普罗旺斯的诗神表示一点点爱慕之情，这次也用生硬的语言编了一首歌，还受到很多人追捧。歌词说的是某个名叫热尔韦师傅的著名猎手，他那支令人胆寒的猎枪本应把非洲的狮子全部消灭干净。不幸的是，这倒霉的猎枪性格十分怪异:"子弹老上膛,永远不出膛。"

永远不出膛!你该明白此话暗示着什么……

这首歌转眼间便家喻户晓,深受喜爱。当塔塔兰走过他们面前时,码头上的脚夫和他家大门外擦皮鞋的小孩就齐声合唱道:

> 热尔韦师傅的枪,
>
> 子弹老上膛,
>
> 热尔韦师傅的枪,
>
> 子弹老上膛,
>
> 永远不出膛。

不过,他们只敢远远地唱:因为害怕"双层肌肉"。

啊,塔拉斯贡人的迷恋是多么脆弱!……

不过,我们的伟人却装出什么也没看见,什么也没听见的样子。但实际上,这种隐隐约约却十分狠毒的攻击使他非常伤心。他感到塔拉斯贡正在从他手里溜掉,老百姓对他的青睐也正转移到别人身上,这一点真让他痛苦万分。

啊!"众望所归"这只大饭锅,坐在它面前的确很舒服,但它翻倒时该多烫人呀!

尽管塔塔兰内心很痛苦,他却照样微笑着,平静地过着自己的生活,好像什么也没有发生过。

不过,他出于骄傲而贴在自己脸上的这副欢欢喜喜无忧无虑的假面具,有时也会突然脱落。这时,大家看到的不再是嬉笑,而是愤怒和苦恼……

就这样,一天早上,那些擦皮鞋的小孩在他窗下唱着"热尔韦师傅的枪",小可怜虫们的歌声一直传到一筹莫展的伟人房间里,当时他正在镜子面前刮胡子。(塔塔兰是留胡须的,但因胡须长得太快太厚,他不得不多留些神。)

忽然,窗户砰的一声打开,塔塔兰出现了。他身穿衬衫,头戴包头软帽,满脸涂着白色的肥皂沫。他挥舞着刮胡刀和香皂,声似洪钟地叫道:

"用剑击,先生们,用剑击!……但别用针刺!"

豪言壮语,可载入史册,可惜他找错了说话的对象,那是些跟他们的鞋油盒一般高的小"该死的",而这些绅士又根本拿不动利剑。

十二 猴面包树小宅第内之谈话纪实

在一片背叛的声浪中,只有军队还坚持拥护塔塔兰。

原服装装备上尉,好司令布拉维达一如既往对他表示尊重:"他是个能干的家伙!"好司令固执地说。而他的肯定,我想,并不亚于药剂师贝祖盖的肯定……好司令没有一次暗示过非洲之旅,然而,当塔塔兰引起的公愤太大时,他也决定要说话了。

一天晚上,倒霉的塔塔兰正独自待在自己的书房里想伤心事,这时,他忽然看见好司令走了进来,而且神态严肃,戴着黑手套,衣扣一直扣到耳根。

"塔塔兰,"昔日的上尉用权威的口吻说道,"塔塔兰,应该动身了!"他说话时一直站在门框下——显得有责任一般严格、有分量。

"塔塔兰,应该动身了!"这句话包含的一切,塔拉斯贡人氏塔塔兰心知肚明。

他面色煞白,站起身来,用充满柔情的眼神看看周围,看看这间漂亮的、与外界隔离的书房,房里暖意融融,明亮温馨。宽大的圈椅是那么舒适,还有他的书、他的地毯、又大又白的窗帘,窗帘背后是簌簌颤动的、小花园里细长的树枝。接着,他朝好司令走过去,抓过他的手,并用力地紧紧握住。他话音里虽饱含眼泪,他却仍然坚忍不拔地说:"我会动身的,布拉维达!"

正如他说的,他要动身了,但还不是马上……他还需要时间从物质上做些准备。

首先,他在邦帕尔的店里定做了两个包铜皮的大箱子,箱子上有一个长长的牌子,牌子上刻着:

塔拉斯贡人氏塔塔兰
武器箱

包铜皮和刻字花去了很多时间。他还在塔斯塔万的店里定做了一本漂亮的游记簿,准备写日记,记录他的印象。因为,虽说是去猎狮,在旅途上总归会思绪万千的。

他随后又命人从马赛运来了一整船的食品罐头,还有干肉饼用来熬粥,一顶新样式的帐篷,可以自架自收,十分快速;还有几双水手靴,两把伞,一件雨衣,一对预防眼炎的蓝眼镜。最后是药剂师贝祖盖给他制作的一个手提式小药箱,里面装满了橡皮膏、山金车酊、樟脑、防病的醋。

可怜的塔塔兰!他干的这一切,都不是为了他自己,他是希望通过这些预防措施和无微不至的关怀,能够平息塔塔兰-桑丘的怒气。从他决定动身到现在,桑丘无论白天抑或夜晚都无法息怒。

十三 启 程

这一天终于到了,这是隆重盛大的日子,极其特殊的日子。

全体塔拉斯贡市民黎明即起,把去阿维尼翁路的路上以及猴面包树小宅第的周围挤得水泄不通。

窗户上、房顶上、树上,都有人。有罗讷河上商船的船员、脚夫、擦皮鞋的娃娃、中产阶层的男女、整经女工、塔夫绸纺织女工、联谊会会员,总之,全城的人。此外,还有从博凯尔过桥来到这里的人、郊区的菜农、乘带防雨篷的大车到来的人、骑漂亮骡子过来的葡萄种植人:骡子们打扮得花枝招展、滑稽可笑,有的丝带缠头,有的彩带缠耳,有的颈圈上系着铃铛,有的系着领结,有的戴着大铃。每隔一段距离甚至能看见一些阿尔勒来的美丽姑娘,她们是坐在情郎的身后,骑着铁灰色的卡马尔格小马到来的,头上缠着一条海蓝色的丝带。

这些人在塔塔兰的大门前你挤我,我撞你。这可爱的塔塔兰先生就要动身去土尔人那里杀狮子啦!

在塔拉斯贡人眼里,阿尔及利亚、非洲、希腊、波斯、土耳其、美索不达米亚①,这些地方构成了一个很模糊,甚至很神秘的地区,这个地区的人统称为土尔人(土耳其人)。

在杂乱拥挤的人群中,猎帽人走来走去,为他们头头的这份成功洋洋得意,在他们经过之处仿佛留下了纵横交错的光

---

① 美索不达米亚,位于中亚的底格里斯河与幼发拉底河之间,是古巴比伦和亚述文化的发源地。

荣痕迹。

在猴面包树宅第的大门外,停了两辆轿形双轮大车。宅门时开时关,人们可以看到里面有几个人在小花园里正儿八经地走来走去。几个男人将一些行李箱、大盒子、睡袋搬出来堆在双轮车上。

每看见一个新的行李,众人都要激动得哆嗦一下。大家便互相高声叫出这些东西的名称。"这个,这是轻便帐篷……那些,那些是食品罐头……药箱……武器箱……"猎帽人便对他们做些讲解。

将近十点钟时,人群中骤然有了大的动静。花园的大门在嘎嘎声中猛然打开了。

"就是他!……就是他!……"大伙儿叫道。

的确是他……

当他出现在门前时,人群中发出两声惊诧的大叫。

"那是个土尔人!……"

"他还戴着眼镜!"

原来,塔拉斯贡的塔塔兰认为,去阿尔及利亚他理应穿戴阿尔及利亚人的服装。只见他身穿宽大的白布灯笼裤、金属扣子的贴身短外衣,腰缠约两法尺①长的红肚带,光脖子,修了面,头戴巨大的"舍西亚"(红帽子),帽边一束长长的蓝彩带!……此外,还有两杆长枪,挎在左右肩膀上,腰间挂一把大猎刀,肚上捆一条子弹带,臀部挂一支左轮手枪,手枪在皮枪盒里摇来摆去。这便是他随身携带的一切……

噢!很抱歉,我还忘了眼镜,一对偌大的蓝色眼镜,这眼

---

① 一法尺相当于 325 毫米。

镜戴得恰逢其时,可以纠正我们这位英雄外表上显出的过于凶狠的味道!

"塔塔兰万岁!……塔塔兰万岁!"百姓大声尖叫着。那位大人物则微笑而不还礼,因为长枪妨碍他活动。再说,他如今对百姓的青睐是怎么回事已然心中有数。他内心深处甚至有可能在诅咒他那些可怕的老乡,是他们逼迫他动身,逼迫他离开他那白墙绿窗的漂亮小宅子……不过,这一点谁也看不出来。

他冷静而自豪,尽管脸色有些苍白。他走上马路,看看自己的双轮车,在证实一切就绪之后,他果断地朝火车站的方向上路了,甚至没有回头看一眼他那猴面包树宅第。走在他后面的有原服装装备上尉、好司令布拉维达,拉德维兹庭长,随后是武器商人科斯特卡德和全体猎帽人,最后是双轮大车和老百姓。

在火车站前,站长正在等候他。那是一八三〇年的老非洲裔人,他热情地与塔塔兰多次握手。

巴黎至马赛的快车还没有到站,塔塔兰和他的谋士们便走进候车室。为了避免拥堵,站长在他们身后命人关上了栅栏。

在一刻钟的等车时间里,塔塔兰在候车室前后左右走来走去,身边是送行的猎帽人。他对他们谈到自己的旅行,谈到猎事,答应给他们寄回兽皮。于是,大家在他的记事本上登记要狮皮的人名,就像登记参加四组舞一样。

这位塔拉斯贡勇士就像苏格拉底①喝毒芹时那么平静,那么温和,他对每一个人都有赠言,对所有的人都报以微笑。他言语朴实、态度和蔼;仿佛在出发之前,他希望给大家留下一丝动人之处,一丝感伤之情和美好的回忆。在听见头头如此这般讲话时,猎帽人不免热泪盈眶,有几位甚至深感后悔,如拉德维兹庭长和药剂师贝祖盖。

一些铁路的工班队员在角落里哭泣。外面,老百姓一边透过栅栏往里瞧,一边叫着:"塔塔兰万岁!"

终于响起了铃声。低沉的车轮滚动声和凄厉的汽笛声震动了候车室的拱顶……上车!上车!

"别了,塔塔兰!……别了,塔塔兰!……"

"别了,诸位!……"伟人喃喃说道,他还在好司令布拉维达的脸颊上吻了吻他亲爱的塔拉斯贡。

接着,他冲到站台,跳进车厢。车厢里坐满了巴黎女人,她们看见上来这么一个怪人和他那一大堆卡宾枪和手枪,吓得险些昏死过去。

十四 马赛港。上船!上船!

一八六……年十二月一日,正午时分,普罗旺斯冬日的一个艳阳天,天空晴朗无云,阳光灿烂,到处闪亮透明,马赛人惊吓地看见一个"土尔人"来到大麻田街上,啊,可是,那的确是一个"土尔人"!……他们从没有看见过像他那样的"土尔

---

① 苏格拉底(前469—前399),雅典哲学家。他被判喝毒芹后,平静而骄傲地英勇就义。

人",但是,天晓得在马赛是否缺少"土尔人"!

该"土尔人"——还需要我对你说明吗?——正是塔塔兰,塔拉斯贡的伟人塔塔兰,他正沿着一个个码头往前走,身后跟着他的武器箱、药品箱和他的食品罐头。他这是去找图阿什船舶公司的码头,准备上大型客轮佐阿夫号,这艘客轮将把他送到那边去。

他耳朵里还回响着塔拉斯贡人的欢呼鼓掌声,但他已被这里的阳光和大海的气息陶醉了。他容光焕发地大步走着,长枪在肩,气宇轩昂,尽情观赏着他生平第一次看见的这个神奇的马赛港,感到眼花缭乱……这可怜的人还以为自己在做梦呢。他觉得自己似乎名叫水手辛巴德,他正徜徉在一个神怪的城市里,《一千零一夜》里有很多这样的城市。

这里桅樯如云,纵横交错,一望无际。大小船只悬挂着各国的国旗,俄罗斯、希腊、瑞典、突尼斯、美国……大船的甲板与码头齐平,舳斜桅沿着海岸一字排开,就像一排排刺刀。桅杆下面,希腊水神、仙女、圣母和其他神明的彩色木雕标明了轮船的名称。而这些雕像都被海水腐蚀着,吞噬着,水淋淋的,发着霉……一大片海水时不时出现在船与船之间,宛若沾上油点的闪光的波纹……在星罗棋布的桅帆后边,一群群海鸥在蓝天上画出美丽的斑点;一些少年水手用各种语言互相喊着话。

码头上,各肥皂厂排出的污水形成了一条条小沟,稠稠的水发绿,发黑,还伴有油腻和氢氧化钠。小沟之间却活动着所有的海关职员、代理商、行李搬运工和他们的套了科西嘉小马的两轮车。

到处是稀奇古怪的制造商店;一些木板房冒着烟,水手们在里面做饭;还有卖烟斗的商贩,有的商贩卖猴子、鹦鹉、绳子、帆布;一些杂乱无章的旧货堆成十分怪异的模样,里面胡乱摆着古老的轻型长炮、镀金的大灯笼、旧滑车、掉了齿的旧锚、旧缆绳、旧滑轮、旧传声筒,还有让·巴尔①和迪盖·特鲁恩②时代的水手眼镜。卖贻贝和缀锦蛤的女人们蹲在地上,在她们的贝类海鲜旁边大声叫卖。一些水手在走动,带着沥青罐子,冒烟的锅,大篮大篮的章鱼,准备去用发白的泉水进行洗涤。

到处堆放着各种各样的商品,其体积之大和拥挤之厉害,令人叹为观止。有丝绸、矿石、木排、铅的铸锭、呢绒、糖、角豆树果实、油菜、甘草、甘蔗。东方和西方混杂在一起。热那亚③女人用手把大堆大堆的荷兰奶酪染成红色。

那边是小麦码头。脚夫们从堆成山的麦堆上将一袋一袋的小麦卸到海岸上。麦粒像金黄的急流在黄色的烟雾中滚滚流动。一些戴土耳其红帽④的男人用驴皮大筛子慢慢筛着麦子,然后将麦子装进几辆大车里。大车逐渐远去,后面跟着大群的妇女和儿童,他们手上都拿着小笤帚和拾穗的篮子……在更远的地方,是修理船舶的船坞,有人正用荆棘烧掉侧躺着的大船船身上的海草,大船桅杆则浸泡在海水里;从那里飘来树脂的味道,传来木匠们用大块铜片加固船身的震耳欲聋的响声。

有时,在众多的船桅之间会出现一点空隙,塔塔兰便能看

----

① 让·巴尔(1650—1702),法国著名水手,曾参加多次海战。
② 迪盖·特鲁恩(1673—1736),法国水手,海军军官。
③ 意大利的热那亚市位于地中海热那亚湾附近。
④ 红帽,指伊斯兰教徒戴的平顶、圆锥形、带穗的帽子。

见海港的入口,看见轮船繁忙的出出进进。有一艘英国的三桅战舰正出发去马耳他,那是一艘漂亮而又干净的战舰,船上的军官们都戴着黄手套。一艘马赛的双桅横帆船,帆船正在叫声和咒骂声中解缆,穿礼服、戴丝帽的胖船长正在船尾用普罗旺斯话指挥操作。还有一些大船正扬帆疾行,另一些轮船则从更远的地方缓缓开过来,船身沐浴在阳光里,好像在空中行驶一样。

此外,可怕的喧闹声一直不绝于耳:大车车轮滚动的声音、水手的"哦!扯起来!"、咒骂声、歌声、汽船的汽笛声、圣-让要塞和圣-尼古拉要塞传来的擂鼓声和军号声、玛若尔教堂、阿库勒教堂和圣-维克多教堂的钟声。还有压倒一切的北风的呼啸,它抓住所有那些声音,那些喧闹,震慑着它们,摇撼着它们,将它们混成一片,再同自己的声音合成一种疯狂的音乐。这音乐狂野,充满英雄气概,有如一首伟大的出征曲,这军乐激发人们启程,出远门,展翅高飞。

正是在这悦耳的军乐声中,塔拉斯贡的勇士塔塔兰登船前往雄狮之国!……

第二回 与"土尔人"共处

一 渡海。"舍西亚"的五种姿势。
  第三天的夜晚。天哪。

亲爱的看官,我真想当画家,当大画家,以便在这第二回的开头,在你的眼前展示塔拉斯贡人氏塔塔兰头上那顶"舍西亚"(红帽子)在这三天的渡海过程中采取的几种不同姿势。这顶帽子当时搭乘的是客轮佐阿夫号,路程是从法兰西到阿尔及利亚。

我首先要给你展现的是启程时在甲板上的情景。"舍西亚"像光环一般戴在那漂亮的塔拉斯贡脑袋上向来显得英姿飒爽,神采奕奕。接着呈现在你眼前的是在海港的出口,佐阿夫号开始掉转船头乘风破浪驶向大海的盛况。我要向你描述这"舍西亚"如何害怕得哆嗦,如何惊诧,好像已经感到了疾病发作的先兆。

后来,在雄狮湾,轮船往深海进发,海浪也变得愈益险恶,我想请你看看它如何与风暴搏斗,如何惊慌地在英雄的脑袋上竖了起来,它的蓝呢长彩带如何在海雾和暴风雨中东飞西舞……第四姿势。晚上六点,科西嘉的海岸已遥遥在望。不走运的"舍西亚"在舷墙上俯下身来,哀怨地注视着大海,探察着大海的深浅……末了,第五,也是最后的姿势。那是在一间又窄又小的船舱深处,在一张像衣橱抽屉那么大的小床上,一个显得笨重的、愁眉苦脸的什么东西在枕头上唉声叹气。那东西就是"舍西亚",在出发时英姿飒爽的"舍西亚",它如今已然破落成了普通的带穗帽子,一直压到一个病人的耳根,这病人脸色煞白,正在抽搐……

啊!假如塔拉斯贡人此刻能够看见他们的伟人塔塔兰如何躺在衣橱抽屉里,舱里只有从舷窗溜进来的一线黯淡而凄凉的光,到处是厨房飘过来的难闻的味道、发霉的木头味和令人作呕的客轮味!假如他们能够听见英雄如何随着螺旋桨的起伏声喘着粗气,如何每隔五分钟要一次茶,如何用小孩一样娇小的声音咒骂服务生,他们该怎样后悔曾逼迫他动身呀!……请相信我这传记作家的话!那可怜的"土尔人"的确让人怜悯。因为疾病来得太突然,这不走运的人没有那股狠劲去解开他那阿尔及利亚腰带,去摆脱他身上披挂的那一大堆武器。此刻,粗柄猎刀砍着他的胸肋,左轮手枪的皮套正在割伤他的大腿。为了给他致命的一击,一直在唉声叹气骂骂咧咧的塔塔兰-桑丘抱怨道:

"蠢货,瞧哇!……我早就跟你说过!……喔!你偏要去非洲……好嘛,你!这不是非洲吗……你觉得这非洲怎么样?"

还有更残酷的,那就是这倒霉的人在自己痛苦呻吟时,从他的船舱深处竟听见了大客厅里的乘客又笑,又吃,又唱,又赌。聚集在佐阿夫号上的乘客既快活,人数也很可观。有正在返回军队的军官,有来自马赛的阿尔卡扎①的女士们,有蹩脚的喜剧演员,还有一位从麦加返回的穆斯林富翁,一位门的内哥罗②王子,这个爱搞笑的王子正在模仿拉威尔和吉尔·佩雷斯③……这些人当中没有一个人晕海,他们把时间都用来与佐阿夫号船长喝香槟酒。那船长是个乐天而随和的马赛胖子,他在阿尔及尔和马赛都有家,他一听见巴巴苏这个快乐的名字都会欣然回应。

塔拉斯贡的塔塔兰嫉恨这些可耻的家伙,他们的快活加深了他的痛苦……

末了,在第三天的下午,船上出现了非同寻常的动静,把我们的英雄从迷迷糊糊的状态里拽了出来。船头的钟敲响了,他听见水手们的大靴子在甲板上奔跑。

"机器前进!……往回倒!"巴巴苏船长用嘶哑的嗓子叫道。

然后是:"停住!"轮船猛然停住,强大震动之后,一切归于平静……只有大客轮静静地左右摇晃着,像一只飘在空中的球……

奇特的静谧让塔拉斯贡人感到害怕。

"天哪!我们正在下沉!……"他大叫,叫声令人感到恐怖。他竟神奇地恢复了力气,连忙从小床上蹦起来,全副武装冲上了甲板。

---

① 阿尔卡扎,指摩尔人在西班牙筑的宫殿。
② 内哥罗,现欧洲东南部的黑山。
③ 二者都是法国十九世纪著名的滑稽演员。

二　拿起武器！拿起武器！

大家并没有往下沉，是轮船靠岸了。

佐阿夫号刚进入锚地。锚地很漂亮，水深而黑，但那里一片静谧，死气沉沉，几近荒凉。对面，白城阿尔及尔坐落在一个小山冈上，一座紧接一座的没有光泽的白色小房子顺山而下，直到海边。在墨东山坡上摆有浆洗摊。后面便是蓝缎一般的天空，啊！真蓝！……

名声在外的塔塔兰此刻已从恐惧中稍微恢复了些，他一边观赏着风景，一边恭敬地聆听着门的内哥罗王子说话。王子站在他身边，给他介绍城里各街区的名称，卡斯巴街区、上城、巴勃-阿祖恩街。这位门的内哥罗王子很有教养，此外，他精通阿尔及利亚的一切，还会说一口流利的阿拉伯语。因此，塔塔兰打算同他保持联系……忽然，这塔拉斯贡人瞥见一双大而黑的手在他们身后的舷墙外牢牢攀住舷墙。一个留着卷曲短发的黑人脑袋几乎同时出现在他的面前。他还没有来得及开口，一百来个强盗模样的人便侵占了整个甲板，有黑皮肤的、黄皮肤的，都半裸着身子，显得丑陋、可怕。

这些强盗，塔塔兰倒挺熟悉……这正是他们，也就是说"他们"，他经常深更半夜在塔拉斯贡大街小巷寻找的"他们"。看样子"他们"终于下决心来到面前了。

……一开始，他惊得发呆，在原地无法挪步。但当他看见强盗们冲到行李那边，揭开覆盖着行李的防雨布，终于开始抢劫轮船时，英雄突然醒悟过来，拔出大猎刀。"拿起武器！拿起武器！"他冲旅行的人们大叫道。他身先士卒，朝海盗们冲了过去。

"怎么回事？您怎么啦？"正从统舱里走出来的巴巴苏船长用方言问道。

"哦！您来了，船长！……快，快，让您手下的人拿起武器。"

"嘿！这是干吗，好上帝？"

"那么说您没有看见？……"

"什么呀？"

"那里……在您面前……海盗……"

巴巴苏船长注视着他，惊得目瞪口呆。这时，一个高大的黑人背上背着英雄的药箱正在他们面前跑着走过去。

"坏蛋！……等等我！……"塔拉斯贡人尖叫道。他端着短剑冲上去。

巴巴苏飞快赶上他，一把抓住他的腰带：

"您就安心吧！他们不是海盗……好久以前就没有海盗了……他们都是脚夫。"

"脚夫！……"

"嘿！不错，脚夫。他们来找行李，要把行李搬到陆地上……把您的大菜刀放回鞘里吧。请把船票给我。您跟在这个黑人后面走，他是个好小伙。他把您带上陆地，如果您愿意，他甚至可以送您到宾馆！……"

塔塔兰有点不好意思，把船票交给船长，便开始跟在黑人后头，抓住扶手绳下到一艘宽大的小船上，小船在轮船旁边摆来摆去。他的全部行李都已经在小船上了，他的箱子、武器箱、食品罐头。这些东西已经占满了整个小船，用不着再等别的旅客了。那黑人爬到箱子上，像猴子一样蹲在上面，双手抱着膝盖。另一个黑人拿起船桨……两个黑人都看着塔塔兰笑,露出他们雪白的牙齿。

这伟大的塔拉斯贡人站在船尾,嘴撇得吓人,过去他一撇嘴就让老乡们哆嗦。此刻,他狂热地捏着大刀的刀柄,因为,无论巴巴苏对他说过什么,他对这两个乌黑皮肤的脚夫有何意图依然半信半疑,他们跟塔拉斯贡那些老实巴交的脚夫太不一样……

五分钟之后,小船抵达陆地,塔塔兰踏上了柏柏尔人的小码头。就在这里,三百年前,一位名叫米歇尔·塞万提斯[①]的西班牙苦役犯——在阿尔及利亚惩罚划船奴隶的棍棒下——酝酿了一部卓越的小说,这部小说后来名叫《堂吉诃德》!

三　召唤塞万提斯。上岸。"土尔人"在哪里?没有"土尔人"。幻灭

啊!米歇尔·塞万提斯·萨伏德拉,假如众说是真的:在伟人们居住过的地方,伟人身上留下的东西会在空中游荡、飘扬,直到世代之末;那么你留在柏柏尔海滩的东西一旦看见塔拉斯贡的塔塔兰上岸,一定会欣喜若狂。因为他是法国南方令人赞叹的出色典型,在他身上存在着你书中两个中心人物的化身:堂吉诃德和桑丘·潘沙……

这天天气很热。在洒满阳光的码头上有五六个海关关员,还有一些阿尔及利亚人正在等待法国的消息。几个摩尔

[①] 米歇尔·塞万提斯(1547—1616),西班牙作家,除不朽名著《堂吉诃德》外,还出版过短篇小说和戏剧。他曾在一次战役中因伤被捕,当了柏柏尔海盗的俘虏,长达五年。

人蹲在地上抽他们的长烟斗;有些马耳他水手正在将大鱼网拖上岸,渔网里成千上万的沙丁鱼在网眼间闪着银光,有如小小的银币。

然而,塔塔兰刚一上岸,码头就活跃起来,完全变了样。一群粗野的人,比船上那帮海盗更难看的粗野的人从海岸的石子堆中陡然站起身,直奔登陆的人而来。其中有高个儿的阿拉伯人,他们赤身披着毛毯;有矮个儿的摩尔人,他们衣衫褴褛;有黑人、突尼斯人、马洪人,也就是巴利阿里群岛①沿岸的岛民;姆扎布人②;还有穿白色罩衫的旅店伙计。所有的人都围着他又吼又叫,抓住他的衣服不放,争抢他的行李。这个运走他的食品罐头,那个背走他的药箱。在一片难懂而怪异的话语声中,只有一些似是而非的旅店名称冲他脑袋甩过来。

可怜的塔塔兰被这一片乱哄哄弄得晕头转向。他走过来,走过去,咒骂着,诅咒着,像热锅上的蚂蚁东奔西跑,跟在他的行李后面,却不知道如何能让那些野蛮人听懂他的话。他先用法国话训斥他们,又用普罗旺斯话,甚至用拉丁话,普索尼雅克③式的对牛弹琴的拉丁话,rosa,bonus,bona,bonum,他知道的一切都用上了……白费力气!没有人听他说话……幸好这时来了一个矮小的男人,他穿一件有黄色大翻领的制服上装,手握长棍,他的介入简直就是荷马④笔下的神介入混战。他挥舞长棍驱散了那群败类,原来他是阿尔及利亚城市

① 巴利阿里群岛,现属西班牙。
② 姆扎布,阿尔及利亚南部绿洲地区名。
③ 普索尼雅克,莫里哀的喜歌剧中的人物。
④ 荷马,公元前9世纪的希腊史诗诗人。相传为《伊利亚特》和《奥德赛》的作者。

的警察。他很有礼貌地敦请塔塔兰下榻欧洲宾馆,并把他托付给在场的旅店伙计,几个伙计便用好几辆双轮大车将他和他的行李带走了。

塔拉斯贡的塔塔兰一踏上阿尔及尔的土地就惊奇地睁大了双眼。他原先想象的阿尔及尔是一个东方城市,仙境般美丽,神话般神奇,是介于君士坦丁堡①和桑给巴尔之间的某类城市……而现在,他面对的完全是另一个塔拉斯贡……咖啡店、饭店、宽阔的街道、五层楼房,还有一个柏油和碎石铺就的小广场,广场上有些水平不错的乐师正在演奏奥芬巴赫②的波尔卡舞曲。先生们坐在椅子上喝着啤酒,吃着烫面松糕,还有女士们和几个漂亮轻浮的妞,然后是些军人……就是没有"土尔人"!……只有他自己是……因此,穿过广场时,他感觉有点不自在。所有的人都在看他。乐师们停止了演奏,奥芬巴赫的波尔卡一个音步悬空打住。

塔塔兰双肩背双枪,髋部挎左轮,意志坚强,威风凛凛,有如鲁滨孙③。他一本正经地在所有这些人群中穿过去,但到达旅馆时,他感觉力不从心了。在塔拉斯贡出发的情景、马赛港、穿越大海、门的内哥罗王子、海盗,这一切都搅和在一起,像一团糨糊似的在他脑海里翻滚……必须将他抬到他的房间里,必须解除他的武装,脱掉他的衣服……甚至已经有人提到派人去请医生。然而,脑袋刚放到枕头上,我们的英雄已然鼾声如雷了。他的呼噜打得如此之响亮,如此之全心全意,旅馆

---

① 君士坦丁堡,土耳其伊斯坦布尔市的旧称。
② 雅克·奥芬巴赫(1819—1880),德国裔法国作曲家。
③ 鲁滨孙,小说《鲁滨孙漂流记》的主人公。作者为英国小说家丹尼尔·笛福(约 1660—1731)。

老板由此判断医疗救助已毫无意义。于是,在场的人全部小心翼翼地退了出去。

四　第一次埋伏

塔塔兰睡醒时,政府的大钟已敲响三点。他睡了整个晚上,整个夜间,整个上午,甚至一大段午后。这里还必须谈谈三天以来"舍西亚"饱尝的艰辛!……

英雄一睁眼首先想到的是这一点:"我已身处雄狮之国!"为什么不说出接下去的事呢?一想到狮子们就在那里,很近,近在咫尺,几乎已经到手;一想到必须将其中几头开肠破肚,噗噜!……他吓得浑身冰凉,连忙英勇地钻进了被窝。

然而,片刻之后,外面的欢乐、湛蓝的天、洒满房间的阳光、他命人端到床上的可口的早餐、面向海洋大开的窗户,而一切又都散发着克雷西亚美酒的馨香,这使他迅速恢复了昔日的英雄气概。"猎狮!猎狮!"他一边大叫,一边掀开被子,轻快地穿上衣服。

他的计划是这样的:神不知鬼不觉,自个儿出城,深入沙漠,等待夜幕降临,埋伏起来,见第一头狮子经过便"砰!砰!"……次日回欧洲宾馆享用午餐,接受阿尔及利亚人的祝贺,再租一辆大车,去沙漠运回毙命的野兽。

于是,他急忙武装起来,卷上轻便帐篷背在背上,帐篷柄高过他的头足有一尺长。他像木桩一般僵硬着走到街上。在大街上,他不愿意向任何人问路,生怕别人对他的计划有所警觉。他果断地朝右手拐过去,一直走到巴勃-阿祖恩街连拱长廊的尽头,在这条街上,无数的阿尔及利亚犹太人,像蜘蛛一样躲在他们黑暗的店铺角落里看着他走过去。他穿过剧院广场,走到近郊,最后到达通向穆斯塔法①的尘土飞扬的大路。

这条大路拥堵得令人难以置信。公共马车、出租马车、那不勒斯式的马车、军用辎重货车、牛拉的干草大车、法国的非洲轻装兵辎重队、微型驴子群、卖煎饼的黑女人、阿尔萨斯移民的车辆、穿红大氅的北非骑兵②,这一切都在一团团尘埃中络绎不绝;只听得叫声、歌声、喇叭声闹成一片。大路两旁是两排鳖脚的木板房,一些高大的马洪女人在她们的门口梳妆打扮。路两边还有些坐满了兵士的小酒店,以及屠宰家畜和卖肉的店铺……

"他们跟我胡扯什么'东方'呀?"伟人塔塔兰心想,"这里的'土尔人'还没有马赛的'土尔人'多呢。"

他忽然看见一匹极漂亮的骆驼在他身边走过去,骆驼迈着长腿大步向前走着,趾高气扬有如火鸡。这让他心跳不已。

已经出现骆驼了!狮子应该不会太远,而且,五分钟之后,他果然看见了一大群扛着猎枪的猎狮人朝他这边走过来。

"胆小鬼!"英雄在那些人身边走过时自言自语道,"胆小鬼!去猎狮还要结伴,而且还带着猎狗!……"因为他从来不会想到,在阿尔及利亚,除了猎狮,还可以捕猎别的东西。不过,这些猎人看上去太像一批歇业的生意人,而且,这种带上猎狗和猎袋猎狮的方式又那样古朴,塔拉斯贡人不觉有些诧异,他认为有责任去和其中的某位先生攀谈一番。

---

① 穆斯塔法,阿尔及利亚沿地中海的港口,现已并入阿尔及尔。
② 北非骑兵,指法国殖民者在北非建立的以当地人为主的骑兵部队。

"另万,老兄,猎得不错吧?"

"还可以。"被问的那位回答道,他满眼惊吓地注视着塔拉斯贡武士那一身重型武装。

"您杀死过……?"

"是的……不算少……您不如自己看看。"

阿尔及利亚猎人将猎袋打开给他看,猎袋里装满了兔子和山鹑。

"怎么是这个!您的猎袋?……您把这些东西放进您的猎袋?"

"那您认为我该把它们放哪儿?"

"可是,这……这都是些极小的……"

"极小的,还有大的。"猎人说。因为他急着回家,便大步追赶他的伙伴去了……

勇士塔塔兰呆呆地站在大路中央。接着,考虑片刻之后,他自言自语地说:"噢!他们都是些爱胡扯的人……他们根本没有杀死过什么……"他继续走他的路。

路两边的房子已经逐渐稀少,行路人也如此。夜幕正在降临,周围的一切也变得越来越模糊……塔拉斯贡的塔塔兰又走了半个钟头,最后终于停了下来……夜幕已完全降临了,这是个无月的夜晚,繁星满天。路上杳无人迹……英雄认为,无论如何,狮子并不是驿车,它们不会很乐意沿着大路走。于是,他开始穿过田野……每走一步都会碰到沟渠、刺藤、荆棘。那也无妨!他继续走下去……接着,他突然停住!"空气中有狮子味儿,就在这里。"我们的英雄说。他拼命往右边嗅嗅,左边闻闻。

五 砰！砰！

那是一片蛮野的大荒漠，到处长着奇特的带刺植物，这些东方植物看上去犹如凶恶的野兽。在微弱的星光下，植物放大了的影子在地上向四处伸展开去。右边，是一座大山浓重而模糊的身影；也许就是阿特拉斯山！……左边，是看不见的大海，浪涛滚滚，发出低沉的隆隆声……这真是引诱野兽的绝好去处。

塔拉斯贡的塔塔兰面前放一杆枪，双手握住另一杆枪，一只腿跪在地上，等待着……他等了一个钟头，两个钟头……什么也没有！……

这时，他想起来，在他的书本里写着，伟大的猎狮人不带山羊羔是不会出门打猎的。他们把羊羔拴在离他们几步远的前方，山羊腿上捆一根绳子，他们拉绳子，山羊便咩咩叫。这塔拉斯贡人虽没有带小山羊，他却有了一个主意：试试模仿山羊叫！于是，他开始用颤抖的声音叫起来："咩！咩！……"

一开始叫得很轻，因为在灵魂深处，他毕竟有点害怕狮子听见他的叫声……随后，见什么也没有出现，他叫得大声了些："咩！……咩！……"仍没有动静！……他着急了，便越叫越响，而且接二连三地叫："咩！……咩！……咩！……"叫声如此之大，结果小山羊听起来像一头水牛……

忽然，一个黑色的庞然大物猛扑到他前面几步远的地方。他停止大叫……那东西弯下身子，嗅着地上的什么，再一蹦，打了一个滚就飞快跑掉，然后又跑了回来，而且断然站住……毋庸置疑，这就是狮子！……到此刻，已经可以清楚看见它的四只短爪子,它那粗得吓人的脖子和两只眼睛,两只在黑暗里闪闪发亮的大眼睛……瞄准!开火!砰!砰!……成了。他随即往后一跳,抽出猎刀握在手里。

回应塔拉斯贡人那一枪的是一声恐怖的嚎叫。

"它中弹了!"好人塔塔兰叫道。他弯下两只有劲的短腿,蜷缩着,准备迎战野兽。然而,那家伙出乎他的预料,竟嗥叫着拼命逃之夭夭……他自己倒一动不动蹲在那里。他在等待雌狮……跟书上说的一样!

可惜雌狮并没有来。等了两三个钟头,这塔拉斯贡人感到厌烦了。地很潮湿,夜变得很凉,海风有点刺人。

"我要是睡一觉等待天亮呢?"他想。为了避免风湿病,他想借助轻便帐篷……可是,见鬼!这轻便帐篷结构如此之精巧,精巧到他根本奈何它不得:无法打开。

他拼搏、流汗,白白浪费了一个钟头,那可恨的帐篷仍然打不开……有些雨伞,在瓢泼大雨时,也喜欢给你玩儿这一招……塔拉斯贡人厌战了,他把帐篷扔到地上,干脆睡在那上面,嘴里骂骂咧咧,像真的普罗旺斯人一样,其实他就是普罗旺斯人。

"嗒,嗒,啦,嗒,嗒啦嗒!……"

"啥?……"塔塔兰突然惊醒了说。

那是法国非洲轻装兵的号手在吹起床号,号声是从穆斯塔法的军营传过来的……这边的雄狮杀手乍一听惊得有点发蒙,连忙揉揉眼睛……他原以为自己身处广袤的荒原……你们知道他在哪里吗?……在一块四方形的朝鲜蓟菜田里,在一株菜花和一株甜菜之间。

他的撒哈拉沙漠长着蔬菜……在他附近,美丽的上穆斯塔法一片翠绿的山冈上,一些纯白色的阿尔及利亚别墅在黎明的朝露里闪闪发光:谁都会认为自己正在马赛的郊区,周边是法国南部特有的乡间别墅和农舍。

这一带睡意尚浓的风景,看上去既有资产阶级的舒适又有菜农的实用性,让这可怜的人惊诧之余,不免情绪低落到了谷底。

"这里的人真是疯子,"他自言自语,"竟然把朝鲜蓟种在狮子身边……因为,无论如何我并没有做梦……狮子是到过这里……那就是证据……"

那证据嘛,就是狮子逃走时留在它身后的血迹。英勇无畏的塔拉斯贡人俯身顺着这血迹斑斑的线索往前走,眼神戒备,手握左轮,从一株朝鲜蓟到另一株朝鲜蓟,一直走到一小块燕麦地里……前面是被踩踏过的草,有一汪血,在血泊中侧躺着一头头部已受重伤的……你猜是什么!……

"一头狮子,那还用说!……"

不对!是一头驴,一头极小的驴,这种驴在阿尔及利亚非常普遍,在当地,人们管它叫"布里果(小种驴)"。

六 雌的来了。骇人的战斗。兔子会所

一看见他那不幸的牺牲品,塔塔兰最初的冲动是气恼。一头狮子和一头小种驴的确有天壤之别!……他的第二个冲动是无限的怜悯。这可怜的微型驴长得那么漂亮,神气又那么老实!它胁部的毛皮还是温热的,动来动去有如波浪。塔塔兰跪下来,试着用他的阿尔及利亚腰带止住不幸的小驴还

在流淌的鲜血。这么一个大人物细心照料那么一个小牲畜，这就是你能想象出来的最感人的场景了。

那小种驴还有一丁点生命，在接触到柔软光滑的腰带后，它睁开灰色的大眼睛，它那长长的耳朵微微动了两三下，仿佛在说："谢谢！……谢谢……"然后，它从头到尾浑身痉挛了最后一下便再也不动了。

"小黑子！小黑子！"忽然传来一个忧虑万分的声音。与此同时，附近一片矮树林的树枝簌簌动起来……塔塔兰刚刚来得及站起身来并摆好架势……是雌的来了！

她到了，凶神恶煞，狮吼着，看样子是一位裹丝头巾的阿尔萨斯老太太。她手握一把红色的大雨伞，正在呼唤她的小驴，呼声传到穆斯塔法山，竟引起了四面八方的回响。说实在的，与这个凶恶的老太太相比，塔塔兰真宁愿和一头暴怒的母狮子打交道……那倒霉的人无论怎样试图向她说明事情的经过，都白费了唇舌。他一说他错把小黑子当成了狮子，老太太就认为人家想嘲笑她。她大吼一声，用雨伞朝英雄砍将过去。塔塔兰有点尴尬，他竭力自卫着，用他的卡宾枪抵挡雨伞的打击。他大汗淋漓，喘着粗气；他蹦跳着，大喊着："可是，夫人……可是，夫人……"

滚吧！夫人是聋子，她那一身如牛袭人的力气就证明了这一点。

幸好有第三个人物来到了战场。那是阿尔萨斯老太太的丈夫，他自己也是阿尔萨斯人，是一家小酒馆的老板，而且还是一位非常精明的会计。当他看见与他打交道的是谁，当他听见谋杀犯一个劲要求对牺牲者给予赔偿，他立即解除了他夫人的武装，于是，双方皆大欢喜。

塔塔兰赔了二百法郎,而微型驴最多值十法郎。那是小种驴在阿拉伯市场的市价。接着,大家将可怜的小黑子埋葬在一棵无花果树下。那阿尔萨斯男人见到白花花的塔拉斯贡银币便眉开眼笑,敦请英雄去他店里便饭,他的酒店离此不远,就在大路边上。

阿尔及利亚猎人每个礼拜天都到他的酒店用午餐,因为平原地带富有猎物,而环城两里尔的这一带又是狩猎兔子的最佳地段。

"那么狮子呢?"塔塔兰问道。

阿尔萨斯老板十分诧异地注视着他,说:

"狮子?"

"没错……狮子……您有时候能看见几头狮子吧?"这可怜的人再提问时已经不那么自信了。

酒店老板哈哈大笑。

"噢!好哇!谢谢……狮子……为什么要狮子?……"

"这么说,阿尔及利亚没有狮子?……"

"真的!我从来没有见过狮子……我可是二十年前就住在这个省里了。不过,我肯定听说过……好像是在报纸上……但是离这里很远,在那边,在南方……"

这时,他们已经走到小酒店所在地。那是一家郊区小酒店,就像旺沃或庞坦①那些小酒家一样,一根完全蔫了的树枝放在大门的上方,墙上挂几个漆过颜色的台球球杆,还有这样的并不使人难堪的招牌:

兔子会所

---

① 旺沃和庞坦,都是法国巴黎附近的乡镇。

兔子会所！……啊！布拉维达,怎样的回忆呀①！

七　公共马车、摩尔女人和一串茉莉花的故事

这第一次奇遇可能会使许多人因此而打退堂鼓,但像塔塔兰那样久经考验的人是不会轻易气馁的。

"狮子在南方,"英雄想,"那好！我就去南方。"

他大口吞掉最后一块脆饼便起身谢过店主人,并毫不记仇地拥抱了老太太,在为不幸的小黑子洒过最后一滴眼泪之后,他匆匆返回阿尔及尔。他执意在当天就准备行装,起程奔赴南方。

可惜这穆斯塔法公路好像从昨天晚上开始便大大延长了,灼人的太阳,漫天的尘土！轻便帐篷真沉重！……塔塔兰感到再没有勇气步行回城了。正巧第一趟早班公共马车经过那里,他招呼一下便上了车……

啊！哀哉,塔拉斯贡人氏塔塔兰！他本该为他的姓氏,为他的荣誉着想而不上那辆要命的破烂有篷四轮长马车,从而继续在大路上步行回去！哪怕为此在重浊的空气、喧闹的氛围里,在帐篷和双炮口长枪的重压下窒息而死也在所不惜……

塔塔兰一上车,公共马车就满员了。在车的最里边坐着一位蓄着黑色大胡子的阿尔及利亚堂区助理司铎,他正在埋头阅读他的经书。对面是一个年轻的摩尔商人,他一支接着

---

① 因为布拉维达在谈到塔塔兰时曾说他"是个能干的家伙",在法文里,他是以兔子来比喻能人的。

一支吸着粗大的烟卷。还有一个马耳他水手和四五个戴着白布面罩的摩尔妇女,只能看见她们的眼睛。这几位女士刚去阿卜杜勒·卡德尔①墓地上过坟,但丧葬的阴影似乎并没有使她们感到哀伤。只听见她们在面纱下互相又说又笑,还嘎吱嘎吱嚼着点心。

塔塔兰相信自己已经发现她们正在不停地注视着他,尤其是其中的一位。她坐在他的正对面,一直眼对眼地盯着他看,到路程走完都目不转睛。那位女士罩了面纱,但她那对画过眼圈墨显得更大更黑的眼睛非常炯炯有神,有时透过长面纱仍能隐约看见她那戴着金镯子的细腻香艳的手腕子,她的一切,如说话的声音,优美的、近乎孩子气的头部动作,都说明她身上蕴藏着青春、美丽和招人喜爱的东西……倒霉的塔塔兰真不知道该往哪里钻。那对东方人特有的美丽眼睛默默的抚爱使他局促不安、心猿意马,恨不得一死了之。他浑身发热,他浑身发冷……

为使他的迷乱达到极致,那位女士的拖鞋也掺和进来了:他感觉那娇小可爱的拖鞋像一只红色的小老鼠一样在他的猎人大靴子上奔跑着,奔跑着,簌簌颤动着……怎么办?回应她那含情脉脉的秋波,回应她脚下的催逼!就这么办,然而,后果……在东方搞男女私通的把戏,这未免太骇人听闻了!……这个塔拉斯贡好人凭着他南方人神奇的想象力,他已经看见自己落到了太监的手里,被斩首了,也许稍好一点的结果是被缝在一个皮口袋里,在海上漂流,被砍下的头跟在他旁边。这么一想,他稍微冷静了些……在此期间,那娇小的拖

---

① 阿卜杜勒·卡德尔(1808—1883),阿尔及利亚反抗法国侵略的领导者。

鞋继续用脚尖做着跑圆场的活动,对面的眼睛也冲他睁得更大了,像一对黑天鹅绒花,那模样仿佛在说:

"采摘我们吧!……"

公共马车戛然停住。大家下车的地点是剧院广场,在巴勃-阿祖恩街的入口处。摩尔女人一个接一个走下来,宽大的长裤罩住她们的下半身,长长的面纱紧紧裹在头上显出野性的妩媚。塔塔兰的邻座在摩尔女人中最后一个起身,她起身时昂着头,她的脸蛋离英雄的脸那么近,连她的气息都吐在他脸上了。那真是一束青春的花朵,是一束茉莉花,是麝香,是点心的甜香。

这塔拉斯贡人按捺不住了。沉醉在爱情里的他准备破釜沉舟!他跟在摩尔女人背后冲了上去……她听见皮靴和枪套的摩擦声便转过身来,放一个指头在面罩上,好像在对他说"嘘!",同时快速地用另一只手给他扔过来一小串香气扑鼻的茉莉花。塔拉斯贡的塔塔兰弯下身子捡茉莉花,但由于英雄的体态较为矮胖,又全副武装,拾花的时间便拖得相当长……

当他再站直身子,将那串茉莉花贴在心口上时,摩尔女人已经踪影全无了。

八 阿特拉斯雄狮们,睡觉吧!

阿特拉斯雄狮们,睡觉吧!在你们的巢穴深处,在芦荟丛中,在野仙人掌丛中放心睡大觉吧……这几天塔拉斯贡的塔塔兰不会去屠杀你们。他所有的战争工具——武器箱、药品箱、轻便帐篷、食品罐头——都暂时安安稳稳地打包封存在欧洲宾馆三十六号房间的一个角落里了。

睡吧,别怕,红棕色毛皮的大狮子!那塔拉斯贡人正在寻找他的摩尔女人呢。从公共马车的故事发生那天起,那倒霉蛋总感觉在自己那双脚,那双猎兽人的大脚上有只红色的小老鼠在颤动。海上的微风吹拂他的嘴唇时——无论他做什么——老带着茴香和糕点的爱的芬芳。

他需要自己的马格里布①女人。

但这可不是一件小事!在一个十万人的城市里寻找一个女人,而且只熟悉她的气息、她的拖鞋和她眼睛的颜色;只有一个痴迷爱着的塔拉斯贡人有能耐去碰这样的运气。

最烦人的是,所有的摩尔女人在她们那白色大面罩覆盖下都一个样。而且这些女士几乎不大出门,谁想看她们,必须前往阿尔及尔上城,那是阿拉伯人居住区,是"土尔人"聚集地。

这上城是个地道的可能遭抢劫或暗杀的危险地带。一条条黑暗狭窄的胡同笔直地朝陡峭的山上攀缘,胡同两边各有一排神秘的住宅,各家住宅的屋顶互相连接,形成隧道。大门都很矮,窗户都很小,而且都安了栅栏,听不见声音,显得十分凄凉。街道左右两边都挤满了非常阴暗的货摊,面目凶狠如海盗的"土尔人"——眼睛发白,牙齿发亮——聚在那里吸着长烟袋,互相低声说着什么,好像在商量着干什么坏事。

要说我们的塔塔兰穿过这个令人生畏的城区毫不担惊受怕,那是撒谎。相反,他是非常心惊胆战的。而且在这些与他的大肚子一般宽的黑黢黢的胡同里,这好人只能极其谨慎地

---

① 马格里布,旧时对北非摩洛哥、阿尔及利亚和突尼斯三国的总称。

往前走,两眼警惕地戒备着,手指扣着左轮枪的扳机。跟他在塔拉斯贡去联谊会的夜晚如出一辙。每时每刻他都预计会有大群的太监和土耳其近卫士兵朝他的后背扑过来,然而重见他那位女士的欲望给了他巨人的胆量和力气。

连续八天,勇士塔塔兰都不曾离开过上城。有时人们看见他在摩尔人的澡堂门前长时间站着等候女人们一群群走出澡堂的时刻,那时,女士们总是颤悠悠地走着,身上散发出澡堂的味道;有时他又出现在一些清真寺的大门前,蹲下身子,汗流浃背、气喘吁吁地脱掉自己的靴子,以便进入圣殿……

也有几次,夜幕悄然降临,这塔拉斯贡人只得打道回旅店,不免为他在澡堂和清真寺都一无所获而倍感伤心。他在经过摩尔人的住宅时,竟听到里边传出了几首单调的歌,还有压低的吉他声、巴斯克①鼓的摇鼓声,以及女人们不算响亮的笑声,这笑声使他禁不住心跳。

"她也许就在里面!"他心想。

于是,如果当时街上行人稀少,他就会靠近其中的一座住宅,抬起低矮的暗门上沉重的门环,胆怯地敲敲门……歌声和笑声立即停止。只能听见围墙后面一片模糊的窃窃私语,仿佛那里是一个正在酣睡的大鸟笼。

"咱得站稳当!"英雄想,"马上要出事!"

最经常出的事,就是一大罐冷水泼在他头上,或者朝他扔来橙子皮和柏柏尔无花果皮……从没有更严重的……

阿特拉斯雄狮们,睡觉吧!

---

① 巴斯克,欧洲的一个地区,分属法国和西班牙。

九　门的内哥罗王子格雷戈里

整整两个礼拜之前，不走运的塔塔兰就在寻找他的阿尔及利亚女士，而且，如果情人之神没有借一位门的内哥罗绅士的肉身显灵，前来助他一臂之力，他很可能会继续寻找下去。事情是这样的：

在冬季，每逢礼拜六夜里，阿尔及尔大剧院都要举行化装舞会，跟巴黎歌剧院一模一样。那是一以贯之而又十分乏味的省级假面舞会。舞厅里人很少，几个从布里叶或赌场来的穷愁潦倒的人、跟着军队跑的轻佻女人、狼狈的装卸工人、五六个年轻的马洪洗衣女工，她们大着胆子来参加舞会，却还保持了贞洁少女时代留下的那么点大蒜和藏红花调味汁的香味。真正值得一瞥的不在那里，而在剧院的休息室，那里已应时改成了赌厅……一大群穿得花里胡哨的赌博发烧友在绿色长毯周围挤来挤去：有用借款下大赌注的土耳其统治时期的阿尔及利亚士兵，有上城的摩尔商贩，有黑人、马耳他人，还有一些从内地走四十里尔赶来的移殖民，他们带着买一副犁或一对水牛的赌资想靠扑克"A"碰运气……那些人个个都在微微发抖，脸色苍白，咬紧牙关；他们那赌徒特有的怪异的眼神显得忧心忡忡，眼球斜视着，由于紧盯着同一张牌而变成了斜眼。

较远的地方是一帮阿尔及利亚犹太人，他们玩的是家庭式赌博。男人穿的是东方礼服，配上极难看的蓝色长筒袜和天鹅绒大盖帽。女人们都显得浮肿，脸色灰白，她们裹在狭窄的金色护胸里，只能僵硬地站在那里……一大伙人聚集在牌桌周围,唧唧喳喳,商讨着,用指头数着数,却赌得很少。不过,经过长时间的秘密策划,时不时有一个蓄着天主胡须的老家长从儿孙堆里站出来,将家里的银币放上去赌一把……于是,只要赌局还继续着,就会有许多双希伯来人闪闪发亮的眼睛转到牌桌上,那是具有磁石般吸引力的可怕的黑眼睛,那一双双眼睛使金币在绿桌毯上簌簌发抖,最后像牵线一般将金币慢慢吸到自己一边……

接下去是争吵、打斗、各国的粗话、各种不同语言的疯狂叫骂、出鞘的砍刀,上场的警卫,丢了的钱财!……

一天晚上,正是在这场像过农神节似的纵情狂欢中,伟人塔塔兰来到这里寻求遗忘和心灵的安详,却陷入了迷途。

英雄独自在人群中走着,心里一直在想念他的摩尔女人,突然,在一张赌桌上,两个人激怒的声音压过金钱的哗哗声,在一片叫喊声中突显出来:

"我告诉您,我少了二十法郎,先生!……"

"先生!……"

"说下去呀?……先生!……"

"您得打听一下您在对谁说话,先生!"

"我巴不得这样做,先生!"

"我是门的内哥罗的格雷戈里王子,先生!……"

塔塔兰一听见这个名字便激动万分,他在人群中挤出一条路,来到第一排站定,为与他的王子重逢而欢欣鼓舞,十分自豪。这位门的内哥罗王子是那样彬彬有礼,他在大客轮上曾与他有过一面之交……

可惜,这殿下的头衔虽曾使那塔拉斯贡好人赞赏不已,却没有给这位与王子对骂过的法国轻装兵军官留下任何印象。

"我真讨了大便宜啦……"那军人冷笑着回敬说,他随即转身朝着围观的人群,"门的内哥罗的格雷戈里……谁认识呀?……没人认识!"

被激怒的塔塔兰往前迈一步。

"对不起……我认识这位万子!"他语气坚定地说,而且用的是最好听的塔拉斯贡腔调。

轻装兵军官面对面看了他好一阵,然后耸耸肩说:

"噢!好哇……你俩可以分享这丢了的二十法郎,甭再提了。"

他说毕就转身消失在人群中了。

性格暴躁的塔塔兰想朝他背后冲过去,但王子挡住了他:

"算了……这事让我来处理。"

他抓住塔拉斯贡人的胳膊,急忙把他拉到外面去。

他们一到广场,门的内哥罗的格雷戈里王子便摘下帽子,向我们的英雄伸出手去。他还隐约记得他的名字,因此开始用极为兴奋的声调说:

"巴巴兰先生……"

"塔塔兰!"那一位胆怯地向他悄悄提示说。

"塔塔兰,巴巴兰,无所谓!我们私下说吧,现在,咱俩是生死之交了!"

那高贵的门的内哥罗人使劲摇晃着他的手……你想想这塔拉斯贡人该怎样得意呀。

"万子!万子!……"他沉醉地重复着说。

一刻钟之后,这两位先生在"法国梧桐"饭店坐了下来,那是一家很舒适的宾馆饭店,露天座一直伸到海上,就在那里,他俩吃着味道浓重的俄国色拉,喝着克雷西亚美酒,重结金兰之谊。

你无法想象世上还会有比这位门的内哥罗王子更具魅力的人。高挑的个儿,清秀的面容,天生短而卷曲的头发烫成小卷,刮过胡须的脸还用浮石打磨过,胸前还戴了好些奇里古怪的勋章。一双机灵的眼睛,举手投足透着亲热,说话隐约带着意大利口音,使他看上去酷似没有留八字胡的假马扎然①。此外,他还对拉丁语系的各国语言十分精通,动辄援引塔西佗②、贺拉斯③和《恺撒回忆录》④。

他出身世袭的古老家族,似乎因主张自由,十岁就被他的兄长发配到远方。自那以后,他闯荡江湖,以哲学家殿下的身份求学兼享乐……奇异的巧合!王子曾在塔拉斯贡居住过三年,由于塔塔兰惊异为什么从未在联谊会或广场遇见过他,那位殿下支吾搪塞说:"我很少出门……"塔拉斯贡人出于审慎,不敢再追问下去。所有大家族出身的人都有如此神秘的方面嘛!……

总而言之,格雷戈里老爷是一位很不错的王子。他一边小口喝着克雷西亚美酒,一边耐心地听着塔塔兰谈他的摩尔女人,他甚至打保票说,他认识这里所有的女士,一定会很快找到塔拉斯贡人心仪的那一位。

他俩狂饮了很长时间不掺水的酒,还频频为"阿尔及尔女士们"干杯!为"自由门的内哥罗"干杯!……

---

① 马扎然(1602—1661),出生在意大利的红衣主教和法国国务活动家。
② 塔西佗·科尔涅利乌斯(55—118),罗马历史学家,曾任执政官。
③ 贺拉斯(前65—前8),拉丁诗人。
④ 《恺撒回忆录》,是尤利乌斯·恺撒(前101—前44)有关高卢战争和内战的回忆录。

外面,在露天座下边,滔滔的海浪在黑暗中拍打着海岸,发出抖动湿被单一样的声响。空气炎热,满天繁星。

在法国梧桐树丛中,一只夜莺歌唱着……

是塔塔兰买了单。

十 告诉我令尊的大名我再说此花的芳名

给我谈谈门的内哥罗众王子,以便把胖乎乎的鹌鹑轻快地赶出窝。

法国梧桐之夜的次日,天刚破晓,格雷戈里王子就来到那塔拉斯贡人的房间里。

"快,快点,穿上衣服……您的摩尔女人找到了……她名叫芭雅……二十岁,非常漂亮,而且已经成了寡妇……"

"寡妇!……她运气多好!"好人塔塔兰欣喜地说,因为他向来不信任东方丈夫。

"不错,但她的兄弟把她看得很紧。"

"噢!见鬼!……"

"那是个凶狠狠的摩尔人,他在奥尔良集市卖烟斗……"

说到这里,两人沉默下来。

"好吧!"王子又说,"我看您不是那种被这点小事吓破胆的男人。再说,我们买他几个烟斗,兴许能制服这个强盗……嘿,快点,穿上衣服,走运的家伙!"

塔拉斯贡人脸色苍白,激动万分,为爱情而心花怒放。他跳下床,急急忙忙扣着宽大的法兰绒裤子,问道:

"我该做些什么呢?"

"干脆给那女士写封信,请求她约会您!"

"这么说她会法语?……"天真的塔塔兰说话时带着失望的神气,因为他一直梦想着纯而又纯的东方。

"她一句法语也不会,"王子回答得斩钉截铁,"……但您马上口授您的信,我逐字逐句给您翻译过去。"

"啊!王子,您真是古道热肠!"

这塔拉斯贡人开始在房间里大步踱来踱去,沉思默想,搜索枯肠。

你想想,给一位阿尔及尔的摩尔女士写情书,怎么能跟写信给博凯尔的轻佻年轻女缝纫工相比呢。极为幸运的是,我们的英雄曾读破万卷书,所以能将古斯塔夫·艾玛尔书中印第安人的阿帕契①浮夸华丽的辞藻与拉马丁②的《东方之旅》,以及对《雅歌》③的遥远往事的模糊回忆结合起来,写出一封迄今能见到的最东方式的情书。开头是:

"宛若沙漠中的鸵鸟……"

结尾是:

"告诉我令尊的大名,我再说此花的芳名!……"④

浪漫的塔塔兰本想按东方时兴的模式在送信时附带送一束象征性的花,但格雷戈里王子考虑,最好去摩尔女人兄弟那里买几只烟斗,既能缓和先生的野蛮脾气,又肯定能讨那位女士的欢心,因为女士有很大的烟瘾。

"那就赶紧去买烟斗吧!"塔塔兰干劲十足地说。

"不!……不!……让我一个人去。我买烟斗更便宜。"

---

① 阿帕契,指美国西南部印第安人的阿帕契族。
② 拉马丁(1790—1869),法国浪漫派诗人,政治家。
③ 《雅歌》,《圣经·旧约》中的一卷。
④ 那是拉马丁于1835年写的《东方之旅》中的一句。——作者注

"怎么！您愿意……啊，王子……王子……"这好人感到非常内疚，连忙把他的钱包递给乐于助人的门的内哥罗人，还叮嘱他千万别大意，一定要让那位女士感到高兴。

可惜，事情——虽然开头进行顺利——并不像他们希望的那样进展迅速。塔塔兰的雄辩文采似乎非常感动那摩尔女人，而且那女人十有八九已被他先行引诱了，她岂止愿意接待他，还……但她的兄弟却有些犹豫。为了麻痹他们，还得购买几打，十几打，几船烟斗……

"那鬼芭雅拿这么些烟斗干吗呢？"有时候，可怜的塔塔兰也问问自己；——但他照样付钱，从不斤斤计较。

末了，在购买了堆积如山的烟斗，在抒发了情深似海的东方诗兴之后，他们终于得到了一次约会。

我没有必要对你讲述那塔拉斯贡人准备这次会晤时如何心跳，他在修剪他那猎帽人胡须，给胡须上光和洒香水时有多么激动，多么专注，但他并没有忘记——因为一切都须未雨绸缪——在口袋里放一条尖头棍棒和两三支左轮手枪。

永远显得乐于助人的王子也以翻译的身份参加了这首次幽会。摩尔女士住在上城。在她家的大门口，一个十三四岁的摩尔少年吸着香烟。那就是我们谈到多次的兄弟阿里。他一看见两位访客到达便在暗门上敲了两下，随即知趣地走开了。

大门打开了。一个黑女人出现在门口，她一言不发，领着两位先生穿过狭窄的内院，来到一间凉爽的小屋，屋里，摩尔女士正凭依着一张矮床在等待他们……一开始攀谈，塔拉斯贡人感觉她似乎比公共马车上那位摩尔女人更矮壮些……到底是不是那位呀？然而，这种怀疑只是塔塔兰脑袋里的一闪念。

那位女士光着脚,胖乎乎的指头戴着戒指,红扑扑的脸蛋,细嫩的皮肤,煞是好看。可以猜想,在她的镀金呢绒背心和花长裙的花枝图案下,一定是一个可爱的人儿,略显肥胖,香艳恰到好处,身上到处都是圆圆的……她嘴上含一个琥珀水烟袋,金色的烟雾像光环一般笼罩着她全身。

塔拉斯贡人走进去时,一只手放在心上,弯腰行了一个尽可能摩尔式的大礼,痴迷的大眼睛转来转去……芭雅默默地看了他一会儿,然后放下琥珀烟袋,往后一倒,双手捧着头,只露出她雪白的脖子。一阵疯狂的大笑震得这脖子像装满珍珠的口袋一般不住地跳动。

十一 西迪①塔特里·本·塔特里

假如在某个晚上,你走进上城的阿尔及利亚咖啡店与人闲聊,到今天你还能听见摩尔人私下里谈论着某个西迪塔特里·本·塔特里,谈话的人还会挤挤眼,悄悄笑。那可爱而富有的欧洲人——已经是几年前的事了——在上城区同一个名叫芭雅的本地女人住在一起。

给当地城堡周边地区留下如此快活回忆的该西迪塔特里不是别人,正是我们的塔塔兰,你也猜出来了……

你有什么办法?在圣贤和英雄的生活里,总会有像这样轻率、动情、懈怠的时刻。名声在外的这个塔拉斯贡人也不比别人更能幸免于此。因此——整整两个月——他将雄狮和光

---

① 西迪,原为阿拉伯语,是北非人对男子的尊称,意为先生、老爷。

荣抛在脑后,像汉尼拔①在加普亚②那样沉醉于东方式的爱情里,在白城阿尔及尔的逸乐里沉沉睡去。

这好人在阿拉伯城区的中心地带租了一座漂亮的土著小住宅,有内院、香蕉树、多个凉爽的游廊和喷泉。他在那里生活,远离尘嚣,有他的摩尔女人做伴,他自己也从头到脚都变成了摩尔人,每天吸水烟筒,吃麝香味果酱。

芭雅躺在他对面一张无靠背无扶手的长沙发上,手里捧着吉他,用鼻音唱一些单调的曲子,或者模仿肚皮舞逗她的老爷开心,或者手拿一个小镜子照自己雪白的牙齿,要不就对着镜子做出各种撒娇的模样。

那摩尔女人一句法语也不会,而塔塔兰又不懂一句阿拉伯话,他们之间的谈话有时就很不热烈。这原本饶舌的塔拉斯贡人现在总算有了充足的时间来补赎他过去在贝祖盖的药铺里或在科斯特卡德的武器店里过度说话的罪过。

但这种苦行赎罪本身并不缺少魅力,他每天待在那里一言不发,听着水烟筒的咕噜咕噜声,吉他微微颤动的乐音和院子里泉水滴在瓷砖上微弱的声音,他感觉到的是一种近似淫乐的忧郁。

吸水烟筒、沐浴、做爱成了他生活的全部内容。他们很少出门。有时,西迪塔特里会骑上一头像样儿的骡子同坐在他身后的摩尔女士一道去他在郊区购买的一个小花园里吃石榴⋯⋯但他从不,绝对从不去下面的欧洲人居住区。在那边

---

① 汉尼拔(前247—前183),迦太基政治家和将军。
② 加普亚,意大利南部城市,公元前215年,汉尼拔在征战中夺得这个城市,并在那里过着花天酒地的生活,世人指责他的军队"在逸乐中沉睡了"。从此,人们称松懈斗志的安乐为"加普亚的逸乐"。

看见的尽是些酒醉饭饱的佐阿夫兵①、住满军官的摩尔人宫殿,还有连拱廊街上军人走动时发出的永不停息的军刀撞击声,他感到这样的阿尔及尔似乎难以忍受,丑陋得活像西方的警卫队。

总而言之,这塔拉斯贡人活得很滋润。尤其是塔塔兰-桑丘,他原本贪吃土耳其点心,现在竟宣称自己对这新生活满意得不能再满意了……而塔塔兰-吉诃德呢,有时却不免有几分懊悔,尤其在想到塔拉斯贡和他答应寄过去的兽皮时……不过,这种情况保持不了多久,为了摆脱忧伤的想法,只需芭雅一转眸子或来一勺香得出奇的果酱就够了,那果酱的挑逗作用简直跟西尔瑟②的魔法饮料别无二致。

晚间,格雷戈里王子总要来聊聊自由门的内哥罗的事……这位可爱的贵人以他从不懈怠的殷勤一直在住宅里担任翻译的职务,必要时甚至会充当管家,而这一切都不为别的,只为快乐……除了他,塔塔兰只接待一些"土尔人"。所有那些面目可憎的海盗,过去在他们黑黢黢的商摊里间让他胆战心惊,如今,在他认识他们之后,都成了并不伤人的正派生意人、绣花工、香料商贩、制作水烟筒的镟工。这些人都很有教养,谦逊,狡黠,谨慎,在纸牌桌上都是一把好手。一礼拜有四五次,这些先生去西迪塔特里家度过晚间的时光,赢他的钱,吃他的果酱,钟敲十点,他们一边感谢先知,一边不声不响地撤退回家。

---

① 佐阿夫兵团,创建于1830年的法国轻步兵团,原由阿尔及利亚人组成,1841年起全部由法国人组成。
② 西尔瑟,荷马的史诗《奥德赛》里的一个起重大作用的女巫师。

他们走后,西迪塔特里偕忠诚的夫人去平屋顶露台继续度完晚间的时光。那是一个很大的白色屋顶露台,从那里可以俯瞰全城。周围还有成千个这样的白色露台,在月光下都显得很安静,这些露台顺山势逐级而下,直到海边。微风吹过,送来轻柔的吉他琴声。

突然,一种清澈嘹亮的乐音,宛如一束星星,缓缓升上天空。在邻近的清真寺尖塔上,出现了一位漂亮的穆安津①,在深蓝色的夜空清晰地凸显出他白色的剪影。他歌颂着真主的荣光,他那美妙的声音一直传到天边。

芭雅连忙放下吉他,她那对转向穆安津的眼睛仿佛在无比快乐地倾听他的祈祷。在歌唱持续期间,她始终待在那里,微微颤抖着,沉醉着,有如东方的圣特雷萨②……塔塔兰也很激动,他注视着芭雅祈祷,自己在心里想,能够引起如此狂热信仰的宗教,那必定是崇高而强有力的宗教。

塔拉斯贡,遮住你的脸吧!你的塔塔兰正在考虑叛教呢。

十二 塔拉斯贡来鸿

在一个晴朗的下午,天空湛蓝,微风和煦,西迪塔特里骑在他的骡子背上独自从他的小园子回家……他的双腿因宽大的草编垫子而分得很开,垫子上驮满了香橼和西瓜。这好汉被大马镫发出的声音催眠一般抚慰着,身子和脑袋同时摇来摆去,就这样在秀色可餐的景致里走着,双手交叉放在肚子

---

① 穆安津,指在清真寺尖塔上报祈祷时间的人,原意为"宣告者"。
② 圣特雷萨(1515—1582),西班牙天主教会的女改革家。

上,温热的舒适感使他进入了昏睡状态。

忽然,在进入城区的当儿,他被一声响亮的招呼惊醒了。

"嘿!见鬼!那好像是塔塔兰先生。"

那塔拉斯贡人一听见塔塔兰几个字,一听见快活的南方口音,连忙抬起头。他瞥见在他前面两步远的地方佐阿夫号船长巴巴苏师傅那张晒黑了的脸。船长正在一家小咖啡店门口吸着烟斗喝苦艾酒。

"嘿!是巴巴苏。"塔塔兰说着让骡子停下。

巴巴苏没有回答他,只把眼睛睁得大大的瞧了他一会儿,然后蓦地笑了起来,笑得那么厉害,西迪塔特里窘得愣在那里,屁股坐在自己的西瓜上。

"戴的是啥头巾呀,我可怜的塔塔兰先生!……看来大家说的没错,您还真成了'土尔人'?……那小芭雅呢,她还在唱《美人马尔柯》?"

"《美人马尔柯》!"塔塔兰说道,不觉怒形于色……"您得搞清楚,船长,您谈到的那个人儿是一位正派的摩尔姑娘,而且她听不懂一句法国话。"

"芭雅,一句法国话不懂?……那您是从哪儿钻出来的?"

那好船长笑得越发厉害了。

他看见可怜的西迪塔特里拉长了面孔,连忙改口说:

"其实,有可能不是同一个女人……算我搞混了吧……不过,您瞧,塔塔兰先生,不管怎么说,您最好还是留神一下阿尔及利亚的摩尔女人,还有那些门的内哥罗王子!……"

塔塔兰在马镫上站起身来表示不满。

"王子是我的朋友,船长。"

"好!好!咱别生气……您不喝杯苦艾酒?不喝。不给家乡捎个口信啦?……也不……那好吧!这么着,祝您旅途愉快……噢,对了,老乡,我带来了一些地道的法国烟草,假如您愿意带几烟斗回去……您就拿去吧!拿吧!这对您有好处……是您吸的那该死的东方烟草把您的思想弄乱了。"

说毕,船长又回去喝他的苦艾酒,塔塔兰则若有所思地让骡子小跑着走上回家的路……尽管他伟大的心灵拒绝相信船长的任何一句话,巴巴苏那些暗示仍然使他伤感,加上他那些生硬的粗话和家乡那边的口音,这一切都在他心里引起了朦胧的悔恨之情。

到家里时,他没有看见一个人。芭雅在沐浴……他觉得那黑女人显得很丑,住宅也显得凄凉……在一种难以形容的惆怅之情折磨下,他来到泉水边坐下来,用巴巴苏的烟草填满烟斗。这烟草是用撕下的一小片名叫《信号》的报纸包起来的,在展开纸片时,他家乡的名字赫然出现在他的眼前。

《塔拉斯贡来鸿》

"全城的人都处于恐惧和焦虑中。雄狮杀手塔塔兰已前往非洲猎杀大型猫科动物,但几个月以来,他音信杳无……我们那英勇的同胞情况如何?……当大家同我们一样了解他容易发热的头脑、他的大胆、他如何渴求冒险,大家就不大敢互相提这个问题了……他是否和其他许多人一样已被黄沙吞没,或已落入某个阿特拉斯猛兽嗜血的獠牙之下?因为他曾答应将兽皮寄回市里……这样的不确定性多么可怕!而有些来博凯尔赶集的黑人小贩硬说他们在沙漠深处遇见过一个欧洲人,其体貌特征酷似塔塔兰,此人已朝通布图①方向走去……愿上帝保佑我们的塔塔兰!"

塔拉斯贡人阅读这个片段时,脸红一阵,白一阵,激动得全身震颤。整个塔拉斯贡都出现在他的脑海里:联谊会、猎帽人、科斯特卡德家的绿皮圈椅;还有像展翅翱翔的雄鹰一般的好司令布拉维达那令人生畏的八字胡。

再看看现在的自己,卑怯地蹲在草席上,而家乡的人还认为他正在屠杀猛兽!塔拉斯贡的塔塔兰这时百感交集,惭愧不已,他哭了。

突然,英雄跳了起来。

"猎狮!猎狮!"

他冲到堆杂物的满是灰尘的小房间,那里躺着他的轻便帐篷、药箱、罐头、武器箱。他把这些东西一一拖到院子中央。

塔塔兰-桑丘刚断气,只剩下塔塔兰-吉诃德了。

花少许时间检查装备,武装起来,全身披挂,穿上巨靴,再花少许时间给王子写封短信托他照顾芭雅,并在信封下边放几张浸着眼泪的蓝色钞票,之后,塔拉斯贡勇士便乘驿车走上去卜利达的马路。留在家里的黑女人在西迪塔特里留下的水烟筒、头巾、拖鞋面前惊得目瞪口呆,那一大堆旧穆斯林行头可怜巴巴地躺在游廊上的小白车轴草下。

---

① 通布图,属于非洲的马里。

第三回　在雄狮之乡

一　被放逐的驿车

那是一辆昔日的旧驿车，老式坐垫用的是业已褪色的蓝粗毛呢，坐垫上装饰的极粗糙的大绒球经过几小时的路程，最后竟在乘客的背上做起绒灸来……塔拉斯贡人氏塔塔兰在半圆形后座得到了一个可坐的角落，他便尽量在那里安顿下来。在等待嗅进非洲大型猫科动物散发的带麝香的味儿之前，英雄还只得先闻闻这旧驿车的陈年好味道，这味儿是千百种味道奇特的组合：男人、马匹、女人和皮革，还有食品和发霉的草料。

在这半圆形后座里几乎什么都有。一位天主教西多会中的特拉普派修士、几个犹太商贩、两个赶回部队——第三轻骑兵团——的轻佻女人、一个奥尔良斯维尔的摄影师……然而，这形形色色的旅伴无论怎样富于诱惑力，塔拉斯贡人并没有与他们交谈。他若有所思地待在那里，抄着手，卡宾枪放在双膝之间……他的仓促上路、芭雅的黑眼睛、他即将进行的可怕的狩猎，这一切都使他的脑子乱作一团。此外，这辆在非洲内地找到的看上去如此古朴的欧洲驿车又使他朦胧忆起了他青年时代的塔拉斯贡,在郊外的赛跑,在罗讷河畔的野餐,蜂拥而至的往事……

夜幕渐渐降临。车夫点燃了车灯……生锈的驿车每次颠簸时,老旧的弹簧都会咔嚓叫个不停;驿马小跑着,颈圈上的铃铛丁当响着……时不时从那上边,从驿车顶层的防雨篷下传来吓人的哐当声……那是战争器材。

半睡半醒的塔拉斯贡人氏塔塔兰在片刻间看了看身边的旅客,他们被车轮的颠簸弄得摇摇晃晃,十分滑稽,像一个个怪诞的影子在他面前跳舞。接着,他的眼睛逐渐变黑,他的思想也逐渐模糊,只能隐隐约约听见车轮轮轴的呻吟和车身如泣如诉的抱怨声……

忽然,一个声音,一个老仙女的嘶哑、颤抖、微弱的嗓音在呼叫塔拉斯贡人的名字:

"塔塔兰先生!塔塔兰先生!"

"谁在叫我?"

"是我,塔塔兰先生。您不认识我啦?……我就是这辆老驿车——二十年前——我跑塔拉斯贡到尼姆那一趟……我载过你们多少次呀,当时,您和您的朋友们,你们去戎基埃尔或贝勒加德那边猎帽!……我一开始没有认出您,因为您戴的是'土尔人'的帽子,而且您发福了。可是,您一开始打呼,好家伙!我马上就认出您了。"

"好嘛!好嘛!"塔拉斯贡人说,有点恼火。

接着,他缓和一下口气说道:

"但是说到底,我可怜的老家伙,您来这里干什么?"

"噢!我的好塔塔兰先生,我可不是自愿到这里来的,我向您保证……博凯尔的铁路一修好,他们就觉得我不中用了,就把我发配到非洲来……还不止我一个呢！几乎所有的法国驿车都跟我一样被流放了。人家认为我们太反动，如今，我们全体都在这里过着苦役犯的日子……你们在法国称之为阿尔及利亚铁路的就是这么回事。"

说到这里，老驿车叹了一口长气，然后接着说：

"唉！塔塔兰先生，我好想念我美丽的塔拉斯贡呀！对我来说，那真是些好日子，是充满青春活力的时期！您得看看当时我每天早上出发是什么模样，猛水洗刷，全身发亮，车轮油漆一新，我那两盏车灯就像两个太阳，而我那上了油的防雨篷真是油光锃亮！马车夫甩鞭子哼着小曲：'拉噶迪噶陡，塔拉斯克！塔拉斯克！'那才叫帅呢！车长身上斜挂着短号，头上斜戴着绣花鸭舌帽，他先将他性格暴躁的小狗往顶层猛一扔，自己也随着跳上去，在上面叫着：'开车！开车！'我那四匹马便在车铃的丁当声中动起来。只听得一片狗叫声和铜号声，街两边的窗户都打开了，全塔拉斯贡的人都自豪地瞧着驿车在皇家公路上飞跑，那是什么派头！

"好漂亮的公路呀，塔塔兰先生。又宽，保养又好，还有按公里立的路程碑，一小堆一小堆的石头间隔着摆放得整整齐齐。公路左边和右边的平原全长着橄榄树和葡萄……而且，隔十步就有一家旅店，隔五分钟就能看见驿站……我那些旅客呢，多好的人呀！镇长县长去尼姆看他们的省长，本堂神甫去尼姆看他们的主教。正派的塔夫绸商人从市场老老实实回家，中学生回乡度假，还有穿绣花长工作服的农夫大清早都新修了面。那上边，顶层上坐的就是你们，猎帽先生们，你们总是那样好心情，你们唱各自家里的歌唱得真好，到晚上，你们就在星光下回家！……

"如今,那是另外一回事了……天晓得我运载的都是些什么人!一大堆不知从哪儿钻出来的异教徒,让我身上挤满了虱子臭虫,黑人、贝督因人①、雇佣兵、各国的冒险家、穿得破破烂烂的移殖民,他们吸烟斗,把我弄得好臭!这伙人讲的话连上帝老爷子都听不懂……而且您也瞧见了,他们在怎样对待我!从不刷刷我,从不洗洗我。人家还抱怨我车轴上有污油……我从前那些安静老实的大肥马没有了,代替它们的是些阿拉伯矮马,它们像魔鬼附身似的互相打架、撕咬,跑路时跳跳蹦蹦活像山羊,还把我的车辕给踢断了……哎呀!……哎呀!……这不!又开始了……公路嘛!这边还能忍受,因为我们旁边是政府;但那边,什么也没有,根本见不到路。能走哪儿走哪儿,翻山越岭,横穿平原,在矮矮的棕榈树丛中走,在乳香黄连木丛里走……看不见一个固定的驿站。停车由车长任意决定,有时在这个农庄,有时在另一个农庄。

"有时,这小顽童为了去朋友家喝苦艾酒或掺酒的咖啡就让我绕两里尔的路程……这之后,瞧那车夫怎么甩鞭子赶马吧!得补回丢掉的时间呀。太阳灼人,尘埃烧人。仍旧扬鞭催马!车碰车,翻车了!扬鞭打马更凶!还得游泳过河,全身湿透,感冒,淹没……仍旧是鞭子!鞭子!鞭子!……到了晚上,我全身淌水,这可好,我这么大把年纪,还患有风湿病!……——我还得露宿在沙漠旅行队歇脚的庭院里,而且庭院四处漏风。夜里,豺呀,鬣狗呀,都跑来闻我的行李厢;偷农作物的家伙怕露水,干脆到我车厢里取暖……这就是我如今的生活,我可怜的塔塔兰先生,而且这种日子我还得一直过

---

① 贝督因人,系阿拉伯游牧民族,居住在北非和中东。

下去,直到有一天,我被太阳烤焦,被潮湿的夜晚浸得腐烂,倒在——我别无选择——险恶的大路哪个角落,那时,阿拉伯人会利用我老朽的骨架煮他们的古斯古斯①……"

"卜利达!卜利达!"车夫边打开车门边喊。

二 一位矮先生经过的地方

塔拉斯贡的塔塔兰透过蒙着水气的玻璃窗隐约看见一个漂亮的小县广场,那广场很规正,周边围着连拱廊,并栽种了柑橘树。一批矮矮的铅弹兵正在广场中央粉红色透明的晨曦里做早操。咖啡馆正在搬开护窗板。在广场的一角,菜市场里摆放着蔬菜……这一切都很赏心悦目,但还闻不到一丁点狮子味儿。

"去南方!……更往南!"塔拉斯贡好人喃喃说道,又深深坐进自己的角落。

此刻,车门打开,放进来一股新鲜空气。在开花的柑橘树的芳香里,空气展翅带进来一位穿浅褐色礼服的矮个子先生。他年老,瘦削,满脸皱纹,一本正经,面孔只有拳头那么大,黑丝领带只有五个指头长,公事皮包加雨伞:一个地道的乡村公证人。

坐在对面的矮个儿先生瞥见塔拉斯贡人的武器装备显得极其吃惊,便开始注视塔塔兰,他看得目不转睛,令对方感到别扭。

有人给马卸了套,再给新换上的马上了套,驿车又出发

---

① 古斯古斯,北非人用麦粉团加佐料做的菜。

了……矮个儿先生却一直注视着塔塔兰……到最后,塔拉斯贡人终于生气了。

"这让您吃惊吗?"他说,轮到他面对面直视那矮个儿先生了。

"不!这让我感到不舒服。"那一位非常平静地答道。

事实是,塔拉斯贡的塔塔兰随身携带着轻便帐篷,左轮手枪,两支带套的步枪,还有他的猎刀——更别提他自身的肥胖——他占的地方的确太宽了……

矮个儿先生的回答触怒了他。

"顺便问一句,您是否认为我去猎狮该带您的雨伞?"伟人傲气十足地说。

矮个儿先生看看自己的雨伞,微微一笑,然后,跟适才一样冷静地回答道:

"这么说,先生,您是?……"

"塔拉斯贡的塔塔兰,雄狮杀手!"

在说这句话时,塔拉斯贡勇士像摇狮鬣一样摇着他"舍西亚"上的流苏。

驿车里,众人惊愕地动了动。

特拉普派教士连忙画十字,两个轻佻女人害怕得小声惊叫,奥尔良斯维尔的摄影师往雄狮杀手身边靠,已经在梦想给他照相的殊荣了。

那矮个儿先生倒没有张皇失措。

"您是否已经猎杀过好多狮子,塔塔兰先生?"他十分平静地问道。

塔拉斯贡人应对得相当漂亮:

"我是否猎杀过好多狮子!……但愿您头上能长出同样

多的头发。"

全车厢的人都笑起来,边笑边瞧矮个儿先生脑袋上竖着的《鲁赛尔小兄弟》①式的三根黄头发。

奥尔良斯维尔的摄影师也说话了:

"您那职业够可怕的,塔塔兰先生!……偶尔也会遇上不顺心的时刻吧……比如,那可怜的邦保乃尔先生……"

"噢!对,那豹子杀手……"塔塔兰相当蔑视地说。

"您认识他吗?"矮个儿先生问道。

"嗨,那当然……还问我是否认识他……我俩在一起打猎岂止二十次。"

矮个儿先生笑笑,说:

"这么说,您也猎豹,塔塔兰先生?"

"有时猎,出于消遣……"狂热的塔拉斯贡人说道。

他又抬起头补充说,他那英姿勃勃的做派着实让两个轻佻女人心动:

"那可比不上猎狮!"

"总之,"奥尔良斯维尔摄影师壮着胆子说,"一头豹子不过是一只大猫……"

"正确!"稍稍贬低邦保乃尔的荣誉倒不让塔塔兰生气,尤其在女士们面前。

说到这里,驿车停下了。车夫前来打开车门,转身对矮个儿先生:

"您到了,先生。"他毕恭毕敬地对他说。

矮个儿先生起身走下车,然后在重新关上车门之前说道:

---

① 《鲁赛尔小兄弟》,一首民歌,鲁赛尔身上所有的东西都以三计算。

"允许我劝劝您吗,塔塔兰先生?"

"劝什么,先生?"

"听我说,毫无疑问,您看上去是个好人,所以我更愿意对您说说实情……您赶快回塔拉斯贡吧,塔塔兰先生……您在这里是浪费时间……在省里的确还剩下几头豹子,但,那不值一提!对您来说,豹子简直是小野味……至于狮子,早完了,在非洲已经没有狮子了,我的朋友夏森刚杀死了最后一头。"

说罢,矮个儿先生敬个礼,关上车门,带上他的公文皮包和雨伞笑着走了。

"车夫,"塔塔兰撇着嘴问,"这位仁兄到底是谁呀?"

"怎么!您不认识他?那就是邦保乃尔先生呀。"

三 狮子修道院

塔拉斯贡人氏塔塔兰在米利亚那下车,驿车继续往南走它的路。

经过两天艰难颠簸的行程,他两夜没有合眼,一直瞪大眼睛从车门望出去,看能否在田野或公路两旁瞅见狮子硕大的身影。经过如此长时间的不眠之旅,的确应该休息几个钟头了。加之,如果我们竹筒倒豆子,可以说,自从他与邦保乃尔之间发生那件让他尴尬的事情之后,尽管他有自己的武器,尽管他噘嘴赌气的模样让人害怕,尽管他戴的是红帽子,在奥尔良斯维尔摄影师和两个第三轻骑兵团的慰安女面前,这正直的塔拉斯贡人仍然感到不是滋味。

他在米利亚那的宽阔大街上走着,大街上到处种着漂亮的树,到处都有喷泉。然而,这可怜的人一边寻找适合他的旅馆,一边却禁不住想起邦保乃尔的话……如果那是真的呢?如果阿尔及利亚真的再见不到狮子呢?……那又何必跑这么多路,受这么多辛苦?

突然,在一条街的转弯处,我们的英雄竟面对面遇上了……谁?你猜猜……遇上了一头极其漂亮的雄狮!雄狮在一家咖啡店门前等着什么,它像王者一般正襟危坐在那里,浅黄褐色的狮鬣朝着太阳。

"他们都对我说了些什么呀,竟说没有狮子?"这塔拉斯贡人边大叫边往后一跳……一听见这声惊叫,狮子立即埋下头,用嘴含起一个放在它面前人行道上的乞讨木钵,它谦卑地将木钵伸向惊吓得一动不动的塔塔兰……一个阿拉伯人经过那里,往木钵里扔了一个大铜板;狮子摇摇尾巴……到这时,塔塔兰才明白了一切。他现在才看见原来因激动而没有看见的情况,一大群人围着一头驯养的盲狮,两个手执木棍的大个子黑人带着狮子在城里四处乞讨,就像萨瓦①人带着驯养的旱獭一样。

塔拉斯贡人勃然大怒:"混蛋!"他声若雷鸣般大叫道。"你们竟这样贬低这些高贵的动物!"他冲到狮子身边,从它王者的嘴里拔出那邪恶的乞讨木钵。那两个黑人以为遇见了小偷,急忙朝塔拉斯贡人扑过来,举起手上的大头棒……立即出现了可怕的推推搡搡……黑人打着,妇女们嚷嚷着,孩子们笑着。一个犹太老皮匠从他的小铺里往外大叫:"别打了!别打了!"狮子自己两眼一抹黑,也试着咆哮一声;不走运的

---

① 萨瓦,法国东南部的一个地区。

塔塔兰则在作困兽之斗后,滚到了地上一大堆铜板和垃圾当中。

这时,一个男人从人群中冲杀出来,一句话将黑人吆喝开,稍一动作便将妇女儿童赶到了旁边,然后扶起塔塔兰,替他掸掸灰尘,摇摇他,将气喘吁吁的他扶到一个界石上坐下。

"怎么!万子,是您?……"好人塔塔兰边揉自己的肋骨边问。

"呃!是我,我英勇的朋友,正是我……我一收到您的信,就把芭雅托付给她的兄弟,然后租一辆驿站快车,快马加鞭跑了五十里尔,这不,到得正是时候,恰好把您从那些粗人的暴力中夺回来……您到底干了什么,上帝!竟招来了这样的麻烦?"

"有什么办法,万子?……看见这不幸的狮子嘴里咬着乞讨的木钵,被人凌辱,被人制服,被人嘲笑,成了所有人的笑柄……"

"可是您搞错了,我高尚的朋友。恰恰相反,这头狮子对他们来说,正是尊敬和爱戴的对象。这是一头神圣的动物,它是一家大狮子修道院的一分子,这个修道院是三百年前由穆罕默德·本·阿乌达建立的,是缄口苦修会一类的可怕而野蛮的机构,那里到处能听见虎啸狮吼,到处能闻到猛兽味儿。一些很奇特的修道士驯养着几百头狮子,而且将它们从修道院派往整个非洲北部,随行的是些从事募捐活动的修士。修士们接受的馈赠用来维持修道院和附属的清真寺的开支。那两个黑人刚才之所以那么恼火,是因为他们相信,他们乞讨的铜板中,有一个铜板,如果因他们的过错而丢了或被偷走了,他们带领的狮子会立即把他们吃掉。"

塔拉斯贡的塔塔兰听他叙述如此荒谬可笑而又真实的故事,不禁喜形于色,大声吸了一口气。

"这一切最让我开心的是,"他总结说,"但愿我那邦保乃尔别不乐意,在阿尔及利亚仍然有狮子!……"

"岂止有狮子!"王子兴高采烈地说……"明天,我们就去谢里夫平原搜索,您到时候就知道了!"

"怎么!万子……您也有意去狩猎!"

"那当然!您以为我会让您一个人深入非洲腹地,去那些凶恶的部落当中吗,您又不懂他们的语言和习惯……不!不可能!名声在外的塔塔兰,我再也不会离开您了……您到什么地方我都愿意去。"

"啊!'万子,万子'……"

满面春风的塔塔兰把大无畏的格雷戈里拉过来紧紧贴在心上。他自豪地想到,他即将效法朱尔·热拉尔、邦保乃尔和所有著名的雄狮杀手,在一位外国王子的陪伴下去进行狩猎。

四　结队同行

翌日,天刚黎明,英勇的塔塔兰与同样英勇的格雷戈里王子带领六名黑人脚夫走出米利亚那城,沿着一条斜坡路往南,朝谢里夫平原走去。这条美不胜收的斜坡路浓荫蔽日,路两边长着茉莉花、侧柏、角豆树、野橄榄树。两行绿篱掩映着一个个土著的小花园,千百条天然山泉在岩石间欢快地歌唱着瀑泻下来……一派黎巴嫩风光。

格雷戈里王子跟伟人塔塔兰一样全副武装,此外,他还不伦不类地戴了一顶华丽而又奇特的军帽,军帽上镶有金色饰带,其中金线绣就的橡树叶让殿下看上去酷似一位墨西哥将军,或一位多瑙河沿岸泊船站的站长。

这顶鬼军帽使那塔拉斯贡人感到格外惊讶,他胆怯地要求王子稍作解释。

"这顶军帽在非洲旅行必不可少。"王子一本正经地回答说。他一边用袖子里层将帽檐擦得锃亮,一边给他天真的同伴介绍军帽在我们同阿拉伯人的关系中所起的重要作用。只有这个军队的标志具备吓唬他们的特权,所以行政当局不得不让所有的成员都戴上军帽,从养路工到注册登记处的接待人员。总而言之,要统治阿尔及利亚——一直是王子在说话——并不需要聪明才智,甚至不需要头脑。只要一顶漂亮的有饰带的军帽顶在一根棍子上就够了,就像格斯勒①的无边直筒高帽一样。

就这样,这支沙漠旅行队边走路边海阔天空地闲聊。脚夫们——赤着脚——像猴子一般叫着从这个岩石跳到那个岩石。武器箱丁当响着;枪支闪着光。土著人经过他们身边,在神奇的军帽面前总会深深鞠躬……那上面,在米利亚那要塞,阿拉伯局局长正偕夫人顶着强风散步,他一听见这一片不寻常的声音,一看见树枝间兵器闪闪烁烁,便认为可能遭遇袭击,连忙命人降下城壕的吊桥,敲起紧急集合鼓,立即宣布城市处于被包围状态。

沙漠旅行队的开局真不错!

~~~~~~~~~~~~~~~~

① 14世纪初,日耳曼皇帝的大法官格斯勒命人在瑞士的阿道夫广场竖一个木杆,上面顶一顶奥地利公爵帽,逼迫所有瑞士人经过那里都要向帽子敬礼,只有威廉·退尔拒绝此种侮辱,他为此而被捕。当局要他朝他儿子头上的苹果射箭,结果他经受了可怕的考验,赢得胜利。

不幸的是，一天还没有完，已经荆棘载途了。几个运行李的黑人，一个因吃了药箱里的橡皮膏而腹绞痛得吓死人，另一个喝了加樟脑的烧酒醉倒在路旁。第三个运的是游记簿，他见搭扣有镀金而顶不住诱惑，相信自己得到了麦加的宝贝，便抬脚飞也似的逃到扎卡尔去了……应该考虑对策了……沙漠旅行队停下来，在一棵老无花果树斑驳的树阴下开会。

"我主张，"王子说着试图把一片干肉饼放进改良的三层平底锅里用水搅拌成泥，但没有成功，"我主张今天晚上开始打发掉这些黑人脚夫……离这里很近的地方正好有个阿拉伯市场。最好是去那里停一下，买几头小种驴……"

"不！……不成！……不买小种驴！……"伟人塔塔兰急忙打断他的话，小黑子的记忆使他顿时变得面红耳赤。

他补充说，样子很虚伪：

"您怎么会想到那么小的牲畜能驮运我们的全部行装呢？"

王子笑了，说：

"这正是您的错觉，我有名气的朋友。阿尔及利亚微型驴显得再怎么瘦，再怎么弱，它腰板儿可非常硬朗……还就是它们扛得住需要扛的东西……您最好问问阿拉伯人。他们是这样解释我们的殖民组织的……他们说，在最高处，有总督先生，他手上拿一根棍子，他打参谋部的人，参谋为了报仇，打士兵，士兵打移殖民，移殖民打阿拉伯人，阿拉伯人打黑人，黑人打犹太人，犹太人就打小种驴，可怜的小驴再也无对象可打，便伸出脊背，承受一切。您看得很清楚，小种驴是否能承受您的箱子。"

"不管怎么说，"塔拉斯贡的塔塔兰说道，"我认为小驴有碍我们沙漠旅行队的观瞻……我希望得到更有东方味儿的什么……比如,我们要是能搞到一匹骆驼……"

"您想要就能得到。"殿下说。于是,队伍朝阿拉伯市场开拔。

市场离那里有几公里,坐落在谢里夫河岸边……那里有五六千衣衫褴褛的阿拉伯人麇集在向阳的地方。他们吵吵嚷嚷,都在干着假冒伪劣的交易,身边堆着盛满黑色橄榄的坛子、蜂蜜罐子、香料口袋、大堆大堆的雪茄烟。还有烤全羊的一处处炭火,羊身上流着黄油;在露天屠宰场,一些赤身露体的黑人用小刀将挂在杆子上的山羊羔切成碎块,他们的脚浸泡在鲜血里,手臂被血染得通红。

在一个角落,一个打着五颜六色补丁的帐篷下坐着一位摩尔法院书记官,手上捧着一本大账簿和眼镜。这边,围着一堆狂叫不已的人,他们在玩轮盘赌,轮盘安放在小麦量器上,一些卡比尔人①在轮盘周围恶斗……那边,有人跺脚,有人高兴,有人嬉笑:原来大家在观看一个犹太商贩和他的骡子,他们都淹没在谢里夫河中……还有蝎子、狗、乌鸦、苍蝇!……苍蝇之多!……

多么奇怪,竟见不到一头骆驼。不过,最后还是发现了一头,几个姆扎布人正想将它脱手。那是一头地道的沙漠骆驼,经典骆驼,皮上无毛,面容愁苦,贝督因式的长脸,它的驼峰因为长期挨饿已经变得很软,忧郁地斜在一边。

塔塔兰觉得这骆驼如此漂亮,他真想让全旅行队的人都坐上去……仍是那东方式的荒唐!……

---

① 卡比尔人,指居住在阿尔及利亚的柏柏尔人。

骆驼蹲下,大家将箱子紧紧捆在它背上。

王子在骆驼的脖子上就座,塔塔兰为了显得更加威严,高高地坐在驼峰上的两个箱子之间。他在那上面稳稳当当地傲然端坐着,用高贵的手势向赶来看热闹的全市场的人致意,然后发出启程的信号……天杀的!要是塔拉斯贡的老乡能看见他此刻的模样!……

骆驼再站起身来,迈开它那长而瘦骨嶙峋的腿开始飞奔。

啊,好不惊慌!刚跑了几步,塔塔兰已经感到自己脸色发白了。那英雄的"舍西亚"也重蹈覆辙,一一演出了在佐阿夫号上表演的各种姿势。这鬼骆驼前后颠簸有如一艘三桅战舰。

"万子,万子,"塔塔兰喃喃道,他脸色煞白,双手紧紧抓住驼峰上晒干的乱麻似的枯黄驼毛,"万子,咱们下去吧……我感觉……我感觉……我马上会让法国遭到嘲笑……"

去你的吧!骆驼已经箭也似的飞出去了,还有什么东西能阻挡住它!四千个阿拉伯人跟在他们后面跑,光着脚,指手画脚,笑得跟疯子一样,露出的六十万颗雪白的牙齿迎着太阳闪闪发光……

塔拉斯贡的伟人不得不忍气吞声。他伤心地扑在驼峰上,"舍西亚"这才得以任意采取自己喜欢的姿势……而法国却丢了脸面。

五 欧洲夹竹桃林中的夜伏

新坐骑无论怎样别致,为"舍西亚"着想,我们的雄狮杀手仍不得不放弃,因此,大家继续跟从前一样步行前进。沙漠旅行队平静而又循序渐进地往南方走去,塔拉斯贡人打头,门的内哥罗人殿后,骆驼驮着武器箱也走在队伍当中。

远征进行了约莫一个月。

在这一个月当中,为了寻找不可能找到的狮子,那让人受不了的塔塔兰在谢里夫平原从这个阿拉伯村镇漂泊到那个阿拉伯村镇,走遍了可怕而又离奇的法属阿尔及利亚,在那里,处处都有古老东方的馨香与苦艾酒和军营的味道搅和在一起;亚伯拉罕①与祖祖混为一谈,那是一种仙境般美妙的东西与一种幼稚的滑稽可笑的东西之混合体,有如拉拉梅中士或皮图下士②讲述的一页《旧约》……对原本善于观察的眼睛来说,那简直是一种奇观……我们在教化一个腐朽的野蛮民族,同时向他们传播我们自己的恶习……毫无监督的凶恶的当权者,那些古怪的头头在他们骑士勋章的绶带上正儿八经地擤鼻涕,而且动不动就命人棒打百姓的脚底。戴大眼镜的伊斯兰法官行使的是没有良心的司法权,代表法律和可兰经的伪君子们梦想着八月十五日,梦想着在棕榈树下得到升迁,而且为一份小扁豆或加糖的古斯古斯而出卖拘票,有如以扫出卖长子权③。一些放荡而又醉醺醺的头头原本是某个尤素福将军的刷马人,如今与巴利阿里群岛来的洗衣女饮酒作乐,珍馐美味,觥筹交错,而帐篷外全部落的人却数米而炊,饿殍遍野;人们同猎兔狗争抢酩酊大醉的贵族老爷扔下的残羹剩饭。

---

① 亚伯拉罕,原意为"万民之父",系《圣经》故事中犹太人的始祖。
② 指1789年前王朝时期和十九世纪法国士兵的典型。——作者注
③ 以扫是《圣经》故事中以撒和利百加之长子,与雅各为孪生兄弟。一日,他打猎回家,饥饿疲乏,见雅各煮红豆羹,欲索食,雅各乘机要挟他让出长子权。他急于求食,遂允诺。

而且,周围是一个接一个的荒原、被焚烧的野草、光秃秃的灌木丛、仙人掌和乳香黄连木丛林,这就是法国的粮仓!……可惜呀!是没有谷物的粮仓。是只富产豺狼和臭虫的粮仓。一个个惊恐万状的部落背井离乡,不知往何处逃避饥荒,一路上留下了一具具尸体。每走一段路程,都能看见一个法国村庄,房屋只剩下断壁残垣,农田里没有庄稼,饿得发狂的蝗虫甚至吃掉住家户的窗帘。所有的移殖民都聚集在咖啡馆喝苦艾酒,讨论改革方案和宪法。

这一切,如果塔塔兰愿意花费些许注意力,原本可以看个一清二楚,然而,这塔拉斯贡男人全部心力都集中在猎狮的狂热之中,他只顾往前走,既不看右边,也不看左边,眼球顽固地盯在他臆造的巨兽身上,而巨兽却从未出现过。

由于轻便帐篷顽固坚持不予开启,而干肉饼又始终拒绝融化,沙漠旅行队不得不早晚都在部落里停留。多亏格雷戈里王子的法国军帽,我们的猎手们到处受到热忱的接待。他们下榻在阿尔及利亚高级官员家里,住在奇里古怪的宫殿里,或无窗的白色农庄里,在那里可以看见混杂在一起的水烟筒、桃花心木五斗橱、士麦那①的地毯、可控制亮度的照明灯、装满土耳其西昆②的雪松木箱,以及路易·菲利普③风格的挂钟……塔塔兰走到哪里,哪里就为他举行豪华的联欢会,"第

---

① 士麦那,土耳其伊兹密尔的古称,是位于爱琴海边的港口城市。
② 西昆,古代威尼斯金币。
③ 路易·菲利普(1773—1850),法国国王,1830 年至 1848 年在位。此处指该国王统治时期流行的风格。

法"①、"芳塔西亚"②……为招待他,有些"古姆"③总动员开枪射击,在阳光下亮出他们的呢斗篷。射击完毕后,厚道的官吏便走过来给他亮出了账单……这就是所谓的阿拉伯式好客……

仍然没有狮子。就像新桥④上没有狮子一样!

不过,塔拉斯贡人并不气馁。他大胆深入南方,成天与丛林为伴,用卡宾枪托搜索矮棕榈树丛,在每个荆棘丛里喊着"福瑞!福瑞!"而且,在每天晚上睡觉之前,都去野外埋伏两三个钟头……白费力气!狮子始终没有露面。

不过,有一天晚上,六点左右,沙漠旅行队正穿过一个纯紫色的乳香黄连木树林,一些热得昏昏沉沉的胖鹌鹑在野草中跳来跳去。塔拉斯贡的塔塔兰相信自己听见了——但那么遥远,那么模糊,被微风吹得那么断断续续——绝妙的狮吼,他在那边,在塔拉斯贡米泰讷动物园的木板房里听见过多少次这样的狮吼呀!

乍一听,他还以为自己在做梦呢……但,片刻之后,狮吼——还那么遥远,尽管听得更清晰——又开始了。而且这一次,与狮吼同时,从地平线内的各个角落传来了各乡镇的狗吠声。狮吼使骆驼既震惊又害怕,驼峰簌簌抖动着,上面的罐头和武器箱也丁当直响。

再也不能怀疑了,就是狮子……快,快,埋伏起来!一分钟也不能耽误。

---

① "第法",北非阿拉伯人招待宾客的宴会。
② "芳塔西亚",阿拉伯骑兵的骑术表演。
③ "古姆",法国在北非等地招募的土籍士兵。
④ 新桥,指巴黎塞纳河上的一座桥。

正好在旁边有一座古老的圣人坟墓,坟墓的上端有一个白色的圆屋顶,死者的几双黄色拖鞋放在墓门上方的壁龛里,还有一大堆奇里古怪的还愿物、呢斗篷的下摆、金线、红棕色头发——悬挂在坟墙上……塔拉斯贡的塔塔兰把他的王子和骆驼暂时搁在那里,自己则开始去寻找埋伏的地方。格雷戈里王子想跟着他走,但塔拉斯贡人拒绝了,他坚持要一对一和狮子较量。不过,他叮嘱殿下不要走得太远,而且为了谨慎起见,他把自己的皮包交给王子,一只大皮包,里面装满了各种珍贵票据和钞票,他害怕狮爪子将皮包抓了去。安排停当之后,英雄便去寻找自己的位置。

离坟墓一百步远的地方有一小片欧洲夹竹桃林。在一条几乎干涸的河床沿岸,夹竹桃在暮霭中颤动着。塔塔兰就在那里埋伏下来。他按照狩猎程式,膝盖着地,手握卡宾枪,大猎刀骄傲地插在他前面的河岸沙子里。

夜幕降临了。天地间的玫瑰红色变成了紫罗兰色,再变成深蓝色……下边,在河床的小石子之间,一小摊水闪闪发光,犹如一面小镜子。那正是猛兽的饮水处。在河对岸的斜坡上,可以看见一条发白的小路,那是猛兽的大爪子在乳香黄连木丛中踏出的通道,因此,这个神秘的斜坡令人毛骨悚然。再加上非洲之夜那朦朦胧胧万头攒动的景象:簌簌抖动的树枝、游荡的动物悄悄的脚步声、豺狼一阵一阵的嗥叫,还有那上面,天上一二百米处,一拨一拨的鹤群飞过去,鹤唳有如正在被掐死的孩子发出的惨叫。你应该承认,是有令人觳觫的理由。

塔塔兰就如此,甚至心惊胆战得厉害。他的牙齿格格响着,可怜的人!他那来复枪的枪口触到插在地里的猎刀的护手,发出嗒嗒的响声,有如一对响板敲出的乐音……有什么办法!总有些夜晚,人的精神并非处于最佳状态嘛,再说,英雄如果从来没有恐惧过,哪有功勋可言……

好!没错,塔塔兰害怕了,而且一直在害怕,但他仍硬着头皮挺住,一个小时,两个小时,然而,英雄主义也有它的限度……在他身边,在干涸的河床上,塔拉斯贡人突然听见了脚步声,石子滚动声。这一次,恐惧把他从地上拽了起来。他在夜色中乱放了两枪,然后朝坟墓方向飞快撤退,丢下他的猎刀插在沙地上,活像一个十字架,纪念曾经困扰过一位伏蛇者①灵魂的最严重的惊慌失措。

"快来,万子……有狮子!……"

一片杳然。

"万子,万子,您在那里吗?"

王子不在那里。只有好样儿的骆驼在月光下将它的驼峰奇特的影子投射到圣人墓的白墙上。格雷戈里王子适才带着皮包和钞票溜走了。一个月之前殿下已经在等待这个机会……

六 终于来了!……

在这个悲剧性的冒险之夜的第二天,当我们的英雄在黎明的晨曦中醒来时,他确认王子和他塔塔兰自己的一大笔储蓄已经实实在在溜掉了,有去无回了。当他看见自己一个人

---

① 此蛇指希腊神话中的七头蛇,被斩一个头仍能生出来,后为赫拉克勒斯所杀。

待在这个小小的白色坟墓里,被背叛,被偷窃,被抛弃在非洲腹地的荒野,剩下的唯一资源只有这匹单峰骆驼和随身的零用钱,这时,塔拉斯贡人生平第一次产生了怀疑。他怀疑那门的内哥罗人,怀疑友情,怀疑荣誉,甚至怀疑狮子。于是,像基督在客西马尼园①那样,我们的伟人开始痛楚地哭泣。

可是,正当他坐在圣人墓门上沉思,双手捧着头,两腿夹着卡宾枪,而骆驼也注视着他时,对面的丛林突然被掀开,惊吓得发呆的塔塔兰看见在离他十步远的前面,出现了一头巨狮,巨狮昂着头朝他走来,发出的狮吼使坟墓的围墙簌簌抖动,连墙上搁放的华丽俗气的旧衣破片,甚至神龛里的圣人拖鞋都受到了波及。

只有塔拉斯贡人自己没有发抖。

"终于来了!"他跳起来叫道,枪托放在肩上……砰!……砰!……啐!搞定了……两发子弹在巨狮的脑袋里爆炸……刹那间,在非洲被朝霞映红的天空背景下,喷出一道脑浆迸裂令人胆寒的烟火,烟火中还有冒着热气的鲜血和到处散落的深褐色毛发。等这一切偃旗息鼓时,塔塔兰瞥见……两个大块头黑人正朝他跑过来,而且双双举起了大头棒。原来是米利亚那的那两个黑人!

啊,多么不幸!两颗塔拉斯贡子弹射杀的,正是那头驯养的狮子,正是穆罕默德修道院那头可怜的瞎狮子。

这次,穆罕默德保佑,塔塔兰总算侥幸脱了险。假如基督徒的上帝没有派一个奥尔良斯维尔镇的乡村警察像解放天使

---

① 客西马尼园,《圣经》故事中的一座花园。位于耶路撒冷附近橄榄山下。耶稣受难前夕,在此被犹大出卖。

一般前来相助,那两个气得发疯的黑人乞讨者肯定会把他撕成碎片。腋下夹着大刀的乡村警察是从一条小路赶过来的。

一看见代表政府的法国军帽,那两个愤怒的黑人立即平静下来。戴徽章的人温和而威严,他将案件做了笔录后,命黑人把盲狮的残骸放在骆驼背上,然后命起诉者和犯人都跟着他走。一行人遂往奥尔良斯维尔走去,在那里,一切都要听从司法判决。

那是一场漫长而可怕的诉讼!

塔拉斯贡的塔塔兰刚走遍部落阿尔及利亚,现在见识的是同样离奇同样可怕的城市阿尔及利亚,也就是诉讼和讼棍的阿尔及利亚。他见识了可疑的司法审判如何在咖啡馆靠里的地方进行不可告人的交易,法律界人士如何过着放荡不羁的生活,案卷如何散发着苦艾酒的味道,白色的领带如何布满了掺酒咖啡的斑点。他认识了法院执达员、商事诉讼代理人、诉讼代理人、所有那些印花公文纸蝗虫,他们又贪婪又瘦削,对移殖民敲骨吸髓,让移殖民像玉米皮一样被一片接一片蛀蚀掉……

压倒一切的问题是,狮子究竟是在民间土地上或在军事领地上被杀死的?如果情况是前者,这个案件便只牵涉商业法庭,如果是后者,塔塔兰就归军事法庭审判,一听见军事法庭几个字,这位极易动感情的塔拉斯贡人仿佛已看见自己被枪杀在城墙根下或蹲在某个地窖深处逐渐衰弱下去……

最可怕的是,在阿尔及利亚,对领地的界限划定非常模糊……总之,经过一个月的奔走、困惑以及在各阿拉伯办公处的院子里顶着太阳停留、等待,最后确认,一方面,狮子是在军用土地上被杀死的,但,另方面,塔塔兰开枪时却站在民用土地上。于是,案件按民事法判决,我们的英雄得以摆脱困境,以罚赔两千五百法郎并免交办案费了结。

要付这些钱该怎么办?躲过王子劫掠的几个皮阿斯特①早就花在法律文件和司法苦艾酒上了。

这倒霉的狮子杀手因而沦落到开箱零卖武器的地步,一支枪一支枪地卖。他卖了所有的匕首、马来人波刃短剑、包铅头短棍……一个杂货商买下了他的罐头;一个药店老板买了他剩下的橡皮膏。几双皮靴也吃了同样的苦头,跟着改善了的轻便帐篷到了一个旧货商手里,旧货商将它们悉数提升为交趾支那②的古玩……付完所有账单后,塔塔兰手里只剩下一张狮子皮和那头骆驼了。他将狮子皮仔细包装后寄往塔拉斯贡,地址是好人布拉维达家(我们即将看到这张神奇的兽皮又会带来什么情况)。至于骆驼,他准备利用它回到阿尔及尔,不是骑着它回去,而是卖了它支付驿车的费用。这应该是有骆驼旅行的最优方式了。可惜,推销骆驼却成了难题,谁都不愿为它花一个子儿。

不过,塔塔兰仍旧想竭尽全力回到阿尔及尔。他迫不及待地想重见芭雅的蓝色紧身背心,重见他的小屋,他的喷泉,想在他那小小的游廊里躺在车轴草旁边休息,等待从法国汇款的到来。因此,我们的英雄没有丝毫犹豫:他虽然痛心,却并不气馁,他开始徒步上路,没有钱,每天走一段。

在这样的情况下,骆驼也没有抛弃他。这奇特的动物非常依恋它的主人,那份柔情真难用言语形容。它看见主人从

~~~~~~~~~~~~~~~~
① 皮阿斯特,埃及等国的货币名。
② 交趾支那,不同时代的欧洲人对越南一些不同地方的称谓。

奥尔良斯维尔走出来,便毕恭毕敬地跟在他身后走,尽量跟他步伐一致,而且一步也不离开他。

一开始,塔塔兰还心存感动,这种忠诚,这种经受了各种考验的忠心使他刻骨铭心,而且那牲畜还挺随和,不需要他喂食任何东西。然而几天之后,那塔拉斯贡人为这个忧郁的旅伴老跟他亦步亦趋感到心烦了。因为这头畜生使他回想起自己不幸的遭遇,而且,他一尖刻,竟开始怪罪骆驼的愁眉苦脸、驼峰高耸、鹅步蹒跚。总而言之,他嫌恶那牲畜了,他一心一意想着怎样摆脱它,但是,骆驼仍不屈不挠……塔塔兰试图让它迷路,但骆驼又找到了他;他试着疾行,骆驼比他跑得还快……他冲着它叫:"滚吧!"同时向它扔石头,骆驼停下来,可怜巴巴地瞧着他,然后再上路,最后总能赶上他。塔塔兰只好认了。

不过,晓行夜宿八天之后,当风尘仆仆、筋疲力尽的塔拉斯贡人远远看见阿尔及尔首批白色露台在青葱翠绿的草木中闪闪发光时,当他走近城门,在闹哄哄的穆斯塔法大道上,看见自己周围挤满了佐阿夫兵、比斯克拉①人和巴利阿里群岛马洪港来的女人,而且全都在瞧他带着骆驼招摇过市时,他一下子失去了耐心:"不行!不行!"他说道,"不能这样……我不能带着这样一头牲畜进阿尔及尔!"于是,他利用车辆拥堵的当儿,突然转弯走进一片田野,跳到路旁的沟渠里!……

片刻之后,他看见在他头顶上,那骆驼正伸长脖子,焦急

---

① 比斯克拉,阿尔及利亚的一个省,位于奥雷斯山边沿,是著名的绿洲和旅游胜地。

地在马路的车行道上大步跑着。

到这时,英雄才如释重负,从他藏身的地方走出来,顺着他小果园围墙外的那条小路绕道进了城。

七　祸不单行

到达他的摩尔小屋门前时,塔塔兰异常吃惊地停住脚步。夜幕正在降临,街道冷冷清清。从黑女人忘了关上的低矮椭圆形大门,他听见一阵嬉笑声、碰杯声、香槟酒开瓶的爆鸣声。压倒那一切喧闹的,是一个女人清脆快乐的声音,那声音唱道:

> 美人马尔柯,你是否爱到
> 繁花似锦的沙龙舞蹈……

"他妈的!"塔拉斯贡人骂道,他脸色惨白,冲进院子。

不走运的塔塔兰!什么样的场面在等着他呀……在小回廊的拱门下,芭雅站在一大堆酒瓶、点心、到处乱放的靠垫、烟斗、小手鼓、吉他当中,没有穿蓝上衣,也没有穿紧身背心,只穿了一件银光闪闪的纱衬衫和一条嫩粉色的宽腿裤。她正在唱《美人马尔柯》,还歪戴了一顶海军军官帽……在她脚边,巴巴苏,那厚颜无耻的巴巴苏船长坐在一个草垫上,被性爱和果酱填得饱饱的,边听她唱歌,边笑得东倒西歪。

塔塔兰,苍白,消瘦,满身尘土,目光炯炯如火炭,怒发冲起"舍西亚",他的出现使这场可爱的土耳其和马赛酒神女祭司歌舞表演戛然而止,芭雅像被惊吓的小猎兔狗一般轻轻叫了一声,便逃到房里去了。巴巴苏却处乱不惊,笑得更加

厉害:

"嘿!咋样?塔塔兰先生,您怎么说?您也看明白了,她会讲法语!"

塔拉斯贡的塔塔兰往前走几步,怒不可遏:

"船长!"

"告诉他,让他来,我的好人!"①摩尔女人靠在二楼的长廊上做了一个卖俏的下流手势。可怜的塔塔兰吓了一跳,不觉跌倒在一面鼓上:原来他的摩尔女人还会说马赛话!

"我当时就对您说,要您警惕阿尔及利亚女人!"巴巴苏船长用教训人的口吻说,"这就跟您那门的内哥罗王子一样。"

塔塔兰这才抬起头来。

"您知道王子在哪里吗?"

"噢!他离这儿不远。他要在穆斯塔法漂亮的监狱住五年。那怪家伙扒窃时当场被人抓个正着……再说,他蹲班房也不是第一次了。殿下已经在某个地方的中央监狱蹲了三年……嘿,对了!我甚至可以肯定就在塔拉斯贡。"

"就在塔拉斯贡!……"塔塔兰惊呼道,他豁然觉悟了……"原来是这样,所以他只了解我们城市的一个方面……"

"嘿!毫无疑问……从中央监狱看塔拉斯贡……噢!我可怜的塔塔兰先生,在这个鬼国家,真得睁大眼睛,否则谁都会遭遇非常不愉快的事……比如您和穆安津之间的麻烦……"

---

① 摩尔女人是用马赛方言说此话的。

"什么麻烦？哪个穆安津？"

"嗨，没错！……就是对面那个追求芭雅的清真寺尖塔上报时的穆斯林……那天，这阿克巴尔把您的故事讲给大家听了，全阿尔及尔的人现在还在笑呢……那穆安津真滑稽，一边在尖塔上唱祈祷词，一边在您的鼻子下面向那小家伙求爱，借真主的名义约会她……"

"这么说，这个国家所有的人都是无赖？……"倒霉的塔拉斯贡人大叫道。

巴巴苏做一个逆来顺受的手势，说：

"亲爱的，您知道，这些新兴国家……都一样！您要是相信我，您就赶快回塔拉斯贡吧。"

"回去……说起来容易……钱呢？……您还不知道他们怎样在那边，在沙漠里把我的钱财骗得精光吧？"

"这没有什么了不起！"船长笑道……"佐阿夫号明天启航，如果您愿意，我把您送回国……您看这样行不行，老兄？……那么，很好。现在，您只需要做一件事。还剩下几瓶香槟酒，半个脆皮馅饼……在这里坐下来，别记仇！……"

塔拉斯贡人出于尊严犹豫片刻之后，毅然做出了决定。他坐下来。两人开始碰杯。芭雅听见酒杯碰撞声又回到下面，把《美人马尔柯》唱完。他们一直热闹到深夜。

约莫凌晨三点，头脑轻率脚步沉重的好人塔塔兰送走朋友船长后准备回家，当他经过清真寺门前时，他想起穆安津和他的滑稽剧，不觉笑起来，一个复仇的好主意立即闪过他的脑海。大门开着。他走进去，沿着一条条铺了席子的长廊往上走，最后来到一间土耳其小型祈祷室。一盏剪铁片灯笼在天花板下摇晃，在雪白的墙上映出奇形怪状的阴影。

那穆安津果然在那里。他坐在一张无靠背长沙发上,头缠长头巾,身穿白皮袍,手握穆斯塔加奈姆①烟斗,他正在认真搅拌面前的一大杯苦艾酒,以等待召唤信徒祈祷的时刻到来……他一看见塔塔兰,吓得烟斗滑落在地上。

"别说话,教士,"塔拉斯贡人说道,他已然心中有数……"快!你的头巾,你的皮袍!……"

土耳其教士浑身发抖,交出头巾、皮袍,交出对方需要的一切。塔塔兰穿戴完毕后,正儿八经地来到清真寺尖塔的露台上。

大海在远处若隐若现,一个个白色的屋顶在月光下闪烁着,海风送来一阵阵迟到的吉他声……塔拉斯贡的穆安津沉思默想片刻,然后举起双臂,开始用特尖的嗓音朗诵道:

"真主呀真主……穆罕默德是个老滑稽演员……东方、可兰经、穆斯林头头、狮子、摩尔人,这一切都不值一个子儿!……再没有'土尔人'了。只有钱财骗子……塔拉斯贡万岁!……"

在名人塔塔兰用奇特的行话加阿拉伯语和普罗旺斯话向天地间各个角落,向海上、城郭、平原、高山喊出他快乐的塔拉斯贡式诅咒时,别的穆安津用清脆而庄严的声音响应着,从一座清真寺到另一座清真寺,逐渐远去,上城的最后一批信徒则虔诚地捶着胸脯。

---

① 穆斯塔加奈姆,阿尔及利亚的一个省,也是省会名。

八 塔拉斯贡！塔拉斯贡！

正午时分,佐阿夫号生火待发,大家即将启程。在那上边,在瓦伦丁咖啡馆的阳台上,军官先生们举起望远镜,于是,上校打头,大伙按级别轮流过来观看那艘将要启航去法国的幸运的小轮船。那是参谋部很大的一次消遣……下面,锚地闪闪烁烁,码头沿岸,埋在土里的土耳其旧大炮的炮臼在太阳照射下发出极强的光。从比斯克拉和马洪岛来的人忙着把行李堆放在小船上。

他,塔拉斯贡的塔塔兰,他没有任何行李。这不,他在朋友巴巴苏的陪同下,经过堆满香蕉和西瓜的小市场,正从海运街走下来。这倒霉的塔拉斯贡人在摩尔人的海岸上扔下了他的武器箱和一切幻想,现在,他正准备朝塔拉斯贡的方向航行,两手空空……他刚跳上船长的小艇,只见一头气喘吁吁的牲畜从上面的广场连滚带跑地冲下来,拼命朝他身边跑。正是那头骆驼,那头忠实的骆驼,它在阿尔及尔寻找它的主人已经二十四个钟头了。

塔塔兰一看见它就变了脸色,他假装不认识这头牲畜,然而骆驼却穷追不舍。它沿着码头走来走去,十分激动。它在呼唤它的朋友,用充满柔情的眼睛注视着他,好像在用它那悲哀的眼光说:"带上我吧！把我带到小船上吧！让我走得远远的,远离这彩色纸板造成的阿拉伯,远离这滑稽的'东方',这里到处是机车和驿车,在这里——作为失去社会地位的单峰驼——我不知道我会有什么下场。你是最后一位土耳其人,我是最后一头骆驼……我们再别分开了,啊,我的塔塔兰……"

"这头骆驼是您的吗?"船长问道。

"绝对不是!"塔塔兰回答说,他一想到自己带着这样滑稽的护卫进塔拉斯贡城就禁不住簌簌颤抖。他一边可耻地不认自己的患难之交,一边用脚一蹬,蹬开了阿尔及利亚这片土地,使小艇乘势离岸而行……骆驼闻闻水,伸长脖子,弄得关节咯咯作响,然后不顾一切地跳进水里,跟在小艇后面。它与小艇同航线朝佐阿夫号游过去,它的驼峰在海面上漂流,有如一只葫芦;它的长脖子竖在海上,有如古罗马三层桨战船的船首冲角。

小艇和骆驼一同航行到客轮的船侧。

"咳,这单峰驼,它让我难受!"巴巴苏船长非常激动地说,"我想让它上船……到达马赛后,我把它送给动物园。"

于是,大伙儿用滑车和粗绳子将泡了水更加沉重的骆驼吊上甲板。佐阿夫号这才起航。

渡海的两天,塔塔兰是一个人在船舱里度过的,倒不是因为风大浪急,也不是"舍西亚"太受苦受难,而是那鬼骆驼只要见它的主人上了甲板,就在他身边百般献殷勤到了滑稽的程度……你从未见过哪头骆驼如此这般奉承过谁!……

塔塔兰时不时会来到船舱里的舷窗前看看,每隔一小时,他都要通过舷窗看着阿尔及利亚的蓝天逐渐变淡。后来,终于在一个早上,他透过银色的晨雾高兴地听见马赛所有的钟楼都发出了悦耳的乐音。到达目的地了……佐阿夫号抛了锚。

我们的塔塔兰没有行李,他一句话不说,急急忙忙下了船,穿过马赛城,心里一直害怕骆驼跟踪过来。他看见自己被安顿在飞快开往塔拉斯贡的列车上一个三等车厢里,这才松了一口气……啊,虚假的安全感!火车刚离开马赛两里尔,这不,乘客的头全都贴到车窗上了。有人大叫,有人吃惊。塔塔兰也往外看,那么……他瞥见什么啦?……骆驼,先生,那头躲不开的骆驼,它正在铁轨上,在下罗讷河克罗平原的腹地跟着火车狂奔,而且一直紧跟着。塔塔兰又惊愕又沮丧,缩在角落里,闭上眼睛。

经过这次灾难性的出征,他原准备悄悄回家,不暴露自己的身份姓名,哪知这头笨重的四足动物使他的打算成了泡影。他将怎样打道回府呢!好上帝!身无分文,没有狮子,什么都没有……就一头骆驼!……

"塔拉斯贡!……塔拉斯贡!……"

只好下车。

啊,目瞪口呆!英雄的"舍西亚"刚在车厢门口露脸,就传来了一片叫声:"塔塔兰万岁!"叫声震动了火车站的玻璃拱顶。"塔塔兰万岁!雄狮杀手万岁!"接着响起了铜管乐和童声合唱……塔塔兰感觉自己正在死去;他相信那是一场捉弄人的骗局。哦,不是!全塔拉斯贡的人都来了,他们挥舞着帽子,让他感到开心。那不是好司令布拉维达吗,还有武器商科斯特卡德、法庭庭长、药剂师。猎帽队全体尊贵的队员都在他们的领袖身边挤来挤去,将他举起来欢呼胜利,走过一道道楼梯……

海市蜃楼的奇特效应!原来这一切喧闹的始作俑者是寄给布拉维达的那张盲狮的皮。这张不值钱的毛皮在联谊会上一展览,全体塔拉斯贡人,还有跟上来的全体南方人都热血沸腾了。《信号》报曾经谈及此事。还有人杜撰了一出戏剧。塔塔兰杀死的已经不是一头狮子,是十头,二十头,是一大群狮子!因此,塔塔兰在马赛上岸时已经名声在外了,只是他自己并不知道,一封热情洋溢的电报已经在他到达前两个钟头先到达了他的家乡。

而让群众的欢乐达到高潮的是,当大家看见一头风尘仆仆汗流浃背的神奇动物在英雄的身后出现的当儿。见这头骆驼跛脚走下楼梯,塔拉斯贡人一时间竟相信塔拉斯贡狩猎的好日子又回来了。

塔塔兰的话让他的老乡们吃了定心丸:

"那是我的骆驼。"他说道。

他已经处在塔拉斯贡阳光的作用之下了,那是温暖的、诱人坦率撒谎的阳光。他加了一句,说话时还轻轻抚摩着单峰骆驼的肉峰:

"这是一头高贵的牲畜!……我猎杀所有的狮子它都在场。"

说毕,他亲热地挽起高兴得满面通红的司令的胳膊,身后跟着他的骆驼,同围在身边的猎帽人一道,在百姓的欢呼声中,平静地朝猴面包树宅第走去。他一边走,一边开始叙述他伟大的狩猎故事:

"你们设想,"他说,"一天晚上,在撒哈拉沙漠深处……"

我写书的故事

我出版《塔塔兰奇遇记》快十五年了,而塔拉斯贡为此事还没有原谅我。一些值得信赖的旅行者肯定地对我说,每天清晨,在这个普罗旺斯小城的人们搬走小店铺门板,借罗讷河的微风掸掉地毯灰尘的当儿,清一色愤怒的拳头、怒火燃烧的黑眼睛和冲巴黎方向狂热的怒吼会从所有的门槛,所有的窗户里迸发出来:"噢!这个都德……假如哪一次,他经过这里下南方……"有如"蓝胡子"的故事里说的:"你下来……否则,我一旦上去!"

不是说笑话,有一次,塔拉斯贡真的上来了①。

那是在一八七八年,省里来的人都挤在旅店里、大街上和特罗卡德罗与战神广场之间的大桥上。一天早上,已经变成巴黎人的原塔拉斯贡雕塑家阿米看见一对吓人的八字胡出现在他家里,此人是借口参加万国博览会乘游乐火车来巴黎的,其实是为了就好司令布拉维达问题和战争期间发表的小故事《保卫塔拉斯贡》问题向都德表明看法。

"怎么样?……我们去都德家!"

这是他的第一句话,这个塔拉斯贡的小八字胡,他一走进

---

① 指塔拉斯贡人从南方上北方的巴黎。

雕塑家的工作室就这么说。此后半个月当中,雕塑家阿米耳朵里就只有这句话:"另万,这个都德住哪儿?"倒霉的艺术家当时琢磨的唯一事情就是怎样帮我躲避这次英雄喜剧式的拜访。他领家乡的这位八字胡去万国博览会;让他去万国街,去机械展览厅晕头转向;他还请这位老兄喝足英国啤酒、匈牙利葡萄酒、母马奶、五花八门的异域饮料;让他听摩尔音乐、茨冈音乐、日本音乐听得心烦意乱;让他精疲力竭,累得半死,让他登高——就像塔塔兰爬上清真寺尖塔顶一样——登上特罗卡德罗的旋转车。

然而,那普罗旺斯人仍旧积恨不移,他从那上面警觉地窥视着巴黎,紧锁双眉,问道:

"能看见它吗,他的房子?"

"什么房子?"

"嘿!……都德那家伙的房子呀,当然啦!"

而且到处都如此。幸亏游乐火车生火开车,又带走了那塔拉斯贡人不曾达到的报仇愿望;可是,这个走了,还会来另一批,因此在整个博览会期间我都未能入眠。哎,感觉一整个城市的仇恨都集中在自己身上,这可不算是小事!到如今也一样,我每次去南方,经过塔拉斯贡我都感到别扭,我知道它一直在恨我,我的书也被那里的书店拒之门外,连火车站都找不到一本。我从车厢的窗洞极目远眺,看见了好国王勒内的城堡,我感觉很不自在,真希望列车别停这座车站。正因为这样,我才想到利用这次新版的机会向塔拉斯贡人公开表示道歉,并且应原塔拉斯贡民兵司令前来提出的要求,做出我的解释。

对我来说,塔拉斯贡只是我在从巴黎到马赛一路上收集到的一个化名,因为这个名字用南方的发音十分响亮,在报站时,那耀武扬威的喊声有如阿帕契武士的呐喊。其实,塔塔兰和猎帽人的家乡更远一些,离塔拉斯贡有五六里尔,在罗讷河的"另一手"。就是在那里,我小时候看见猴面包树在小小的木犀草花盆里日渐凋零,那就是我的男主人公局促地生活在他的小城里的写照;也是在那里,勒布法家的人老唱《魔鬼罗贝尔》;也正是从那里,一八六一年十一月的一天,武装到牙齿的塔塔兰和我戴上"舍西亚",出发去阿尔及利亚猎狮。

说实在的,我并不是专门为猎狮去那里的,我当时特别需要借那边充足的阳光修补我那有些损坏的肺部。不过,诸神作证,我并没有白白出生在猎帽人之乡,我一踏上佐阿夫号的甲板,脚夫正在往船上搬运我们庞大的武器箱,那时,我比塔塔兰还塔塔兰,我真的相信我即将消灭阿特拉斯山所有的猛兽。

那真是首次仙境之旅!启程的情景就仿佛发生在今天,蓝色的大海,蓝得像染液一般的大海被海风掀起大浪,海盐在海水中闪闪烁烁;而那翘立的艏斜樯却直劈海浪,带着白花花的泡沫摇来摆去,然后朝深海驶去,一直朝深海驶去。在阳光下,全马赛的教堂钟楼到处敲响了午祷的钟声,而我二十岁的青春年华也在我的头脑里奏起了响亮的钟乐。

那一切,只要我一谈起,那一切便历历在目。我到了那边,在半明半暗的阿尔及尔街市上闲逛,乱糟糟的街市散发出麝香、龙涎香、闷住的玫瑰香和烫羊毛的味道。三根弦的古孜拉①在突尼斯式的镶嵌了阿拉伯螺钿装饰图案的带镜衣橱前面奏出瓮瓮的声音,而内院的喷泉滴在彩陶上,则弹出清新的音调。瞧,我奔波在萨赫勒、柑橘林、卜利达、西法、猴溪、米里亚那和它的绿色山坡间,那里有密密麻麻枝叶交错的向日葵园、无花果园,还有小农庄,与普罗旺斯的乡间别墅相似。

那是一望无际的谢里夫河谷,还有乳香黄连木密林、矮棕榈林、沿岸长满欧洲夹竹桃的干涸的山涧。一股茅舍的炊烟从远处的仙人掌矮林直冲天际。还有沙漠旅行队驻足客栈的灰色围墙、某位圣人的坟墓和它白色的头巾花饰的穹顶,以及摆放在炫目的白石灰墙上的各色还愿物。在一片广阔的被烧过的浅色土地上,一个个流动的黑点,那是一群群飞鸟。

到如今我还听得见我那阿拉伯坐骑抖动时发出的声响,那样的抖动弄得我的胃翻江倒海,还有那硕大马镫撞击出的丁当声、牧童的呼唤声,在不稳定的大气环境下,声波很快便传了回来:"假如穆罕……默德",还有乡镇周围北非猎狗的狂吠声、枪声以及阿拉伯骑兵狂欢时的尖叫、陶管鼓奏出的野性乐音;那是在夜晚,在打开的帐篷前方,豺狼在荒原里嗥叫着,叫声之狂热,有如我们家乡的夏蝉。明亮的月牙儿,穆斯林的月牙儿在繁星点点的丝绒一般的夜空里闪烁。在我的记忆里同样十分清晰的是我回程的哀伤,回到马赛时被放逐和冷落的感觉。普罗旺斯的蓝天在与阿尔及利亚的天际相比之下仿佛有点发黑而且变得暗淡,阿尔及利亚的天空好像一个幅度极大而又丰富的调色板,曙光是那样绿,绿得闻所未闻,

---

① 古孜拉,一种单弦小提琴,古孜拉系克罗地亚语,由该国的达尔马提亚人使用。

绿得像矿石,绿得使人受不了;那里的黄昏是那样短促而多变,仿佛镶嵌了大红螺钿和紫水晶;那里的水井在晚霞里呈玫瑰色,玫瑰色的骆驼前去饮水;井边的绳子,蹲到水桶边喝水的贝督因人的大胡子都淌着玫瑰色的水珠……二十多年过去了,我在内心里仍然有一种怀念之情,我怀念那逝去的阳光。

在米斯特拉风①的语言里有一个词非常贴切地归纳和定义了那一带人的一种天赋:"噶勒雅",意思是取笑人,开玩笑。而且在普罗旺斯人的眼睛深处永远闪耀着讥讽嘲弄和顽皮的光芒。在他们谈话时,"噶勒雅"动辄不请自来,或当作动词,或当作名词。"这么说你没有看出来?……那是在'噶勒雅'(开玩笑)……住嘴,讨厌的'噶勒雅'(爱嘲弄人的人)。"但是,当"噶勒雅",这既不排除他的善意,也不排除他的爱心。那是在闹着玩。嘿!人家想笑嘛;而在那边,笑可以跟任何感情相配,最热烈的感情,最温柔的感情。在我们家乡有一首老歌,老掉牙的民歌,讲的是小弗蕾朗丝的故事,普罗旺斯人对笑的兴趣在故事里表现得极为美妙。弗蕾朗丝几乎是在孩提时就嫁给了一个骑士,那骑士娶她时她那么年幼,连自己的腰带都解不开。然而,结婚典礼刚举行,弗蕾朗丝的丈夫就不得不去了巴勒斯坦,把他的小妻子孤单单地留在家里。七年过去了,骑士却音信全无,这时,一个戴十字架的大胡子朝圣者出现在城堡的吊桥上。他是从"土尔人"那里来的,他带来了弗蕾朗丝丈夫的消息。年轻的夫人立即请他进去坐在

---

① 米斯特拉风,指法国南部及地中海上干旱而强烈的西北风或北风。此处指南方。

桌子旁边,她的对面。

随后,他们之间发生的事情,我可以跟你谈两个版本,因为弗蕾朗丝的故事像所有的民歌一样,随着流动商贩的大包小包传遍了法国,我是在庇卡底省又听见了它很有意思的变种。庇卡底的民歌说,在吃饭当中,那年轻的夫人哭了起来。

"您哭啦,美丽的弗蕾朗丝?"朝圣者颤抖着问她。

"我哭了,因为我认出了您,您是我亲爱的丈夫……"

普罗旺斯的小弗蕾朗丝却恰恰相反,她刚一坐到大胡子朝圣者对面,便亲切地笑起来。

"嘿!您笑什么,弗蕾朗丝?"——"嘿!我笑,因为您是我的丈夫。"

于是,她笑着跳到他的膝上,那朝圣者也在他乱麻似的大胡子里咧嘴笑了,因为他跟她一样,也是一个"噶勒雅",可这并不妨碍他俩温情脉脉的爱,并不妨碍他们伸开双臂互相拥抱、接吻,用他们忠诚的心拥有的全部激情互相爱恋。

我也一样,是个"噶勒雅"。在巴黎的轻雾中,在巴黎溅出的污泥和哀愁里,我也许已经失去了笑的兴趣和能力;但只要读读《塔塔兰》,人们会发现在我身上还存留着快活的本质,一旦接触到那边美丽的阳光,就会得到充分的展现。

当然,我承认,关于阿尔及利亚法国,还有《塔塔兰奇遇记》以外的东西可写,比如对那里残酷而真实的风俗的研究,对一个处于两个种族两种文明之间的新兴国家的观察,兼顾它们之间的相互作用,征服者也轮着自己被气候征服,被疏懒怠惰的风俗习惯,被漫不经心、东方的腐败、警棍和偷窃征服,以及阿尔及利亚人杜瓦诺,阿尔及利亚人巴载讷,那是阿拉伯官僚机构的两个完美的产品。关于先锋习俗之捉襟见肘、移殖民的故事以及在现有的三权对立——军队、行政、司法——的情况下建立的城市,有多少意想不到的事可以揭露呀!但那一切都不在我的笔下,我只记述塔塔兰,一声大笑,一次"噶勒雅"。

的确,我和我的同伴真是一对蛮好的容易轻信的傻瓜,我们扎着红腰带,戴着火红的"舍西亚"下船登上阿尔及尔这个正派的城市,而那里几乎只有我们俩是"土尔人"。塔塔兰带着怎样聚精会神、深信不疑的神态在清真寺门前脱掉他那硕大的狩猎皮靴,穿着彩色的袜子,在穆罕默德的圣殿里往前走,一本正经,双唇绷紧!啊!这个人,他相信一切,相信东方,相信穆安津和埃及舞女;相信狮子、豹子、单峰驼;相信他的书本欣然告诉他,而他的南方式想象力又加以夸大的一切。

而我呢,俨如我故事里的骆驼,忠实地跟着他在他的英雄主义梦幻里漫游,不过,我时不时也会稍加怀疑。我还记得,一天晚上,在一条名叫佛达的干河上,我们准备埋伏在那里等待狩猎狮子,我们全副武装:绑腿、长枪、左轮手枪、猎刀,在途中穿过一个非洲法国轻装兵的营地,那些大兵正在一排排帐篷前面吃大锅饭,我当时看见他们那惊得发呆的样子真有一种强烈的滑稽感觉。"假如没有狮子该多好!"

这想法却并不妨碍接下去的动作:一个钟头之后,夜幕降临了,我双腿跪在一片月桂树林里,用望远镜搜索着影子。与此同时,一群群仙鹤在空中高高地飞翔;豺狼却在我身边踩得野草发出沙沙的声响。我感觉我的长枪在插入地里的猎刀的护手上瑟瑟发抖。

我把这种害怕得发抖的状态和那滑稽可笑的想法转借给塔塔兰了,但这是极大的不公平。我向你保证,倘若狮子真的来了,好人塔塔兰一定会手握来复枪迎上去,并且把短剑举得高高的。假如他射出的子弹落空了,他的大刀也在肉搏时变了形,他一定会赤膊上阵,与那恶魔身贴身扭打到底,并且让它在自己"双层肌肉"的胳膊里窒息而死,然后用指头,用牙齿将它撕得粉碎,只不过不会将它的皮吐出来;因为,说到底,这个猎帽人毕竟是个粗人,而且他还是个幽默的人,对我的"噶勒雅"捧腹大笑的第一人就是他。

塔塔兰的故事是我去阿尔及利亚旅行之后很久才写成的。旅行是在一八六一到一八六二年间,书是在一八六九年写的。我开始以杂记的形式发表在《万象小箴言报》上,还有爱弥尔·伯纳西的非常有趣的速写插图。哪知失败竟彻头彻尾!《小箴言报》是一张大众化的报纸,老百姓对见诸文字的反讽一窍不通,这种反讽使他们受窘,他们感到那是在挖苦他们。任何语言都无法表达那些花几个子儿的订户的沮丧,他们是那样热衷于罗康波尔和彭松·迪·泰拉伊①,他们一读塔塔兰生活的头几章,抒情歌曲呀,猴面包树呀,他们的失望便严重到威胁要求退订金,甚至严重到进行人身攻击。有人写信给我说:"嘿!好哇,没错……那后来又怎样?那说明什么?笨蛋!"签名都显得很粗暴。最倒霉的是保尔·达罗兹,他花了很大一笔钱作广告,绘图,他为这次尝试花的代价太大了。连载十来次之后,我因为怜惜他而把《塔塔兰》转到《费加罗》报,《费加罗》报的读者对《塔塔兰》更理解一些,然而,在那里又碰上了另外一种恶意阻挠。《费加罗》编辑部的秘

---

① 彭松·迪·泰拉伊(1829—1871),法国连载小说家,其长篇连载小说《罗康波尔的伟业》风行一时。

书在当时是亚历山大·迪韦尔努瓦,他是克雷芒·迪韦尔努瓦的兄弟,后者曾担任过记者和部长的职务。也真凑巧,九年前,我在我那欢乐长征中曾遇见过亚历山大·迪韦尔努瓦,当时他还只是米利亚那民事厅的一个不起眼的职员,对那个时代的殖民地保持着一种真心实意的崇拜。见我用那么轻率的方式谈到他亲爱的阿尔及利亚,他十分恼怒,简直是义愤填膺。他不能阻止发表《塔塔兰》,但他处心积虑,将作品分割成断断续续的碎块,他的借口是"素材的丰富"使印版庞大得可怕。这一来,一部很短的小说在报纸上没完没了地连载下去,几乎可以跟《漂泊的犹太人》或《三剑客》媲美了。"拉长,拉长……"维尔迈桑的三声部对位法也这样咕哝。我真害怕被迫再一次停下来。

接着是新的磨难。当时,我书中的主人公名叫塔拉斯贡的巴巴兰。

那时,正好在塔拉斯贡有一个姓巴巴兰的古老家庭,这个家庭威胁我说,假如我不尽快把他们家的姓氏从这部侮辱性的滑稽作品里抹去,他们就让我吃官司。我对法院和司法界有一种神圣的惧怕感,所以我同意在校样里将巴巴兰换成塔塔兰,但校样已经印出来,所以必须逐行追杀 B 字打头的词。三百页的校样里总会有几个字漏网,因此,在本书的第一版可以见到"巴塔兰""塔巴兰",甚至出现了 bonsoir(晚安)写成 tonsoir 的情况。书总算出版了,而且在书店营销方面相当成功,尽管地方味道浓郁,并非所有的人都能品尝。必须是南方人,或对南方了解颇深的人才会知道,塔塔兰这个典型在我们那里有多么常见,才会明白塔拉斯贡的大太阳不仅使那类人活跃、激奋,而且使他们的头脑和想象力的滑稽因素无限扩大,一直发展到在规模和形式上五花八门,像美洲狮一样骇人听闻。

事隔几年,现在不带任何偏见加以评价,我认为《塔塔兰》以它天马行空的气派、不可思议的形式,似乎具有充满青春、生命活力和真实性的特质;那是卢瓦尔河外的真实性,它加油添醋,它夸张,但从不说谎,而且在任何时候都是塔拉斯贡那一套。笔触既不很细腻,也不很严谨。这就是我称之为"站立文学"的东西,口头的,夹带手势的,大有我那英雄一切溢于言表之气概。然而,我应该承认,无论我怎样珍爱文风,珍爱和谐、美丽、有声有色的散文形式,我认为,对小说家来说,那一切都谈不上。小说家真正的快乐在于塑造活生生的人物,在于竭力通过真实性创造一些典型人物,他们一出现便满世界走动,带着作家给予他们的姓氏、手势,和他们的怪相,逼使大家谈论他们——无论恨他们或爱他们——而且不考虑创造他们的人,连创造者的名字都不提。至于我,使我激动的事始终如一:当谈及生活中的某个过客,千万个政治、艺术或社交喜剧中的某个傀儡时,我听见有人说:"那是塔塔兰……那是蒙帕丰……那是德罗贝尔①。"这时,我会颤抖,那是一个父亲自豪的颤抖,他躲藏在人群中,当时人们正在鼓掌欢迎他的儿子,他时时刻刻都想大叫:"那是我的儿子!"

刘　方　译

---

① 蒙帕丰是都德作品《富豪》中的人物。德罗贝尔是其长篇小说《小弗乐蒙和大里斯勒》中的人物。

"外国文学名著丛书"书目

第 一 辑

书 名	作 者	译 者
伊索寓言	〔古希腊〕伊索	周作人
源氏物语	〔日〕紫式部	丰子恺
堂吉诃德	〔西班牙〕塞万提斯	杨 绛
泰戈尔诗选	〔印度〕泰戈尔	冰 心 石 真
坎特伯雷故事	〔英〕杰弗雷·乔叟	方 重
失乐园	〔英〕约翰·弥尔顿	朱维之
格列佛游记	〔英〕斯威夫特	张 健
傲慢与偏见	〔英〕简·奥斯丁	王科一
雪莱抒情诗选	〔英〕雪莱	查良铮
瓦尔登湖	〔美〕亨利·戴维·梭罗	徐 迟
欧·亨利短篇小说选	〔美〕欧·亨利	王永年
特利斯当与伊瑟	〔法〕贝迪耶	罗新璋
巨人传	〔法〕拉伯雷	鲍文蔚
忏悔录	〔法〕卢梭	范希衡 等
欧也妮·葛朗台 高老头	〔法〕巴尔扎克	傅 雷
雨果诗选	〔法〕雨果	程曾厚
巴黎圣母院	〔法〕雨果	陈敬容
包法利夫人	〔法〕福楼拜	李健吾
叶甫盖尼·奥涅金	〔俄〕普希金	智 量
死魂灵	〔俄〕果戈理	满 涛 许庆道

书　名	作　者	译　者
当代英雄	〔俄〕莱蒙托夫	草　婴
猎人笔记	〔俄〕屠格涅夫	丰子恺
白痴	〔俄〕陀思妥耶夫斯基	南　江
列夫·托尔斯泰中短篇小说选	〔俄〕列夫·托尔斯泰	草　婴
怎么办？	〔俄〕车尔尼雪夫斯基	蒋　路
高尔基短篇小说选	〔苏联〕高尔基	巴　金　等
浮士德	〔德〕歌德	绿　原
易卜生戏剧四种	〔挪〕易卜生	潘家洵
鲵鱼之乱	〔捷〕卡·恰佩克	贝　京
金人	〔匈〕约卡伊·莫尔	柯　青

第　二　辑

荷马史诗·伊利亚特	〔古希腊〕荷马	罗念生　王焕生
荷马史诗·奥德赛	〔古希腊〕荷马	王焕生
十日谈	〔意大利〕薄伽丘	王永年
莎士比亚悲剧五种	〔英〕威廉·莎士比亚	朱生豪
多情客游记	〔英〕劳伦斯·斯特恩	石永礼
唐璜	〔英〕拜伦	查良铮
大卫·科波菲尔	〔英〕查尔斯·狄更斯	庄绎传
简·爱	〔英〕夏洛蒂·勃朗特	吴钧燮
呼啸山庄	〔英〕爱米丽·勃朗特	张　玲　张　扬
德伯家的苔丝	〔英〕托马斯·哈代	张谷若
海浪　达洛维太太	〔英〕弗吉尼亚·吴尔夫	吴钧燮　谷启楠
哈克贝利·费恩历险记	〔美〕马克·吐温	张友松
一位女士的画像	〔美〕亨利·詹姆斯	项星耀
喧哗与骚动	〔美〕威廉·福克纳	李文俊
永别了武器	〔美〕欧内斯特·海明威	于晓红

书　名	作　者	译者
波斯人信札	〔法〕孟德斯鸠	罗大冈
伏尔泰小说选	〔法〕伏尔泰	傅　雷
红与黑	〔法〕司汤达	张冠尧
幻灭	〔法〕巴尔扎克	傅　雷
莫泊桑中短篇小说选	〔法〕莫泊桑	张英伦
文字生涯	〔法〕让-保尔·萨特	沈志明
局外人　鼠疫	〔法〕加缪	徐和瑾
契诃夫小说选	〔俄〕契诃夫	汝　龙
布宁中短篇小说选	〔俄〕布宁	陈　馥
一个人的遭遇	〔苏联〕肖洛霍夫	草　婴
少年维特的烦恼	〔德〕歌德	杨武能
德国，一个冬天的童话	〔德〕海涅	冯　至
绿衣亨利	〔瑞士〕戈特弗里德·凯勒	田德望
斯特林堡小说戏剧选	〔瑞典〕斯特林堡	李之义
城堡	〔奥地利〕卡夫卡	高年生

第 三 辑

埃斯库罗斯悲剧二种	〔古希腊〕埃斯库罗斯	罗念生
索福克勒斯悲剧二种	〔古希腊〕索福克勒斯	罗念生
欧里庇得斯悲剧二种	〔古希腊〕欧里庇得斯	罗念生
神曲	〔意大利〕但丁	田德望
西班牙流浪汉小说选	〔西班牙〕克维多　等	杨绛　等
阿拉伯古代诗选	〔阿拉伯〕乌姆鲁勒·盖斯　等	仲跻昆
列王纪选	〔波斯〕菲尔多西	张鸿年
蕾莉与马杰农	〔波斯〕内扎米	卢　永
莎士比亚喜剧五种	〔英〕威廉·莎士比亚	方　平
鲁滨孙飘流记	〔英〕笛福	徐霞村

书 名	作 者	译 者
彭斯诗选	〔英〕彭斯	王佐良
艾凡赫	〔英〕沃尔特·司各特	项星耀
名利场	〔英〕萨克雷	杨 必
人性的枷锁	〔英〕威廉·萨默塞特·毛姆	叶 尊
儿子与情人	〔英〕D. H. 劳伦斯	陈良廷 刘文澜
杰克·伦敦小说选	〔美〕杰克·伦敦	万 紫 等
了不起的盖茨比	〔美〕菲茨杰拉德	姚乃强
木工小史	〔法〕乔治·桑	齐 香
恶之花 巴黎的忧郁	〔法〕波德莱尔	钱春绮
萌芽	〔法〕左拉	黎 柯
前夜 父与子	〔俄〕屠格涅夫	丽 尼 巴 金
卡拉马佐夫兄弟	〔俄〕陀思妥耶夫斯基	耿济之
安娜·卡列宁娜	〔俄〕列夫·托尔斯泰	周 扬 谢素台
茨维塔耶娃诗选	〔俄〕茨维塔耶娃	刘文飞
德国诗选	〔德〕歌德 等	钱春绮
安徒生童话选	〔丹麦〕安徒生	叶君健
外祖母	〔捷〕鲍·聂姆佐娃	吴 琦
好兵帅克历险记	〔捷〕雅·哈谢克	星 灿
我是猫	〔日〕夏目漱石	阎小妹
罗生门	〔日〕芥川龙之介	文洁若

第 四 辑

一千零一夜		纳 训
培根随笔集	〔英〕培根	曹明伦
拜伦诗选	〔英〕拜伦	查良铮
黑暗的心 吉姆爷	〔英〕约瑟夫·康拉德	黄雨石 熊 蕾
福尔赛世家	〔英〕高尔斯华绥	周煦良

书名	作者	译者
月亮与六便士	〔英〕威廉·萨默塞特·毛姆	谷启楠
萧伯纳戏剧三种	〔爱尔兰〕萧伯纳	潘家洵 等
红字 七个尖角顶的宅第	〔美〕纳撒尼尔·霍桑	胡允桓
汤姆叔叔的小屋	〔美〕斯陀夫人	王家湘
白鲸	〔美〕赫尔曼·梅尔维尔	成 时
马克·吐温中短篇小说选	〔美〕马克·吐温	叶冬心
老人与海	〔美〕欧内斯特·海明威	陈良廷 等
愤怒的葡萄	〔美〕斯坦贝克	胡仲持
蒙田随笔集	〔法〕蒙田	梁宗岱 黄建华
悲惨世界	〔法〕雨果	李 丹 方 于
九三年	〔法〕雨果	郑永慧
梅里美中短篇小说选	〔法〕梅里美	张冠尧
情感教育	〔法〕福楼拜	王文融
茶花女	〔法〕小仲马	王振孙
都德小说选	〔法〕都德	刘 方 陆秉慧
一生	〔法〕莫泊桑	盛澄华
普希金诗选	〔俄〕普希金	高 莽 等
莱蒙托夫诗选	〔俄〕莱蒙托夫	余 振 顾蕴璞
罗亭 贵族之家	〔俄〕屠格涅夫	陆 蠡 丽 尼
日瓦戈医生	〔苏联〕帕斯捷尔纳克	张秉衡
大师和玛格丽特	〔苏联〕布尔加科夫	钱 诚
茨威格中短篇小说选	〔奥地利〕斯·茨威格	张玉书 等
玩偶	〔波兰〕普鲁斯	张振辉
万叶集精选	〔日〕大伴家持	钱稻孙
人间失格	〔日〕太宰治	魏大海

第 五 辑

书 名	作 者	译 者
泪与笑 先知	〔黎巴嫩〕纪伯伦	冰 心 等
华兹华斯 柯尔律治 诗选	〔英〕华兹华斯 柯尔律治	杨德豫
济慈诗选	〔英〕约翰·济慈	屠 岸
汤姆·索亚历险记	〔美〕马克·吐温	张友松
大街	〔美〕辛克莱·路易斯	潘庆舲
田园三部曲	〔法〕乔治·桑	罗 旭 等
金钱	〔法〕左拉	金满成
果戈理小说戏剧选	〔俄〕果戈理	满 涛
奥勃洛莫夫	〔俄〕冈察洛夫	陈 馥
谁在俄罗斯能过好日子	〔俄〕涅克拉索夫	飞 白
亚·奥斯特洛夫斯基戏剧六种	〔俄〕亚·奥斯特洛夫斯基	姜椿芳 等
复活	〔俄〕列夫·托尔斯泰	草 婴
静静的顿河	〔苏联〕肖洛霍夫	金 人
谢甫琴科诗选	〔乌克兰〕谢甫琴科	戈宝权 任溶溶
维廉·麦斯特的学习时代	〔德〕歌德	冯 至 姚可崑
叔本华随笔集	〔德〕叔本华	绿 原
艾菲·布里斯特	〔德〕台奥多尔·冯塔纳	韩世钟
豪普特曼戏剧三种	〔德〕豪普特曼	章鹏高 等
铁皮鼓	〔德〕君特·格拉斯	胡其鼎
加西亚·洛尔卡诗选	〔西班牙〕加西亚·洛尔卡	赵振江
你往何处去	〔波兰〕亨利克·显克维奇	张振辉
显克维奇中短篇小说选	〔波兰〕亨利克·显克维奇	林洪亮
裴多菲诗选	〔匈〕裴多菲	孙 用
轭下	〔保〕伐佐夫	施蛰存

书　名	作　者	译　者
卡勒瓦拉（上下）	〔芬兰〕埃利亚斯·隆洛德	孙　用
破戒	〔日〕岛崎藤村	陈德文
戈拉	〔印度〕泰戈尔	刘寿康